단편소설 쓰기의 모든 것

Creating
Short Fiction

단편
소설
쓰기의 모든 것

궁극의 소설 쓰기 바이블

데이먼 나이트 지음
정아영 옮김

부드러운 입술과 콧방울

장밋빛 손가락이 달린, 억센 팔

(오래된 희망에서

물을 얻고, 거름을 얻으리라),

어찌 그리 자유를 향해 애쓰는가!

보라 새롭게 자란 뿌리가

흙과 흙 사이로 사방 내리 퍼진다,

줄기와 꽃과 새싹

수달의 눈과 같은 그 반짝임

여명이 올 때까지 이어진다.

나는, 가랑잎처럼 바스락거리지만,

초록빛 잎맥이 꿈틀대는 것을 느낄 수 있다.

_____

이 책을 쓰지 말았어야 하는
세 가지 이유

하나, 소설 쓰는 법은 스스로 터득하는 것이지 누구에게 배워서 알
수 있는 게 아니다.

둘, 배워서 알 수 있는 것이라고 해도 작법서를 읽어서 알 수는 없다.

셋, 작법서를 읽어서 알 수 있는 것이라고 해도, 자연스럽고 무의식적
으로 이루어져야 하는 창작 과정에 대해 너무 많은 것을 알게 되는 바
람에 자신의 창조성을 억누르게 된다.

위 세 서술은 서로 모순된다. 그렇지만 모두 다 부분적으로는 진실
이라고 할 수 있다. 첫째, 소설 쓰는 법을 터득하려면 소설을 써야 한
다는 점에서 진실이다. 둘째, 조립식 가구는 상자 겉면에 쓰인 설명만
잘 따르면 완성할 수 있지만 좋은 소설은 작법서를 따른다고 해서 뚝

딱 만들어낼 수 없다는 점에서 진실이다. 그리고 셋째, 무의식은 너무 바짝 주시하지 않을 때 더욱 잘 작동한다는 점에서 진실이다.

만약 오래전 누가 내게 "소설 쓰는 법은 배워서 알 수 있는 게 아니다"라고 했다면 그 말에 동의했을 것 같다. 어느 정도는 무관심 때문이고(과거에 나는 소설 쓰는 법을 배울 수 있는 건지 없는 건지 도통 관심이 없었다), 그리고 어느 정도는 다른 대부분의 작가가 그러하듯 나 역시 정식으로 배운 적 없이 소설을 쓸 줄 알게 되었기 때문이다. 소설을 쓰고 있으면서도 왜, 어떻게 쓰는지 몰랐다. 그러니 다른 사람에게 이렇게 하라, 저렇게 하라 말하는 게 애초에 불가능했다.

그 후 뉴욕의 한 출판사에서 수수료를 받고 원고를 검토하는 일을 했는데, 투고자들이 보내온 소설을 읽고선 '플롯 뼈대plot skeleton'를 따르고 있지 않으므로 좋은 소설이 아니라는 내용의 답장을 보내곤 했다(여기서 저자가 일한 곳은 스콧 메러디스 문학 에이전시Scott Meredith Literary Agency다. 이곳은 작가 지망생의 원고를 검토하는 프로그램을 운영했으며, 상업적 성공을 위해 갖춰야 하는 소설의 공식으로서 '플롯 뼈대'를 제시했다. 166쪽 참조_옮긴이) 그땐 정말로 그렇게 생각했다. 플롯 뼈대니 악당 캐릭터니, 영웅 주인공이니 뭐 그러한 것들을 진지하게 믿고 있었다. 그런데 실은 다른 사람들에게나 그런 게 중요하다고 믿었고, 나는 모든 작가가 따라야 하는 공식에서 벗어나 작품을 쓸 수 있는 나만의 특별하고도 비밀스러운 방법을 터득했다고 여겼다.

그리고 시간이 흐른 뒤 문득 보니 나는 내가 터득한 것들을 소설 창작 워크숍에서 습작생들에게 가르치고 있었는데, 그 과정에서 내가 아는 것들 중 일부는 진실이 아니란 점을 알게 되었다(이를테면 모든 소설이 플롯 뼈대를 갖춰야 한다는 건 진실이 아니다. 심지어 모든 소설이 '플롯'을 지녀야 한다는 것도 진실이 아니다).

1968년에 나와 아내가 클라리온SF판타지작가워크숍Clarion Science Fiction & Fantasy Writer's Workshop에서 소설 쓰기를 가르치기 시작했을 당시, 우리는 밀포드작가콘퍼런스Milford Writer's Conference(저자가 동료 작가들과 함께 1950년대 중반에 창립한 SF 비평 학회_옮긴이)에서 중견 작가급에 속했지만 두 사람 다 습작생을 가르치는 건 처음이었다. 우리는 먼저 그들이 모르는 게 무엇인지 파악해야 한다는 것을 깨달았다. 단연코 가장 힘든 작업이었다. 예를 들자면 습작생 대부분이 시점에 대해 들어본 적이 없었고, 플롯이 뭔지 모르는 경우도 많았다(개중에는 재미있는 사건을 한가득 모아놓으면 절로 소설이 되는 줄 알았다는 습작생도 있었다). 다음 단계로 우리는 시점, 플롯을 비롯해 이전에는 굳이 들여다볼 필요가 없었던 것들을 면밀히 분석해야 했다. 그러고 나서야 소설 쓰기를 가르칠 방법(주로 연습법)을 고안해낼 수 있었다. 미시간 주립대학에서 여름 강좌로 진행한 클라리온SF판타지작가워크숍에서 우리는 이 소설 쓰기 과정을 항상 되풀이했는데, 해마다 습작생들이 모르는 또 다른 뭔가가 늘 새롭게 나타났다.

소설 쓰는 법을 누구에게 배워서 알 수 있는 것이라고 한다면, 그렇다면 과연 소설 쓰기는 '가르침의 대상'이 되어도 좋은 걸까? 이는 쓸데없는 질문이 아니다. 나는 자신의 창작 과정을 너무 많이 알고 나면 더 이상 소설을 쓸 수 없어질까 봐, 쓰고 싶지 않아질까 봐 걱정하는 작가를 수도 없이 봐왔다. 이 책을 읽은 누군가가 무의식에 자극을 받아서, 마치 위험을 느끼면 촉수를 거두어버리는 말미잘처럼, 소설 쓰기를 향한 마음의 문을 닫아버릴 가능성이 없다고도 단언할 수 없다. 그런데도 왜 나는 군이 이 책을 쓴 걸까? 사람들이 섹스 안내서 없이도 잘만 살아온 것처럼 소설 쓰기 안내서 없이도 수천 년을 잘 살아왔는데.

그 이유는 지식을 추구하는 게 훌륭한 일이라고 믿고 있기 때문이다. 실망했던 적도 많지만 계속해서 그렇게 믿고 있다. 설사 내가 소설 쓰기란 작가 혼자 해야만 하는 고독한 행위라 여긴다 해도(종종 그렇게 여긴다) 나는 다른 작가들이 모르는 뭔가를 찾아내고, 그 뭔가를 알리기 위해 노력했을 것이다.

이 책《단편소설 쓰기의 모든 것》은 다른 모든 책이 그러하듯 병 속에 든 편지나 다름없다. 나는 내가 누군지는 알지만 병뚜껑을 열고 편지를 읽어볼 독자가 누구인지는 추측만 할 따름이다. 이러한 상상을 할 때면 수업 시간에 나를 바라보던 습작생들의 얼굴이 하나둘 떠오른다. 대개 수업을 통해 초보 작가들을 만났기 때문이다. 이 책을 읽는 독자는 모두 건강한 기운을 뿜어내고 있을 것이다. 눈을 반짝거리면서 정신을 집중하고 있을 것이다. 그렇지만 '저는 작가입니다' 하고 자신을 명백히 드러낼 만한 특성을 하나라도 가지고 있는 이는 아무도 없을 것이다.

'창조성'은 사실 별로 쓰고 싶지 않은 단어다. 그도 그럴 게 일단 무슨 뜻인지 모르겠고, 교육자들이나 심리학자들 역시 나처럼 무슨 뜻인지도 모르면서 너무나 쉽게 내뱉고 있는 말이기 때문이다(심리학자들이 창조성을 측정하려고 오랜 세월 노력해오고 있지만 이렇다 할 결과가 없는 건, 바로 자신들이 무얼 측정하고 있는지 모르고 있어서다). 그렇지만 나는 이전에 없던 것을 만들어내려는 열망에 대해서는 안다. 이 책을 읽는 당신 또한 이러한 열망을 느끼고 있다면 우리는 그게 무엇인지, 어디에서 오는 건지 굳이 알려고 할 필요가 없다. 그냥 그 열망에 대해 바로 이야기를 나누면 된다.

심리학자들은 작가들의 특성에 관해 극히 일부분을 알아냈다. 개인주의자이고, 회의론자이며, 금기를 깨부수는 것을 좋아하며, 흉내를 잘 내고, 혼자 있기를 즐긴다는 것이다. 또한 의지할 만한 사람이 못 되며, 집세 밀리기를 밥 먹듯 한다. 불규칙한 생활을 하고 이상한 친구들을 사귄다. 프로 작가들은 범죄자들과 마찬가지로 말 그대로 세상과 동떨어져 산다. 정규적인 일을 구하지 않고 내키는 대로 일을 했다 관뒀다 하며 잔꾀로 먹고산다.

나의 경험에 따르면 작가들은 대부분의 사람에 비해 다양한 주제에 걸쳐 호기심이 많다. 또한 좀 더 명민하고, 함께 이야기를 나눌 때 재미가 있고, 인습에 얽매이지 않는 태도를 보여준다. 또한 그들은 특정 직장에 고용되어 일하는 것을 좋아하지 않는다. 생생한 환상의 세계를 가지고 있으며, 자신의 내적 경험을 보고 듣고 만질 수 있는 형식으로 표현하고 싶어 한다.

어쩌면 이 책을 읽는 당신은 위에 줄줄이 열거한 점들이 바로 자신의 이야기라는 것을 알면서도 작가의 길을 선택해도 될지 망설이고 있는지도 모른다. 그런데 작가의 길을 걷느냐 마느냐 하는 문제는 재능과 적성뿐만 아니라 확고한 의지, 그리고 운에도 달려 있다.

글쓰기 재능은 생각보다 훨씬 흔하다. 그리고 대부분의 사람이 믿는 것과 달리 작가가 되는 데 그다지 중요하지 않다. 나는 엄청난 재능을 지녔으나 이런저런 이유로 소설 창작을 관두고 사라져버린 사람들도 봤고, 아주 평범한 재능을 지니고 있으면서도 확고한 의지를 가지고 부단히 노력해 프로 작가로 성공한 사람들도 봤다. 나는 당신을 대신해 결의를 다져줄 수 없다. 할 수 있다고 해도 그러지 않을 것이다. 내가 할 수 있는 건 작가의 길에서 겪게 될 일들이 무엇인지 알려주고, 아마추어 작가와 프로 작가를 구분하는 기술들을 얻도록 도와주는 것이다.

잘 만든 소설은 건강한 유기체와 마찬가지로 전체가 하나다. 단순히 부분들의 집합이 아니다. 모든 부분이 서로 잘 어우러지고 함께 움직이며 조화를 이루어야 한다. 만약 쓰는 족족 좋은 작품이 나온다면 학문적 호기심이 아니고서야 굳이 소설의 구성 요소를 논의할 이유가 없다. 뭔가가 잘 안 풀리거나 새로운 기술을 배우고자 할 때라야 소설의 구성 요소가 무엇이고 어떻게 작동하는지 알 필요가 있다.

나의 오랜 친구들은 그들 스스로 그러했듯 작가라면 마땅히 소설 쓰는 법을 독학으로 터득해야 한다고 생각한다. 소설을 어떻게 써야 하는지, 마침내 그 '직감'을 얻기까지 자신들이 고군분투하며 보내야만 했던 음울한 시간은 깡그리 잊어버린 것 같다. 글쓰기는 자전거 타기와 비슷하다. 일단 할 줄 알게 되면 둘 다 세상에서 그보다 더 자연스러운 일은 없는 것처럼 느껴진다. 하지만 생각해보자. 우리가 자전거를 탈 줄 알기까지 얼마나 많이 넘어져야 했는지.

이 책은 거의 독선적인 어조로 쓰여 있다. 아주 겸손한 어조로 쓰여 있는 이 들어가기의 글보다 본문의 글이 솔직한 내 모습에 더 가깝다. 나는 천성이 독단적이고 고집이 세고 자기중심적이다. 그나마 이러한 성격을 여기서 덜 드러낼 수 있었던 이유는 딱 하나다. 자신의 책에서 자화자찬하는 작가들을 보면 헛웃음이 나기 때문이다. 독선적인 성향을 완전히 감출 수 있다면야 물론 감추고 싶다. 그게 여든쯤 되면 가능할라나 모르겠다. 하지만 지금은 일단 소설 창작에 관한 한, 그 어떤 말도 신뢰하지 말라고 충고하고 싶다. 내가 이 책에서 늘어놓는 조언까지도 포함해서 말이다. 그 어느 소설 작법서를 보아도 자신과 같은 의견이 없다고 해서 무조건 자신이 틀렸다고 생각하면 안 된다. 나 자신이 갖고 있는 문제는 다른 모든 이의 문제와 마찬가지로 나만의 고유한 문제다. 따라서 스스로 해결책을 찾거나, 찾지 못하고 사라지거나 둘 중 하나다. 자신만의 해결책이 아니라 뭔가 다른 해결책이 있다는 말은 어불성설에 불과하지 않을까?

이렇게 아무리 구구절절 설명해도 당신은 그냥 나의 안내대로 따라 하기만 하면 A조각을 B조각에 맞추어 넣듯 소설을 완성할 수 있게 될 거라고 믿고 싶을 것이다. 독자들을 무시해서 이러한 말을 하는 게 아니다. 내가 아는 한 가장 현명하며 재치와 재능을 겸비한 작가,

리처드 매케나Richard McKenna 또한 비슷한 실수를 했고, 그 경험을《아무것도 아닌 어떤 사람과의 여행Journey with a Little Man》이라는 소설 쓰기에 관한 빼어난 에세이에서 밝힌 바 있다.

인물 창조든 대화든 플롯이든 한 번에 한 가지만 개선하도록 노력하자. 진전이 있으면 그때 다른 사항에 접근하자. 모든 것을 한꺼번에 배우려고 하다가는 규칙을 너무 '의식'하게 된 나머지 이도 저도 손에 넣지 못한다. 대체 어떤 순서에 따라 발들을 움직이는지 설명해보라는 질문을 받은 애벌레처럼.

이 책을 읽으며 한 가지 시도해봤으면 하는 게 있다(지금 보고 있는 이 책이 당신의 소유물이라는 전제로 말이다). 읽으면서 자신에게 특별히 더 도움이 될 것 같은 구절을 발견하면 색연필이나 펜으로 표시해보자. 그리고 나중에, 작가로서 조금 진전을 이룬 후, 이 책을 다시 펼쳐보되 이번에는 자신에게 유용하게 다가오는 구절을 전과 다른 색으로 표시해본다. 세 번째 읽을 때는 또 다른 색으로 표시한다. 그러다 보면 결국 책이 무지개 색으로 가득 차게 될 것이다. 당신의 책이 그렇게 되기를 바란다.

이 책을 쓰면서 모두 기억할 수 없을 만큼 많은 사람의 도움을 받았다. 특히 지난 20년 동안 격렬한 토론을 함께한 밀포드작가콘퍼런스의 동료 작가들, 그리고 미시간 주립대학 클라리온SF판타지작가워크숍의 습작생들, 동료 교사들에게 감사의 마음을 전한다. 아내 케이트 빌헬름Kate Wilhelm에게 이루 말할 수 없는 큰 빚을 졌다. 아내는 이 책에 실린 수많은 기술과 통찰력을 내게 가르쳐준 사람이다.

데이먼 나이트Damon Knight

덧붙이는 말

이 책은 각 내용과 그에 딸린 연습법이 순차적으로 나열되어 있다. 다른 모든 지침서처럼. 그 외의 방식으로는 책을 쓸 수 없었기 때문이지만 어쨌든 이 책에서 다루는 주제들은 모두 서로서로 밀접하게 연관되어 있다는 점을 기억했으면 좋겠다. 책에 나오는 순서대로 연습을 해보는 게 편할 수도 있고, 다른 방법으로 하는 게 편할 수도 있다. 어떤 식으로 접근하든 전혀 문제되지 않는다. 그래도 한마디 덧붙이자면 까다로운 연습들을 우선적으로 하되, 그 외의 연습들도 건너뛰지 않기를 바란다. 보기보다 쉽지 않은 것들도 있다.

1
소설가로
재능을 개발하다

2
아이디어,
소설이 되다

3
소설을
시작하다

4
소설을
통제하다

5
소설을
끝마치다

6
작가가
되다

Contents

소설가로

재능을 개발하다

1

1.

로저 J. 윌리엄스Roger J. Williams(엽산과 판토텐산을 발견한 미국의 생화학사_ 옮긴이) 박사의 뛰어난 저작 《당신은 특별하다You Are Extraordinary》를 보면 이런 내용이 나온다. 인간의 몸속이 저마다 얼마나 다른지, 그 차이가 우리 눈에 보이는 겉모습에 적용된다면 누구는 코가 겨우 강낭콩만 한데 다른 누구는 무려 수박만 할 거라고 말이다. 이 책에서 윌리엄스 박사는 교과서에 흔히 나오는 '전형적인 위胃' 사진을 보여준 뒤 실제 인간의 위 사진을 열 개 남짓 보여주는데, 그 모습이 모두 다르다. '전형적인 간'에 이어 한 쪽 가득 나오는 실제 간의 모습 역시 모두 다르다. 근육의 양과 근육이 붙어 있는 형태도 전부 제각각이다. 정맥과 동맥, 힘줄, 혈구, 내분비선 모두가 사람마다 다르게 자리 잡고 있다.

　뇌도 마찬가지다. 사람에 따라 천태만상이다. 특정 부분에 있는 세포 종류와 수가 모두 다르다. 손가락의 지문보다도 뇌를 들여다보면 개

소설가로 재능을 개발하다

개인의 차이가 더 극명히 드러난다.

내가 아는 작가 중에는 늘 창문을 새까맣게 칠한 캄캄한 트레일러 하우스 안에 누워 녹음기에 녹음을 하는 방식으로 글을 쓰는 작가가 있다. 그런가 하면 새로운 소설을 구상할 때면 어김없이 버스를 타고 네 시간 정도 떨어진 곳으로 떠나는 작가도 있다. 그게 어딘지 상관없이. 목적지에 도착하면 다른 버스로 갈아타고 되돌아온다. 그렇게 집에 다다를 때쯤에는 장편소설 한 편이 머릿속에 완전히 구상되어 있다. 또한 석 달간 소설을 구상한 후 특수 제작한, 공중전화 부스보다 작은 칸막이 공간 속에 들어앉아 내리 서른 시간 동안 맹렬히 타자를 치는 작가도 있다. 그가 그곳에서 나온다는 건 장편소설 한 편을 완성했다는 뜻이다.

결국 작가가 된다는 건 자신만의 글쓰기 방식을 터득하거나 터득하지 못하거나, 모 아니면 도라는 결론이 나온다. 그저 내키는 대로 하면 된다는 말이 아니다. 어떤 식으로든 타인과 소통 가능한 소설을 써내는 게 우선이기 때문이다. 어느 누구도 정확히 어떻게 하면 소설을 쓸 수 있다고 알려줄 수 없다. 설령 "자, 이 규칙들을 따라서 쓰면 됩니다"라고 알려준다 한들 어차피 기술을 충분히 습득한 사람이라면 자신의 입맛대로 어떤 규칙들은 고쳐서 쓰고, 어떤 규칙들은 아예 무시해버릴 것이다.

'글쓰기 재능'이란 하나의 능력이 아니라 여러 능력의 집합이다. 말솜씨, 상상력, 스토리텔링 능력, 드라마drama(극적인 사건)와 이야기 구조 및 리듬에 대한 감각, 여기에다 아직 이름조차 붙여지지 않은 수많은 다른 능력까지 더해야만 나올 수 있는 재능이다. 대화문은 잘 이끌어가지만 시각적 묘사에는 약할 수 있다. 플롯을 짜는 기술은 부족하지만 서사적 감각이 뛰어날 수 있다. 그러니 가장 먼저 해야 하는 일은 자신의 강점과 약점을 파악하는 것이다(이 책에 실려 있는 연습은 이 일을 돕기 위해 고안한 것들이다). 그다음으로 해야 하는 일은 자신이 지닌 재능을 최대한 발휘하는 방법을 배우는 것이다.

작가가 갖춰야 하는 다양한 기술에 대해서는 나중에 논의하기로 하고, 우선은 대부분의 작가가 거치기 마련인 4단계 성장 과정에 대해 알아보자.

2.

작가의 4단계 성장 과정

1단계: 자기 자신을 위해 소설을 쓰며 본질적으로 백일몽을 풀어낸다. 즐거움을 얻기 위한 나르시시즘의 일종일 뿐, 다른 사람들과 소통하기 위해 소설을 쓰는 게 아니다(나는 적당한 나르시시즘에 반대하지 않는다. 오히려 자기 자신을 사랑할 줄 알아야 다른 이도 사랑할 수 있다고 믿는다. 그저, 작가가 되고자 한다면 자아도취적 공상만으로는 부족하다는 말을 하고 싶다).

2단계: 이제 껍데기를 부수고 나와서 다른 사람들과의 소통을 전제로 소설을 쓰려 한다. 그러나 써내는 글들이 편집자들이 "변변찮다"고 말하는 수준에 그친다. 아직 제대로 된 소설을 쓸 준비가 되지 않았기 때문이다. 반쪽짜리 소설을 가지고 어떻게든 때워보려 하지만 출판사가 계속 퇴짜를 놓자 성공은 자신과 거리가 먼 이야기라고 느낀다.

단편소설 쓰기의 모든 것

24

3단계: 제대로 쓴 소설, 또는 무리 없는 수준의 모작을 써낸다. 그렇지만 기술적인 문제, 그중에서도 주로 구조와 인물에 발목이 잡혀 있다.

4단계: 기술적인 문제를 모두 해결했다. 적어도 그럭저럭 해나갈 정도로 해결했다. 프로 작가 단계에 이른 것이다(4단계 이후도 존재하지만 4단계를 넘어선 작가는 더 이상 누군가의 도움이 필요하지 않다).

　어느 정도 나이를 먹은 뒤 뒤늦게 소설을 쓰기 시작하는 사람들은 보통 1단계를 건너뛰는 것 같다. 2단계마저 건너뛰는 사람도 있다. 이쯤 되면 30대 초반이 될 때까지는 소설 쓸 생각을 하지 말라고 권하고 싶을 정도다. 하지만 소설 쓰기 말고는 죽어도 하고 싶은 일이 없다면 어떡해야 할까? 이 단계들을 처음부터 끝까지 거치는 수밖에 없다. 내가 겪은 것처럼 좌절을 맛보는 것까지 포함해서 말이다.

　나는 4단계에 이를 때까지 거의 12년이 걸렸다. 누군가는 나보다 더 많은 시간이 걸릴 것이고 또 누군가는 더 적은 시간이 걸릴 것이다. 그 사람의 나이, 경험, 재능, 의지, 그리고 운에 달렸다 하겠다.

　소설 쓰는 법을 터득하는 과정에서 일어나는 일을 바구니 엮기에 비유해보면 어떨까? 단어로 엮은 바구니 말이다. 크거나 작을 수도, 단단하거나 느슨할 수도 있다. 처음 만든 바구니는 너무 작아 우리도 굳이 그 안에 많은 걸 담으려 하지 않는다. 하지만 점차 단단하고 큰 바구니를 만들게 된다. 그러다 결국 안에 든 것에 비해 너무 커져서 꼴사나운 모양새로 찌그러져 버린다. 그러면 우리는 이제 바구니에 더 많은 것을 집어넣기 시작한다. 그런데 이번에는 지나치게 많이 집어넣어서 바구니가 망가진다. 이 과정이 반복되다가 마침내 바구니와 내용물 사이에 조화가 이루어진다. 이제 우리는 이 상태에 이르게 해준, 마치 시소를 타는 것만 같았던 과정에 대해서는 깡그리 잊어버리지만 직감적으로 그 과정을 이용한다. 여느 예술가들도 마찬가지다. 무게와 힘을 견주어가며 바구니를 짠다. 그 바구니가 담아야 하는 내용물에 딱 맞는 크기가 될 때까지.

나는 열다섯 살 때 젊은 남자가 물질 복제기를 발명해서 자기 자신을 몇 차례나 복제하는 내용의 소설을 쓰려 했다. 똑같이 생긴 주인공 다섯 명이 멀거니 서서, 요컨대 "그래, 우리가 여기 있단 말이지"라는 말만 계속하는 첫 번째 장면을 썼다. 나는 주인공들을 몽땅 우주선에 태워 떠나보내 모험을 겪게 하고 싶었다. 그러나 뾰족한 수가 떠오르지 않았고, 소설을 전혀 진전시킬 수 없었다. 이게 바로 1단계, 즉 나르시시즘 상태의 백일몽을 소설로 옮기는 전형적인 모습이다(나는 외동이라 당시 말동무가 갖고 싶었다).

수많은 실패를 겪으며 약 1년이 지난 후 드디어 소설 한 편을 완성했다. 보통 줄 간격에 타자로 종이 앞뒤를 꽉 채운, 두 쪽짜리 소설이었다. 시작은 화성인의 멸망이다. 화성인들은 그들의 정신을 인코딩해둔 컴퓨터 같은 기기를 엄청 눈에 띄는 기념물 안에 남겨둔 채 멸망한다. 여기서 기념물은 덫이다. 훗날 화성에 온 우주 여행자들이 이 기념물을 조사할 수 있도록, 그 결과 죽은 화성인의 정신이 우주 여행자의 사고를 지배하게 되는 덫. 그러면 화성인은 새 삶을 얻을 수 있다. 마지막에 이르면, 화성인의 팔다리는 여섯 개인데 기념물을 발견한 지구인은 팔다리가 네 개뿐이라는 사실이 밝혀진다. 그래서 화성인의 정신은 지구인의 몸을 통제하는 데 실패하고 만다. 지구인은 변형된 채로 죽어 나뒹군다. 나는 이 결말이 대단히 풍자적이라고 생각했다. 사실은 너무나도 단순하고 자의적인, 말 그대로 '변변찮은' 이야기였을 뿐인데도. 등장인물이 사람이 아니라 뒤바뀐 신체의 일부분에 불과한 데다 이야기에 발전도 갈등도 없다. 즉 중간 부분이 전혀 없고 시작과 결말만이 있다. 2단계에서 쓰는 소설이었던 것이다.

나는 이와 같은 부류의 소설을 계속해서 썼고 열아홉, 스무 살 무렵에는 그중 일부를 출판사와 계약할 수 있었다. 하나는 제목이 〈정전 Blackout〉이었다. 우리가 보는 별들이 사실 전 우주적 도시의 가로등이었다는 진실이 밝혀지고, 이 전 우주적 도시가 우주보다 더 큰 존재에게 위협을 받고 있다. 여기까지만 들어도 누구나 결말을 예상할 듯싶다. 후에 아서 C. 클라크Arthur C. Clarke가 〈90억 가지 신의 이름The Nine Billion Names of God〉《SF 명예의 전당 1》, 오멜라스, 2010을 통해 대단히 훌륭하게 그려낸 것과 같은 세계를 표현해보려던 미숙한 시도였다.

열아홉 살에는 현미경으로 봐야 겨우 볼 수 있을 정도로 작아진 후 여러 문제에 휘말리게 된 탐험가 무리가 주인공인 소설을 썼다. 자신들을 작게 만들어버린 과학자에게 도움을 호소하기 위해 보내는 메시지 형식으로 이야기를 전개했다. 출간하진 못했는데, 뭐 당연한 일이었다. 단편적 사건의 나열로 플롯이랄 게 없었고, 독창적인 내용도 아니었으니까. 그렇지만 이 작품을 계기로 나는 소설 쓰기의 새 지평, 즉 3단계로 나아갈 수 있었다. 초단편이 아니라 비교적 일반적인 길이의 소설이었던 것이다.

당시 내가 겪은 일들을 3단계에 있는 많은 초보 작가가 똑같이 겪는 모습을 가끔 본다. 조금 복잡한 플롯을 짜려고 애쓰다가 그게 어렵다는 걸 느끼고는 인물에게 쏟아야 할 노력을 끌어다 쓴다. 그 결과 플롯이 잘 짜이더라도(그것도 어쩌다 가끔) 소설 자체가 성공적일 수는 없다. 인물이 꼭두각시로 전락한 상태라 어떤 독자도 그들에게 무슨 일이 일어나는지 흥미를 느끼지 못하기 때문이다.

4단계에 이르러 쓴 소설이라고 주장할 수 있는 내 첫 번째 작품은 1950년에 출간한 〈단 한 번의 총성 없이Not with a Bang〉다. 결말에 트릭trick(등장인물 또는 독자를 속이는 장치, 정보)이 있는 플롯이었는데, 변변찮은 수준에서 벗어나는 데 성공한 작품이었다. 내가 인물들을 이해하고 있었고 정말 좋아했기 때문이다. 이야기는 핵전쟁으로 인해 한 남자와 한 여자를 제외한 모든 사람에게서 인간성이 사라졌다는 설정에서 출발한다. 두 사람은 솔트레이크시티에 있는 레스토랑에서 만난다. 남자는 성격이 고약한 지체부자유자로, 어떤 질병을 앓고 있는데 말기에 이른 탓에 온몸이 마비되는 상황을 되풀이해 겪고 있다. 약을 가지고 있지만 마비 상태가 되면 스스로 투여할 수가 없다. 여자는 정신이 온전치 못한 전직 간호사로 감리교 신자였던 어린 시절로 퇴행한 상태. 남자가 구애를 하지만 여자는 결혼을 선포해줄 목사가 모두 죽고 없다는 이유로 거절한다. 한참 후에 남자는 여자를 설득하는 데 성공한다. 그러나 화장실에 갔다가 마비가 와서 쓰러지고 만다.

여자는 당연히 화장실 문을 열어보지 않는다(나는 몇 년 후 선집을 엮다가 한 무명작가에게서 원고를 하나 받았는데, '두 명의 생존자'가 이와 비슷한 상태에 처한 내용이었다. 결말에서 두 사람은 함께 세계 여행을 떠나기로 한다. 어딘가에 목사가 살아 있을 거라는 희망을 품었기 때문이다. _옮긴이).

연습 1 1단계에서 벗어나는 법

백일몽 단계에서 벗어나고 싶다면 이렇게 하자. 주인공뿐 아니라 주요 인물 모두를 인정하고 받아들인다. 처음에는 자신을 상대로 체스 게임을 벌이는 것처럼 느껴질지 모른다(별 재미가 없는 데다 반칙을 할 경우 더욱더 재미없어지는 체스 게임). 하지만 얼마 지나지 않아 모든 인물이 스스로 움직이도록 할 때의 즐거움을 배울 수 있을 것이다. 예를 들어, 지금 막 내가 발칸 반도에 있는 작은 왕국의 실종되었던 왕위 계승자라는 사실이 밝혀졌다고 해보자. 나는 흰담비 털로 장식된 진홍색 옷을 입고 있고, 나의 젊음과 아름다움에 경탄하며 속삭거리는 신하들이 나를 둘러싸고 있다. 이제 이 신하들 중 한 명을 선택해 잠시 그의 역할을 해보자. 그 신하의 시선을 통해 나의 모습을 바라보자. 하루아침에 모든 것을 갖게 된 타국 출신의 얼빠져 보이는 왕위 계승자에 대해 이 신하는 '실제로' 어떻게 생각할까? 세상에! 달콤한 행복만이 이어지던 백일몽이 사라지는 순간이다. 하지만 새로운 소설의 출발점을 찾게 될지도 모른다.

혹자는 자신을 감추는 방법으로써 소설 쓰기에 매력을 느낀다. 상상

속 인물 안에 숨어버리는 것이다. 배우가 자신이 연기하는 배역 뒤에 숨는 것과 마찬가지다. 물론 자신을 감추는 것은 소설 쓰기의 일환이고, 우리는 누구나 자신이 만들어낸 인물 뒤에 숨곤 한다. 그러나 한편으로 소설 쓰기는 자신을 드러내는 방법이기도 하다. 용기를 내어 자진해서 드러내건, 겁을 내며 무심코 드러내건 간에 말이다. 똑똑하고 지혜롭고 아름답고 강한 데다 온갖 미덕까지 갖춘 인물에만 열정을 쏟는, 서툴기 그지없는 초보 작가는 가느다란 기둥 뒤에 숨은 어린아이와 다름없다. 몸 전체를 숨길 수도 없고, 어느 부분만 내보일지 스스로 선택할 수도 없다.

우리가 이러한 나르시시즘 상태의 백일몽을 꾸는 까닭은 단 하나, 바로 자기 자신을 만족시키기 위해서다. 그러므로 다른 인물이 자신의 이익을 좇도록 허용하면, 즉 마음대로 행동할 수 있도록 놔두면 우리는 백일몽에서 깨어난다. 위 훈련을 권하는 이유다.

백일몽에서는 모든 게임이 주인공만을 위해 진행된다. 그 주인공이 바로 작가 자신이기 때문이다. 물론 백일몽에서는 아무 문제가 되지 않지만, 소설에서 그러면 긴장이 사라져버린다. 내 말을 믿어야 한다. 스토리텔링 게임을 공정하게 하는 요령을 익히고 나면 백일몽보다 훨씬 흥미진진하고 만족스러운 이야기를 쓸 수 있다.

2단계와 3단계에서 벗어나는 것은 기술적인 문제에 달려 있으며, 앞으로 이 책에서 다룰 부분이다. 그러나 1단계를 넘어서기 전에는 이 기술들을 알아도 별 도움을 얻을 수 없다.

3.

보는 법

보는 법을 왜 굳이 배워야 하는 건지 모르겠다고 생각할 수 있다. 정상 시력을 지니고 있다면 당연히 보는 법을 알고 있는 것 아니냐며 말이다. 하지만 화가, 조각가, 사진작가는 물론 소설가 역시 처음부터 다시 다른 방식으로 보는 법을 배워야 한다. 여기서 '본다'는 건 어떠한 상像을 지각하는 것을 일컫는 게 아니다. '해석'하는 것을 뜻한다. 카메라는 볼 줄 모른다. 수술로 뇌의 전두엽을 절제한 사람이라도 시각계가 멀쩡하면 카메라처럼 보이기는 한다. 그러나 '볼' 수는 없다. 주인없는 집이나 마찬가지니까(받는 이가 없으면 애초에 신호도 없다).

어니스트 헤밍웨이Ernest Hemingway의 《오후의 죽음 Death in the Afternoon》책미래, 2013에는 황소에 넓적다리를 받힌 투우사 이야기가 나온다. "그가 일어서자 빌려 입은 두꺼운 잿빛 실크 바지가 흙투성이가 된 데다 완전히 싹 찢겨서 엉덩이 아래부터 거의 무릎까지 넓적다리

소설가로 재능을 개발하다

뼈가 밖으로 드러난 것이 눈에 들어왔다. 자신도 쳐다보고는 소스라치게 놀란 듯 손으로 다리를 가렸다. 그 사이 사람들은 투우사를 응급실로 데려가기 위해 울타리를 뛰어넘어 달려갔다."

헤밍웨이의 투우사 친구들은 이 투우사가 프로로서 해서는 안 되는 어리석은 짓을 했고 그에 응당한 결과를 얻은 것뿐이라며 어떠한 동정의 빛도 내비치지 않았다. 하지만 헤밍웨이는 "내 입장에서는"이라며 이렇게 썼다.

나는 투우사도 아니고 투우보다는 자살 행위에 훨씬 흥미를 느끼는 사람인지라 문제라고 느낀 건 어떤 묘사 하나였는데, 그것 때문에 한밤중에 깨어나 내가 진짜 본 게 분명하고 기억도 분명히 하고 있는 그 무엇이 과연 뭐였는지 떠올리려 애쓰다가, 마침내 전부 기억해냈고, 알아냈다. 그 투우사가 일어섰을 때, 그의 얼굴은 하얗게 질려 있었고 더러웠으며, 실크 바지는 허리에서 무릎까지 뜯어져 벌어져 있었고, 빌려 입은 그 바지는 더러웠고, 찢어진 속옷도 더러웠는데, 그런데 드러난 넓적다리뼈는 깨끗해도 너무 깨끗해서 견딜 수 없이 순백했고, 바로 이게 내게 중요한 점이었다.

중요한 건 묘사가 아니라 의미라는 데 주목하자. '의미', '정보', '아름다움', 이 모든 건 결국 같은 것이다. 어떤 예술 작품을 잘게 쪼갠 뒤 그 조각들을 임의로 다시 배치한다고 상상해보자. 단어나 모양새가 무의미하게 뒤섞인 것에 지나지 않는다. 전달하려는 정보도 없고 추하기만 하다.

나는 고등학교 졸업 후 1년가량 미술을 공부했던 경험을 바탕으로 지금도 화가처럼 세상을 보고 있다. 나에게 나무 한 그루는 유달리 복잡하면서도 아름다운 구조물이자 복잡하고 멋진 무늬의 빛깔을 지닌 대상이다. 아마도 식물학자나 식물생리학자는 이와 상당히 다른 방식으로, 그렇지만 똑같이 흥미로운 방식으로 나무를 볼 게 분명하다. 목재검척원은 옆집 뜰에 있는 나무에서 보드푸트 단위 판자(너비와 폭이 12인치이고 두께가 1인치인 판자_옮긴이)를 몇 개나 얻을 수 있을지 볼 것이다. 가구 디자이너나 조각가는 사포질을 해서 색을 입히고 광택제를 바르면 나뭇결이 어떤 모습일지 볼 테고. 어릴 때는 나무를 '그냥 나무'라고 생각했을 뿐 이런 식으로는 전혀 바라보지 못했다. 특별히 다른 점도, 재미있을 이유도 없는 그냥 나무였다(오르고 싶은 커다란 가지가 있거나 먹고 싶은 열매가 달려 있는 게 아닌 이상).

우리 집에서는 유리로 된 부엌문 너머로 라일락 덤불과 거기 있는 새 모이통에 날아드는 온갖 작은 새를 볼 수 있다. 그런데 요즘 내가 매일 아침 한 시간 넘게 그 덤불을 쳐다보고 있다는 사실을 깨달았다. 나뭇가지와 잎사귀의 아름다운 빛깔을 보고 있노라면 스테인드글라스처럼 느껴진다. 무늬가 복잡해서 절대 싫증날 일이 없다(나무가 보이는 창가에 책상을 놓을 엄두가 나지 않는다는 것을 몇 년 전에 깨닫기도 했다). 한번은 라일락 덤불을 그리려고 하다가 그 모든 복잡성에 얼마나 많은 질서가 숨어 있는지 실감하기도 했다. 줄기가 중앙에서부터 뒤로 젖혀지며 뻗어 나오는데, 모든 줄기에 달린 굵은 나뭇가지나 잔가지가 각각 필요한 공간을 확보할 수 있도록 바깥 줄기가 안쪽 줄기보다 적당히 더 젖혀져 있다. 줄기와 나뭇가지 사이의 각도도 정확히 정해져 있다. 아래쪽 가지가 벌어져 있는 각도는 크고, 위쪽 가지가 벌어져 있는 각도는 그보다 작다. 제멋대로인 한두 가지를 제외하고 모든 가지의 끝은 보이지 않는 경계선에 이르러 멈춘다. 제멋대로 무성하게 뻗은 것처럼 보이는 라일락 덤불이 실은 엄청난 법칙에 따라 자라고 있는 것이다.

미술을 배울 때도 이러한 점을 지각하고 있었는지는 잘 기억나지 않는다. 그저 그리는 법을 배우고 싶어서 덤볐다가, 정확히 그리기 위해서는 먼저 사물이 서로 어떻게 연관되어 있는지 알아야 한다는 점을 깨달았다. 어떤 이치를 알기 위해 마음을 쏟으면 쏟을수록 그것을 알게 되었을 때 더욱 큰 기쁨을 얻을 수 있다. 자연의 법칙 즉 각 부분이 전체와 질서정연하게 연결되어 있다는 사실을 발견하는 순간은 과학자뿐 아니라 화가, 조각가, 음악가, 그리고 작가에게도 깊은 만족을 준다. 문득 우주의 질서를 발견한 경험이 있는 사람이라면 이 말을 이해하리라 믿는다. 그 순간 마치 어떤 에너지가 자신을 강타한 것처럼 눈앞에 빛이 번쩍이고 머리카락이 곤두서는 듯한 느낌을 받는다(심리학자들은 이를 '아하 반응-Aha reaction'이라고 부른다).

나는 이 감각이 섹스와 마찬가지로 우리를 기분 좋게 만든다고 생각한다. 이러한 기분을 즐길 줄 아는 사람들은 그렇지 못한 사람들보다 생존력이 강하고, 그들의 자식 또한 생존력이 강하다. 깨달음의 기쁨은 그저 호기심 충족으로 인한 단순한 만족에 불과하더라도 우리 모두에게 보편적인 듯하다. 아마도 모든 고등동물의 본성이 아닐까 싶다. 우리 가족이 키우는 고양이만 해도 집 구조에 엄청난 호기심을 보인다. 지나가지 않은 문은 반드시 지나가 봐야 직성이 풀리는 것 같다. 고양이도 그런지는 장담할 수 없지만, 어쨌든 이 왕성한 호기심은 인간 생존에 기여도가 높다. 우리가 알게 된 것이 지금 당장은 우리 자신에게 중요하지 않더라도 인류 또는 후손에게는 중요할 수 있기 때문이다.

단편소설은 다른 형식의 재현예술(눈에 보이는 세계를 묘사하는 예술_옮긴이)과 달리 반드시 인물을 전면에 내세워야 한다. 다시 말해 회화의 풍경화나 정물화에 해당하는 것이 소설에는 없다(여기서 '인물'이 꼭 사람은 아니다. 리처드 애덤스Richard Adams의《워터십 다운의 열한 마리 토끼Watership Down》사계절, 2003에서처럼 토끼일 수도, 다른 행성에서 온 외계인일 수도, 조지 R. 스튜어트George R. Stewart의《불Fire》이나《폭풍우Storm》에서처럼 의인화된 자연 요소일 수도 있다). 그러나 인물만 달랑 데려다 놔서는 그 인물을 이해할 수가 없기 때문에 과학이나 미술이 다루는 다른 대상들에 대해서도 써야 한다.

이상하게도 형태심리학이 내놓은 연구 결과는 다른 분야의 연구 결과들에 비해 대체로 작가에게 별 소용이 없다. 형태심리학은 우리 자신을 연구 대상으로 삼기 때문에 그 내용이 상식과 거의 완전히 겹친다. 행동심리학자들은 쥐에 대해서만 많은 것을 밝혀내고 인간에 관해서는 별로 알아낸 게 없는 것 같다(이런 말을 하면 행동심리학자들은 십중팔구 인간을 대상으로 실험하는 게 허용되지 않기 때문이라고 대꾸할 것이다). 심층심리학 즉 프로이트Freud, 융Jung, 아들러Adler의 심리학은 예외다. 심층심리학은 우리 정신의 무의식적인 부분을 다루기 때문이다.

이러한 이야기를 하는 이유는 세상을 이해하는 데 도움이 되는 체계는 그게 뭐든 작가에게 그 고유의 가치를 지닌다는 것을 알려주고 싶어서다. 자연사든 생물학이든 민족학이든 물리학이든 지질학이든 간에 말이다. 우리는 다채로운 지식이 걸려들 수 있는 지식의 그물망을 갖추고 있어야 한다.

어떤 분야의 스페셜리스트가 되어야 한다는 뜻이 아니다. 오히려 작가가 되려면 제너럴리스트가 되어야 한다. 모든 방면에 걸쳐 상식 수준의 지식을 갖추는 게 훨씬 중요하다. 그러면 스페셜리스트로서는 보통 간과할 수밖에 없는, 전체를 아우르는 다양한 연결고리를 파악할 수 있다. 같은 이유에서 단편소설이나 국내 문학의 전문가가 되려고 애쓸 필요도 전혀 없다. 대신에 다양한 소설을 읽어야 한다. 요즘 들어 소설은 거의 읽지 않고 텔레비전 드라마나 영화만 본다고 말하는 습작생을 가끔 본다. 끔찍한 일이다. 의학을 공부하지 않고도 의사가 될 수 있을까? 극을 공부하지 않고도, 심지어 극장에 발걸음도 하지 않으면서 배우가 될 수 있을까?

얼마 전, 내게 소설 작법을 배웠던 습작생이 자신이 쓴 소설을 한 편 보내왔는데 나는 그 소설을 읽자마자 혹시 어느 작가를 롤모델로 글을 쓰는지 물어보지 않을 수가 없었다. 소설에 빅토리아풍 클리셰가 가득했는데, 알지도 못한 채 쓴 게 분명했기 때문이다. 빅토리아 시대를 배경으로 하는 소설을 한 권도 읽지 않았던 거다.

작가가 되려면 실수를 하고 깨달음을 얻는 일에 자유로워야 한다. 외따로 존재하는 건 그 어디에도 없다. 라일락 덤불과 활짝 편 내 손, 그리고 산호의 가지는 모두 관련되어 있다. 존 치버John Cheever와 플래너리 오코너Flannery O'Connor, 레프 톨스토이Lev Tolstoy, 앨리스 먼로Alice Munro가 쓴 소설들도 마찬가지다. 나뭇잎을 흔들면서, 나뭇가지에 달린 잔가지에 매달린 나뭇잎을 흔들면서, 거기에 나무 같은 건 없다고 대체 누가 말할 수 있을까?

연습2 보는 법

1. 밖에 나가서 살아 있는 것을 관찰하자. 꽃나무 덤불, 낮잠 자는 강아지, 거미줄을 타는 거미 등등. 이전에는 몰랐던 사실을 깨달았다고 느끼는 순간이 올 때까지 계속해서 바라보자(그 생물이 자신에게 어떠한 말도 걸어오지 않을 거 같으면, 다른 생물을 선택해 다시 시도하자). 이제 그 대상에 대해서 한 단락 정도 써보자. 새롭게 이해한 바를 표현하기 위해 노력하자. 다 쓰고 나면 관찰한 대상에게서 받은 자신만의 인상이 글로 뒤바뀌어 있을 것이다. 그리고 그 대상은 그 순간 이후로 흥미 없던 예전과는 전혀 다른 모습으로 존재할 것이다.

2. 버스를 탈 때면 내가 가끔 하는 게임이 있다. 바로 주변에 앉아 있는 사람들의 옷차림이나 특징적인 버릇 같은 겉모습을 전체적으로 머릿속에 새기는 것이다. 이렇게 눈여겨보아 둔 사람들은 버스에 있던 다른 사

람들에 비해 잘 기억할 수 있고, 이후에 글로 묘사해두기라도 하면 훨씬 더 잘 기억할 수 있다.

다음번에 공공장소에 가면 한번 시도해보자. 공항도 좋고, 모든 장소의 대기실도 좋다. 콘서트장, 쇼핑몰처럼 이목을 끌지 않으면서 다른 사람을 관찰할 수 있는 장소면 어디든 좋다.

유난히 겉모습에 관심이 가는 사람이 있으면 그 사람을 선택해 묘사하되, 일반적인 점들 말고 특별한 점들을 상세하게 그려보자. 우리는 지금 초안을 쓰는 것이지 경찰 조서를 쓰는 게 아니다. "백인 남성, 35~40세, 몸무게 약 70킬로그램, 키 약 178센티미터, 파랑색 데님 재킷과 파랑색 슬랙스를 입었으며, 로퍼를 신고 있다"라고 쓰면 곤란하다. 이런 평범한 묘사로는 경찰조차 용의자를 500명도 넘게 추려낼 수 있을 것이다. 우리가 써야 하는 건 지금 관찰하고 있는 그 '단 한 사람'에 대한 초안 한 단락이라는 점을 명심하자.

4.

듣는 법

시각적인 사람은 듣는 행위를 비교적 대수롭지 않게 여기는 경향이 있다. 만약 자신이 그러한 사람인 것 같다면 다음 세 가지 실험을 따라 해보자.

하나, 재미있게 본 영화를 소리를 끈 상태로 다시 보자. 그래도 여전히 재미가 있나? 재미가 없다면 왜일까?

둘, 생각실험을 해보자. 생활 속에서 실제로 하기가 어렵고 심지어 하다가 죽을 수도 있기 때문에 생각으로 실험을 해보자는 것이다. 모든 소리를 완벽히 차단할 수 있는 헤드셋이 있다고 상상하자. 아침에 일어나 이 헤드셋을 착용한 후 아무것도 들을 수 없는 상태로 거리를 걷고 길을 건너고 수많은 차 사이에서 운전을 하는 등 평소와 다름없는 일들을 하며 하루를 보내는 자신의 모습을 떠올려 보자.

셋, 눈을 가린 채 사람들이 이리저리 움직이며 이야기를 나누는 방 안에 앉아 있자. 서로 다른 소리가 몇 가지나 들리나? 각각의 소리는 어떤 느낌과 감정으로 다가오는가? 눈을 가리기 전에는 몇 가지 소리를 구분할 수 있었나? 만약 눈을 가리고 들은 소리의 느낌과 눈을 가리지 않고 들은 소리의 느낌이 같지 않다면, 무엇이 어떻게 다른가?

연습3 듣는 법

여러 사람이 이리저리 움직이며 이야기를 나누는 장면을 써보자.

1. 눈을 뜨고 있는 인물의 시점에서 써보자.
2. 눈을 감고 있는 인물의 시점에서 써보자.

이때 행위, 대화 등의 세부 사항은 동일하게 집어넣어야 한다.

이 연습을 해두면 나중에 어둠 속에 남겨진 인물이나 시각장애인이 등장하는 장면을 쓸 때 도움이 된다. 무엇보다도 소리가 사람, 특히 스트레스 상황에 처한 사람에게 어떤 식으로 영향을 끼치는지 훨씬 잘 이해할 수 있다.

5.

내가 여태껏 만난 작가 지망생 대부분은 두 부류로 나눠진다. 말할 거리가 있지만 어떻게 써야 할지 갈피를 잘 못 잡는 부류, 그리고 어떻게 써야 하는지는 어느 정도 감을 잡고 있지만 말할 거리가 전혀 없는 부류. 후자에는 여성보다 남성이 더 많은데 나는 이들이 특히 딱하게 느껴진다. 과거에 내가 '뭐라도' 좀 썼으면 하고 얼마나 바랐는지 기억하고 있기 때문이다.

미술을 공부할 때도 비슷한 문제를 겪었다. 실물을 그대로 따라 그리는 것은 본질적으로 기계적인 과정이라 보고 그리는 건 정말 쉽게 배웠다. 누가 앞에 뭘 갖다놓든 정확한 비율로, 아주 자그마한 부분까지도 그대로 그려낼 수 있었다. 그렇지만 그 기술을 특별하게 여겼던 적은 없다. 내 그림이 텅 비어 있다는 게 너무도 확실히 보였으니까. 아무런 의미도 담겨 있질 않으니 해석할 거리도 전혀 없었다.

만일 내가 미술을 업으로 삼았다면 끝내는 거기에서 소설 쓰기에서 찾아낸 것과 똑같은 것을 찾아냈을 거라고 생각한다. 기술적으로 단어들이 모인 집합이라 봤을 때, 소설은 뭔가를 담기 위해 만든 단단한 그릇이다. 신묘하게도 심상이나 감정처럼 실체가 없는 것을 포착해서 담을 수 있는 그릇.

글을 쓰기 시작한 지 15년쯤 지나자 나는 소설의 내용에 대해 진지하게 숙고하기 시작했다. 그러다 내가 수년 동안, 나도 모르게, 그 당시 내게 중요했고 지금도 여전히 중요한 의미를 지니고 있는 강렬했던 특정 순간들을 기억 속에 차곡차곡 저장해왔다는 사실을 깨달았다. 전체적으로 보자면 내 기억력은 형편없는 편이다(날짜도 까먹고, 요일도 까먹고, 옛 주소도 까먹고, 사람들 이름도 까먹는다. 인생의 어떤 부분들은 아예 새하얗게 아무것도 기억나지 않는다). 그러나 몇몇 순간만은 지금도 선명하고 생생하게 떠오른다. 어떤 것들은 벌써 40년도 더 지난 일인데도 말이다. 오랜 시간이 흘렀어도 내 무의식은 그 순간들을 여전히 충격과 자극으로 느끼고 있는 게 아닌가 싶다. 그리고 내가 소설에 담아내고 싶어 하는 본질들은 바로 그런 순간들에 담겨 있는 것 같다.

그중 한 가지 기억은 예전에 일했던 사무실의 경리 직원과 연관되어 있다. 40대 후반으로 늘 뚱한 표정을 하고 있는 여성이었다. 그녀는 우리가 월급을 받으러 갈 때마다 자신의 책상에 월급봉투를 탁 던지며 우리를 노려보았다. 한마디로 사무실 분위기를 해치는 암적인 존재였다. 그러다 어느 날 오후 처음으로 그 직원과 같이 엘리베이터를 타게 되었는데, 그녀가 어떤 남자와 이야기를 나누며 미소를 짓고 있었다. 가히 충격적이었다. 아름다워 보이기까지 했다. 그전까지는 그녀가 웃는 모습을 한 번도 본 적이 없었다. 그때 비로소 나는 그녀도 그녀의 드라마에서는 주인공이라는 사실을 깨달았다. 나의 엑스트라가 아니라. 몇 년이 흐른 뒤 왜 그녀가 사무실에서 웃지 않았는지, 왜 두 개의 삶을 살았는지 서서히 이해할 수 있었다.

또 한 가지 기억은 초등학교 3학년 때 있었던 일이다. 우리 반에 뇌전증을 앓는 남자아이가 한 명 있었다. 어느 날 그 아이가 발작을 일으켜 책상 옆에 쓰러지더니 경련을 하며 팔다리가 뻣뻣해지는 것을 보았다. 혀를 깨물고 피를 흘리기도 했다. 당시 나는 그 발작을 벌이라고 생각했던 것 같다. 몇 년 후 〈친절한 이들의 나라 The Country of the Kind〉《SF 명예의 전당 2》, 오멜라스, 2010라는 단편소설을 쓰면서 그때의 기억을 이용했던 것이다(이 작품은 사형제도가 사라진 미래에 사는 한 살인자 이야기로, 사람들이 그를 제제하는 수단으로 뇌전증 발작이 나온다. _옮긴이).

나는《미래인들 The Futurians》을 쓰기 위해 오랜 친구들을 인터뷰하다가 조그마한 기억 파편들(나는 '스냅사진'이라고 부른다)이 나처럼 있는 사람도 있고 없는 사람도 있다는 것을 발견했다(《미래인들》의 책 제목은 SF소설 팬이었던 작가가 열여섯 살 때 친구들과 만든 모임 이름을 그대로 따온 것이다. 이들 중 상당수가 나중에 SF 분야에서 최고의 작가 및 편집자로 활약했다. _옮긴이). 평범한 인간의 기억은 대여섯 가지 종류로 나뉜다. 그러니 조그맣고 강렬한 기억 파편들이 없다고 해도, 분명 다른 종류의 의미 있는 기억이 자신에게 존재할 것이다.

이해할 수는 없지만 중요하다는 느낌으로 남아 있는 어린 시절의 기억을 떠올려 보자. 억지로 기억해내려 하지는 말길. 바로 떠오르지 않더라도 하루 이틀 안에 뭔가가 생각날 거다. 기억이 하나 떠오르고 나면 곰곰이 들여다보자. 그 기억이 왜 그렇게 의미 있게 느껴지는 건지 따져보자. 나를 사랑하는 사람이 나에게 잔인하게 굴 수도 있다는 진실, 또는 내가 싫어하는 사람이 나에게 다정하고 따뜻한 태도를 보여줄 수도 있다는 진실을 처음 깨달은 순간인가? 혹시 떠오른 기억이 어디에 맞춰 넣어야 할지 모르겠는 퍼즐 조각처럼 느껴지나? 그렇다면 지금 제대로 맞출 수 있을 것 같은가? 이 연습을 통해 소설 아이디어를 얻을 수도 있다. 절대 텅 빈 껍데기일 수 없는 소설의 아이디어를.

6.

느끼는 법

아이들은 자신의 감정을 생생하게 인식한다. 그러나 다른 사람에게도 감정이 있다고는 꿈에도 생각하지 않는다. 다른 사람들에게 감정이 있건 말건 자기들이 알 바가 아니다. 하지만 한 살 한 살 나이를 먹으며 다른 사람의 감정도 배려해야 한다는 주의를 듣는다. 그러다 마침내 다른 사람을 배려할 줄 알게 되지만, 사실 그건 남들에게 좋은 평판을 듣기 위해서일 뿐이다. 진정으로 타인에게 공감하는 건 나이가 좀 든 후에야 가능하다. 개중에는 끝까지 공감을 못 하는 사람도 더러 있다. 그런데 공감 능력 없이는 절대 성숙한 예술가가 될 수 없다.

한 예로 레프 톨스토이는 자신의 경험을 녹여낸 거라고밖에는 생각할 수 없을 정도로 모든 세대의 남녀를 그야말로 설득력 있게 그려냈다. 그러나 톨스토이가 젊은 어머니나 처음으로 사랑에 빠진 소녀였던 적이 없다는 건 모든 사람이 빤히 아는 사실이다.

톨스토이가 될 수는 없지만, 톨스토이가 훌륭히 해낸 일을 어느 정도 능숙하게 할 수 있길 바란다면 다음 세 가지를 열심히 해야 한다.

하나, 자신의 감정을 받아들인다.
둘, 다른 사람들을 관찰한다.
셋, 역할 연기를 해본다.

첫 번째는 언뜻 쉬워 보인다. 하지만 사람들은 대개 자신의 진정한 감정을 알지 못하며 찾아내기 버거워한다. 어릴 적 우리는 부모님이 생각하기에 바람직하지 않은 다양한 감정과 충동을 억제하도록 훈련을 받았다. 그렇기 때문에 이는 당연한 결과다. 물론 불필요한 교육이었다고 할 수는 없다. 예컨대 우리는 갖고 싶었던 장난감을 어린 여동생만 선물 받더라도 화를 참아야 한다고, 야구 방망이든 뭐든 손에 잡히는 대로 집어서 여동생을 때려주고 싶은 마음을 참아야 한다고 배웠다. 여동생이 다음 날 아침에 죽은 채로 발견되었으면 좋겠다는 소망을 억누르고 '그러한 마음을 부인해야' 한다고 배웠다. 그런 와중에 우리는 자신이 이러한 부끄러운 욕망을 품고 있는 단 한 사람이라고, 부모님의 말을 의심하는 단 한 사람이라고, 올바른 행동을 자연스레 해내지 못하는 단 한 사람일 거라고 상상하게 된다. 그리고 욕망의 무게에 짓눌리다가 결국 자신이 괴물이 되고 말 거라는 결론에 이른다.

자신의 감정대로 느껴도 범죄가 아니라는 것을 자기 자신에게 납득시키려면 수년이 걸릴지도 모른다. 그러니 그동안 그 감정을 이렇게 바라보는 건 어떨까? 이러저러한 감정이 설령 범죄가 맞는다고 해도, 인간의 감정은 소설을 쓰기 위한 기초 재료라고 말이다. 우리가 직접적으로 파악할 수 있는 건 자신의 감정뿐이다. 따라서 우리는 자신의 감정을 연구해야만 한다.

그러기 위해서는 먼저 어떤 생각이 머릿속에 들어와 반짝 떠오르는 순간을 주시하자. 생각이 너무 빨리 지나가 도무지 무슨 내용이었는지 알 수 없는 때도 있을 것이다. 그렇더라도 평소처럼 무시하지 말고 그 생각에 매달리자. 그리고 그 생각이 떠올랐을 때의 느낌을 되살려보자. 그 순간을 다시 포착해서 이번에는 꽉 붙들고 들여다보려고 노력하자. 무슨 생각이었나? 왜 그 생각에 두려움을 느꼈나?

자기 자신의 감정을 주의 깊게 대하는 습관을 들이면 다른 사람들이 비슷한 감정을 느낄 때 내보이는 신호를 보고 해석할 수 있다. 그리고 이 해석 능력을 적절히 활용하면 톨스토이처럼 쓸 수 있다. 즉 다른 사람의 입장에 설 수 있고, 심지어 다른 성별이나 다른 연령의 사람의 감정 또한 느낄 수 있다.

상상으로 역할 연기를 할 수 있는 기회는 흔하다. 칩거를 하는 중이 아니라면 사실 마주칠 수밖에 없다. 아는 사람 두 명이 한창 말싸움 중이라면 먼저 그중 한 사람과 자신을 동일시해보자. 그런 후 다른 사람과도 동일시해보자. '내가' 그 사람이라면 어떤 감정이 들까? '내가' 저기서 엉엉 울고 있는 어린아이라면, 비둘기에게 모이를 주고 있는 노파라면, 그렇다면 어떨까?

7.

무의식과 함께 쓰기

얼마 전에 의학 전문의에게 진찰을 받았다. 내가 배운 바에 따르면 전문의는 경외심까지는 아니더라도 존경하는 마음을 가지고 우러러보아야 하는 부류의 사람이다. 그런데 진찰이 끝나자 이 남자가 민망한 듯 떠듬떠듬하며 내게 묻기를, "뭐 하나 여쭤보고 싶은 게 있는데요. 도대체 어디서 아이디어를 얻으세요?" 하는 게 아닌가. 의례적으로 내놓은 질문이 아니었다. 그는 정말로, 격하게, 알고 싶어 했다.

대부분의 작가는 이 질문을 하도 많이 받은 나머지 각자 나름대로 무난한 답변을 하나씩 가지고 있다. 저명한 극작가 에드워드 올비Edward Albee는 "스키넥터디(뉴욕 주의 한 도시_옮긴이)에서"라고 했는데, 내 경우에는 "아이디어는 모든 곳에 있다. '한 시도 쉬지 않고' 뭔가를 찾으려 노력한다면 뭐든 반드시 찾게 되어 있다"라고 답한다.

아마도 듣는 사람 입장에서는 모두 만족스러운 답변이 아닐 것이

단편소설 쓰기의 모든 것

48

다. 어느 정도 진실인 건 분명하지만. 사실 사람들이 작가에게 진짜로 묻고 싶은 것은 "대체 어떻게 그런 기적 같은 일을 하는 거죠?"가 아닐까 싶다. 이 질문에는 뭐라 답을 할 수가 없다. 그렇지만 지금 여기서 한번 답을 해볼까 한다.

먼저, 우리의 정신은 둘로 나뉘어져 있다. 의식과 무의식. 각각 뇌의 어디에 위치하고 있는가 하는 문제는 신경 쓰지 않아도 된다. 각각 좌뇌와 우뇌에 있다고도 하고(내 생각엔 아닌 것 같다) 전뇌와 후뇌에 있다고도 한다(이것도 틀린 것 같다. 그렇지만 나도 의식 즉 정신에서 우리가 접근할 수 있는 부분이 뇌의 앞쪽에, 무의식이 뒤쪽에 있다는 '느낌'은 든다).

그건 그렇고 '무의식'이라는 용어는 정말이지 형편없는 말이다. 무의식에는 의식이 없는 게 아니다. 그저 소통이 잘 안 되는 것뿐이다. 차라리 '고요한 정신'이나 '침묵하는 정신'이라고 하는 게 나을 것 같다. 여기서 나는 그냥 '프레드'라고 부르도록 하겠다.

의식은 일차원적이고 논리적인 사고를 하도록 훈련된다. A가 있으면 B가 나오고 C가 나오고, 이렇게 계속된다. 반면 프레드는 복잡한 관념 속에서 더욱 활발하게 움직인다. 의식은 프레드에게 직접 말을 걸 수 있다. 그러나 프레드는 꿈이나 예감, 직감, 암시를 통해 간접적으로만 말할 수 있다. 마치 의식이 프레드에게로 가는 길은 뻥 뚫려 있고, 프레드가 의식으로 가는 길은 좁고 꼬불꼬불한 데다가 빙빙 돌아가는 것 같다.

대부분의 사람에게 이 두 정신은 도무지 어떻게 소통해야 할지 배운 적 없이 이웃한 독방에 갇혀버린 죄수들과 같다. 프레드가 뭔가 말하려고 하면 우리의 의식이 이를 억누른다. "그건 생각도 하기 싫어." 사람들의 정신적 활동은 보통 처음부터 끝까지 의식 차원에서 벌어지거나, 처음부터 끝까지 무의식 차원에서 벌어지거나, 아니면 의식을 가장한 무의식에서 벌어진다(예컨대 어린아이를 모질게 대한 후 "이제 그러면 안 되는 거 알지!" 하고 훈계하는 것).

여느 예술 활동과 마찬가지로 소설 쓰기 역시 정신의 두 측면이 밀접한 관계 속에서 함께 움직이지 않으면 제대로 해낼 수 없는 일이다(이건 과학이나 발명처럼 창조적인 분야에서도 마찬가지다). 창조성이 필요한 문제를 궁리하고 있거나 아니면 그저 '글 좀 쓰게 아이디어 하나 떨어지면 좋겠다' 같은 단순한 고민을 하고 있을 때에도 우리는 프레드에게 메시지를 보낸다. 그리고 이 메시지에 대한 회신은 번뜩이는 통찰, 심상, 또는 잡힐 듯 말 듯한 환영 같은 아이디어로 온다. 회신을 받는 데는 일주일이나 한 달이 걸릴 수도 있고 1년이 걸릴 수도 있다.

창조 과정은 과포화 용액 속에서 결정이 생성되는 과정에 비유할 수 있다. 결정을 얻으려면 시간이 걸리며, 시간을 두고 기다릴 수밖에 없다. 이따금 모결정seed crystal을 넣을 수도 있고, 그러다 보면 결정이 만들어지는 모습을 순간순간 목격할 수도 있다. 그러나 자연 발생적인 속도 이상으로 빨리 만들어지기를 강제할 수는 없다. 프레드가 하는 일도 똑같다. 부분들이 하나로 합쳐져야 하는 데다, 개중에는 심리적으로 아주 먼 거리에서 오는 것들도 있기 때문이다.

프레드가 보낸 아이디어에 우리가 어떻게 반응하느냐에 따라 프레드 역시 우리의 아이디어에 같은 식으로 반응한다. 예를 들어 따분하고 공허한 기분은 '싫다'는 뜻이고, 신나고 흥분이 되는 건 '좋아, 그거야'라는 뜻이다.

처음에는 자신이 원하는 게 무엇인지 프레드가 이해할 수 있도록 찬찬히 알려줘야 한다. '아니, 코끼리가 거실에 있는 건 싫어', '너무 단순한 것 같은데? 다시 한번 살펴봐 주라' 이런 식으로 말이다. 우리 자신이 소설 쓰기를 어려워하는 것처럼 프레드에게도 소설 쓰기는 쉽지 않은 일이라는 사실을 명심하자.

어느 시점이 되면 프레드가 보내는 내용 중 적어도 한두 부분은 글에 집어넣기 시작해야 한다. 안 그러면 프레드는 낙담한 나머지 소설 쓰기에 냉담해질지 모른다. 아무도 편지에 답장을 하지 않고, 아무도 제안을 받아들이지 않으면 우리 역시 그렇게 되는 것과 마찬가지다.

같은 이유에서 프레드에게 약속을 했다면 지켜야 한다. 예를 들어 '내일 아침에 약국 장면을 써야지'라고 마음먹었다면 꼭 그렇게 하라는 말이다. 필요한 소재를 몽땅 모아놓고 대기하고 있었는데 일방적으로 약속이 취소되었다는 통보가 날아들면 프레드는 괴로워한다. 그런데 만일 프레드가 준비를 미처 못 한 상황이라면 밀어붙이지 말아야 한다. 괜히 닦달하면 체스 게임에서 상대방에게 이 말을 움직이라느니 저 말을 움직이라느니 하며 계속해서 훈수를 두는 꼴이 되고 만다. 결국 상대방 입에서 '그럴 거면 너 혼자 해'라는 말이 터져 나올 뿐이다.

생산성을 높이려면 프레드에게 자극을 줄 수 있는 요소를 많이 투입해야 한다. 함께 엮을 잡다한 정보나 공상, 통찰, 사례, 갖가지 흥미로운 자료 등 무엇이든 좋다. 나는 이 사실을 깨닫는 데 정말 오랜 시간이 걸렸다. 과거에 출판사에서 편집 일을 하다가 그만두면 늘 오랫동안 생산적으로 글을 쓰는 기간이 뒤따랐는데, 그건 직장에 다니는 중에는 아무래도 글을 쓰지 못하니까 그간 쓸거리가 밀려 있었기 때문이라고 생각했다. 물론 그런 면도 없지 않았을 것이다. 하지만 지금 생각해보건대, 좋은 글이건 나쁜 글이건 출판사에서 비평적으로 읽은 모든 글에서 얻은 '자극'에 반응하느라 그랬던 게 아닌가 싶다.

나는 관심 있는 주제가 있으면 그와 관련된 온갖 책을 섭렵하고 이 책 저 책 넘나들며 읽기도 하는데 이것도 똑같은 효과가 있다. 작가 모임이나 워크숍에 나가 다른 작가들과 이야기를 나누는 것도 도움이 된다.

평론가들은 흔히 '영감의 샘'을 이야기하며 작가에게는 이 샘이 말라버릴 때가 있다고 한다. 내 생각에 영감의 샘이 말랐다는 것은 다음 둘 중 하나를 뜻한다고 본다. 즉 작가에게 자극을 줄 요인이 부족하거나, 작가가 프레드에게 고민하는 문제를 충분히 숙고할 시간을 주지 않은 것이다. 이 과정을 억지로 밀고 나가려고 하는 건 잘못이다. 프레드도 간절히 뭔가를 해내고 싶어 한다. 프레드와 의견을 나누는 것은 즐거운 일이다. 프레드가 보내오는 의미 있는 것들에 우리가 기뻐하듯, 프레드 역시 우리가 만들어낸 자잘하지만 간명한 표현들에 기뻐한다. 이때 프레드는 침묵에 잠기기도 한다. 어떠한 통찰을 간단한 표현으로 바꾸어 프레드에게 다시 돌려보낼 때 프레드가 '오호!' 하고 감탄하며 침묵에 빠지는 것이다. '아, 정말 멋진 표현이다! 한번 깊이깊

이 생각해봐야겠어.'

명심해야 할 점이 있다. 우리는 잘 다루지만 프레드는 잘 다루지 못하는 부분이 있다. 프레드는 심상, 상징성, 이야기의 흐릿한 형태를 담당하는 대신 실질적인 세부 내용을 채워 넣을 줄 모른다. 이건 의식이 해야 하는 일이다. 'A는 차도 없고 돈도 없으면서 대체 어떻게 디트로이트까지 간 거야?' 'B가 C랑 점심 먹으며 데이트하기로 해놓고 약속을 깬 이유는 뭐야? 그렇게도 오해를 풀고 싶어 했으면서?' 이 일은 합리적인 사고를 통해 수행해야 하는 의식적인 작업이다. 그러나 너무도 많은 초보 작가가 이 일을 제대로 해내지 못한다. 물론 지금 쓰고 있는 소설에 특별한 무언가가 있다고 자신하는 프레드를 신뢰하는 건 좋다. 그렇지만 이야기가 어쨌든 말은 되어야 하지 않을까?

다른 규칙들처럼 여기에도 예외가 있다. 초현실주의 소설이 그 예외로, 프란츠 카프카Franz Kafka의 소설을 들 수 있다. 그렇지만 사실주의적인 소설들, 즉 대부분의 소설은 내용이 이치에 맞아 들어가고 있다는 게 겉으로 빤히 드러나도록 쓰여야 한다. 그래야 독자의 의도적인 검열을 통과할 수 있다.

꿈속에서나 비몽사몽 중에 불현듯 스쳐 지나가는 영감을 경계하자. 이때는 의식이 잠들어 있다. 그래서 새로 떠오른 아이디어가 눈부시도록 훌륭하게 여겨지지만 막상 글로 쓰려고 하면 그렇지 않은 경우가 많다. 그럼에도 꿈을 꾸는 것은 역시 좋다. 아직 그 이유를 알아내지는 못했지만. 잠을 자는 것도 중요하다. 잠잘 때는 의식이 '입을 다물' 수밖에 없어서 프레드가 숙고할 기회를 얻게 되니까. 손조차 대기 어려운 문제, 반쯤 풀다 만 문제가 있다면 잠들기 전에 잠깐 떠올려 보자. 아침이 되면 아마 그 문제를 새로운 시각으로 볼 수 있을 것이다.

연습 5 무의식과 함께 쓰기

1. 소설의 싹을 한번 궁리해보자. 여기서 싹은 인물, 상황, 생생한 장면, 그 밖에 끌리는 것이면 무엇이든 된다. 잠시 숙고하며 이 싹들을 키워나갈 갖가지 방안을 떠올린다. 그러다 아이디어가 더 이상 떠오르지 않으면 일단 그냥 떨쳐버린다. 참을성 있게 기다리는 태도가 중요하다. 잠시후에, 어쩌면 밤늦게, 아니면 다음 날 아침에 무의식이 할 말이 있다고 신호를 보내올지 모른다. 그럴 거라고 기대해야 한다. 아무 일도 일어나지 않을 것 같더라도 계속 기다리자. 이따금 명상하듯 아이디어를 의식 속에서 다시 떠올리되 억지로 떠올리려고 하지는 말자. 이런 식으로 여전히 관심을 기울이고 있다는 신호를 무의식에 전달할 수 있다. '잘되어가고 있어?' 같은 인사인 셈이다.

2. 무의식이 뭔가 할 말이 있다면 머릿속을 자연스럽게 스쳐 지나가는 형태로 아이디어가 떠오를 것이다. 최대한 흔쾌히 받아들이자. 언뜻 관계없어 보일 수 있지만, 이미 알고 있던 표면적인 구성보다 더 중요한 숨겨진 구성일 수도 있다.

3. 의식적으로 지금 가지고 있는 아이디어들을 이리저리 짜 맞추어 보자. 그러다 뭔가 덧붙이거나 내용을 한 단계 발전시키는 데 성공하면 다시금 생각을 떨쳐버리자.

4. 위 2번과 3번 과정을 반복하자. 소설이 마음속에서 완전히 형태를 갖출 때까지.

5. 이제 쓰자. '영감의 샘이 말라버린' 기분이 들거나 뚜렷한 이유 없이 계속 쓸 수 없다면, 다시 소설을 마음속에서 떨쳐버린 후 아이디어가 떠오를 때까지 기다리자. 소설을 완성할 때까지 이 과정을 반복하자.

아이디어,

소설이
되다

2

1.

아이디어는 어디서

내가 만약 신문기자였다면 "재미있는 사람 성말 많이 만나시겠네요"라는 말을 들었을 테지 "도대체 어디서 아이디어를 얻으세요?"라는 질문을 받진 않았을 거다. 기자는 기본적으로 일어난 일에 관해 쓴다. 그러나 소설은 '작가의 머릿속에서' 나온다. 그러니 사람들은 이를 이해할 수 없는 불가사의라고 여긴다.

의식과 무의식 사이의 대화에서 소설이 나오는 과정에 대해서는 이미 설명했다. 그런데 이 대화는 누가 먼저 시작하는 걸까? 작가가 소설의 아이디어를 얻었다고 자각한 시점에서는 보통 대화가 오래전부터 한참 이어져온 상태라 누가 먼저 시작했는지 떠올리기가 불가능하다.

한동안 계속해서 글을 쓰고 있자면 아이디어들이 '자연스럽게' 떠오르는 것처럼 느껴진다. 어떤 때에는 아이디어의 수준을 넘어 그냥 받아 적기만 하면 될 정도로 완전히 갖춰진 이야기가 떠오르기도 한다. 내가 쓴 〈단 한 번의 총성 없이〉는 뉴욕의 한 스웨덴 음식점을 방문했을 때 등 뒤로 남자화장실 문이 닫히는 찰나에 떠올랐다. 구체적인 인물이나 장소는 떠오르지 않았지만 전체 구조는 정해졌기 때문에 거기에 맞춰 넣을 부분들만 찾아내면 될 일이었다.

글을 쓰기 시작한 초반에는 무의식에 먼저 말을 걸어 대화하고 싶어질 때가 특히나 많을 수밖에 없다. 대화를 시작하는 데에는 여러 방법이 있는데, 어느 것 하나 빠지지 않고 모두 효과가 있다. 어떤 식으로 시작하는지는 정말이지 하나도 중요하지 않다. 진주조개가 진주를 만들 때 모래알에 둘러싸이듯 그저 시작점일 뿐이다.

몇 년 전에 《SF 매거진 색인The Index to the Science Fiction Magazines》(SF 작품, SF 작가, SF 잡지의 목록을 제공하던 연간지_옮긴이)을 보다가 표제들을 이으면 말이 될 때도 있다는 것을 알아챘다. 이 중 두 가지 표제를 가지고 소설들을 썼다. 하나는 〈낯선 이들의 정거장Stranger Station〉이었다. 표제들을 잇자 다른 행성에서 온 방문자들을 수용하기 위해 마련된 우주 위성이라는 말이 나왔고, 이 내용을 무의식에 흘려보냈더니 추위, 고립, 외계인 등의 심상이 돌아왔다. 여기서 소설을 발전시킬 수 있었다.

내 생각에, 당시 나의 무의식인 프레드는 소설로 만들 수 있는 단편적인 정보나 경험을 꼼꼼히 살필 수 있는 능력을 키운 상태였다. 프레드는 뭔가를 찾아낼 때마다 내가 알아차릴 수 있도록 신호(열광적인 흥분)를 보냈다. 한번은 제프리 하우스홀드Geoffrey Household의 소설《로 그 메일Rogue Male》을 영화화한 작품(〈인간 사냥Man Hunt〉_옮긴이)을 감상하다가 "Ticket to Anywhere"라고 적혀 있는 표지판을 보고 그런 흥분을 느꼈다. 영국의 기차역 매표구에 붙어 있는 평범한 표지판이었다. 그런데 나는 그 문구를 모든 도착지의 표를 팔고 있다고 이해하는 대신, 문자 그대로 아무데나 다 갈 수 있는 표를 판다고 이해했다. 그러자 이야기 하나가 번뜩 떠올랐다. 수천 년 전부터 방치되어온 외계인 교통 시스템에 대한 것이다. 눈 깜짝하는 사이에 이 행성으로 저 행성으로 이동시켜주지만 마음대로 목적지를 설정할 수는 없다. 여기서 파는 건 '아무데나 다 가는 표'니까.

장편소설《A만 들어 있으면 뭐든A for Anything》의 아이디어는 신문 기사에서 얻었다. 어릴 적에 조직폭력배에 몸 담았던 권투 선수에 관한 기사였는데, 이 선수가 인터뷰한 내용 중에 그 조직폭력배가 '첫 글자가 a'인 물건은 뭐든 훔친다는 말이 있었다. 자전거, 라디오, 테이프 리코더 등등('a' bicycle, 'a' radio, 'a' tape recorder. 영어에서는 모든 단수 가산명사 앞에 부정관사 'a'가 붙는다는 사실을 활용해 그 조직폭력배는 안 훔치는 게 없다는 뜻을 익살스럽게 표현한 농담이다. _옮긴이). 나는 이 말에서 소설의 제목을 얻은 후, 이 제목을 이야기로 풀어내기 위해 자전거, 라디오, 심지어 사람까지 무엇이든 복제할 수 있는 장치를 상상했다.

이 소설들은 모두 단어를 활용한 말장난에서 나왔다. 물론 아이디어나 상황을 머릿속에서 이리저리 굴리다가 나온 소설도 있다. 나는 약 20년 전에 켄터키에 거주했는데, 이웃집 남자가 자기 집 뒤뜰에 쓰레기를 몽땅 쌓아놓고 살았다. 그는 쓰레기 수거차가 와서 미화원들이 가져가기 전에는 쓰레기를 도로로 옮겨놓지 않으려 했고, 미화원들은 그가 도로에 내놓기 전에는 쓰레기를 가져가지 않으려 했다. 명백히 해결책이 필요한 상황이었다. 그래서 나는 쓰레기들을 깔끔하게 담아서 길가 좌판에 벌여놓고 '쓰레기, 한 묶음에 25센트'라고 적어 표지판을 세워 놓으라고 했다. 그는 나의 제안을 귓등으로 흘려들은 듯했지만(결국 그의 부인은 쓰레기를 몽땅 남편의 픽업트럭에다 처박았다) 나는 간단한 연상(쓰레기와 거름)으로 이 일화를 변형해 〈소똥 대유행The Big Pat Boom〉이라는 SF소설을 쓸 수 있었다. 지구에 온 외계인들이 소똥에 매료되어 소똥이 수집용으로 불티나게 팔려나간다는 줄거리였다.

그런가 하면 흔히 쓰이거나 진부한 아이디어를 완전히 뒤집어 생각해보는 데서 아이디어를 얻을 수도 있다. 예컨대 SF소설 장르에서 평범한 사람들의 세계에서 영생의 삶을 살아가는 한 사람에 관한 이야기가 쏟아져 나왔을 때, 나는 이를 거꾸로 뒤집어서 〈죽어가는 인간The Dying Man〉(영생의 비밀을 푼 인류 사회에서 죽음을 맞이하게 된 단 한 사람에 대한 이야기_옮긴이)이라는 소설을 썼다.

또 다른 방법은 기존 작가들이 놓친 부분이 무엇인지 파악해 거기에 집중하는 것이다. 과거에는 강인해 보이는 사각턱을 지녔고 두려워하는 게 하나도 없는 영웅이 SF소설 주인공의 전형이었다. 당시에는 그럴 만한 이유가 있었다. 자신이 갖고 있는 두려움에서 벗어나고 싶어 하는 청소년들을 위해 소설을 썼기 때문이다. 하지만 나는 두려움이 없다고 가정하는 것은 인간의 감정 중 아주 커다란 영역을 무시하는 일이자, 우리를 행동하게 만드는 강력한 동인을 무시하는 일이라고 생각한다. 그래서 내가 가진 두려움들을 작품에 반영했다. 높은 곳에 대한 두려움(《A만 들어 있으면 뭐든》), 익사에 대한 두려움(《죽어가는 인간》), 신체 절단에 대한 두려움(《마스크Masks》《플레이보이 SF 걸작선 1》, 황금가지, 2002), 그리고 심지어 두려워하는 것에 대한 두려움(《충분한 시간 Time Enough》)까지.

"사연 없는 무덤은 없다"는 말은 누구나 살면서 한 번쯤 들어봤을 것이다. 심지어 신문 끄트머리에 실리는 가십(출생과 사망, 결혼과 이혼, 파산, 소송)에만 해도 온갖 이야기가 넘쳐흐른다. 주변에서 볼 수 있는 거의 모든 것이 마법처럼 소설의 소재로 탈바꿈될 수 있다. 아이들은 자그마한 나뭇가지를 숲으로 바꾸고, 모래 알갱이 하나에서 산을 본다. 어른들은 자신이 어떻게 그렇게 했는지 까먹고 말았는데, 사실은 간단하다. 대상을 정하고, 그 대상을 어떤 식으로든 달리 바라보자. 더 크거나, 더 작거나, 아니면 전혀 다른 소재로 만들어졌거나. 그와 동시에 지금까지의 자신이 아니라 그 대상에 특별한 관심을 가지고 있는 다른 사람인 양 바라보자. 예를 들어 아래 1~3번 예문에서처럼 화성인, 아니면 탐정, 아니면 페티시스트가 된 것처럼 대상을 바라보자.

자, 이제 자신의 '발'을 쳐다보고 있다고 가정하자. 여기서 어떻게 이야기를 만들어낼 수 있을까?

1 인간들과는 발이 다르게 생긴 외계인 주인공을 내세운 SF소설
어떤 점에서 다른가? 왜 다른가? 이 의문들에 답하려면 외계인 한 명이 아니라 외계인 종족 전체, 그리고 그들의 행성과 문화를 고안

해야 한다. 그러고 나면 이제 이 외계인이 지구에 왜 왔는가 하는 질문을 궁리할 차례다. 이러한 설정이 전부 정해졌다면 소설을 쓰는 것은 시간문제다.

2 누군가 남긴 일그러진 발자국에서 시작하는 미스터리소설
어느 부분이 어떻게 일그러져 있나? 언제, 어쩌다 그렇게 되었나? 이 발자국을 남긴 사람은 살인자인가, 아닌가? 발자국이 남겨진 곳은 어디인가? 그 사람은 거기서 무얼 하고 있었나?

3 발에 집착하는 페티시스트를 다룬 에로틱소설
주인공은 어떤 발을 좋아하는가? 이유는 뭔가? 어떻게 욕구를 충족시키나? 주인공이 사랑하는 발의 주인은 주인공에게 어떻게 반응하나?

4 말쑥하게 빼입은 젊은 남성이 맨발로 레스토랑에 걸어 들어가는 바람에 웨이트리스의 눈길을 끌게 되는 연애소설
이것 말고도 기행을 많이 하는 사람일까? 그렇다면 재미있을 것 같다.

5 모든 게 얼어붙을 것처럼 추운 밤, 주인공이 사정상 어쩔 수 없이 맨발로 눈길을 나서며 시작하는 모험소설
주인공은 어디로 가야 하나? 왜 가야 하나? 무슨 일이 벌어지나?

6 215mm 사이즈의 구두를 신는 젊은 여성의 신데렐라 스토리 백마 탄 왕자님은 누군가? 그 왕자님이 완벽한 발을 찾고 있는 사진작가라면?

사전을 펼쳐서 무작위로 단어를 하나 뽑는다. 다시 아무데나 펼쳐서 또 하나를 뽑는다. 이 두 단어를 함께 보면서 떠오르는 생각은? 본다 N. 매킨타이어Vonda N. McIntyre가 클라리온SF 판타지작가워크숍에서 이와 비슷한 연습을 통해 써낸 작품이 바로 휴고상, 네뷸러상, 로터스상을 모두 수상한《드림스네이크Dreamsnake》다.

아이디어를 찾아냈다고 할 일이 끝난 것은 아니다. 아이디어는 아이디어지 소설이 아니니까. 아이디어 하나 없이 좋은 소설을 쓰기란 요원한 일이다. 더구나 두 개나 세 개쯤 있어야 할 때가 훨씬 많다.

내가 편집자로서 작가들에게 건넸던 아이디어 두 가지를 예로 들면 쉽게 설명이 될 듯하다. 하나는 마치 책을 읽듯 다른 사람들의 마음을 읽을 수 있는 '생각을 읽는 미물'이라는 아이디어였는데, 이를 들은 시릴 콘블루스Cyril Kornbluth는 여기에 뱀파이어 아이디어를 더해 최고의 작품을 창작했다(〈생각을 읽는 미물The Mindworm〉). 다른 하나는 '같은 도시에 사는 사람 여럿이 똑같은 꿈을 꾼다는 사실이 밝혀진다면?'이라는 사색적인 아이디어였는데, 케이트 빌헬름은 여기에 쇠멸해가는 도시의 집단 무의식이라는 아이디어를 합쳐 〈서머싯 꿈Somerset Dreams〉이라는 작품을 탄생시켰다. 이 두 사례 모두에서 이야기를 살린 건 두 번째 아이디어였다.

2.

의식과 무의식의 협업

열다섯 살 무렵 나는 소설을 쓰고 싶어 한다는 것을 자각했다. 하지만 어떻게 해야 소설을 쓸 수 있는지는 전혀 감을 잡지 못했다. 첫 문장만 써내면 거기에서 글이 쭉쭉 나올 줄 알았는데 소득 없이 실패로 끝나곤 했다. 지금도 기억나는데, 한번은 첫 문장으로 이런 글을 썼다(사실은 이것보다도 못한 문장이었다).

　　화성 연합 제국의 황제 그렌도 마르코는 왕좌에 앉아 창밖의 저물어가는 해를 바라보고 있었다.

이게 다였다. 그렌도 마르코가 누군지에 대한 모호한 아이디어만 있었고, 생각하면 할수록 떠오르는 게 하나도 없었다.

　몇 년 후 열여덟인가 열아홉 살 때에는 외계인이 지구를 침공하는 이야기를 쓰고 싶었다. 광선이나 폭파가 등장하지 않는 조용한 침공을 바랐는데, 나쁜 아이디어는 아니었다. 그러나 안 익어도 너무 안 익은 아이디어였다. 또다시 나는 한두 문장만 가지고 쓰기에 돌입했다. 그다음 내용은 거기서 저절로 만들어지기를 바라면서.

> 자정을 한참 넘긴 시각인데도 공동주택의 자기 집 안에 있는 밀리 호르스트는 깨어 있었다. 그날 밤은 유독 통증이 심했다.

이 이야기도 여기서 끝났다. 밀리 호르스트에게 무얼 하게 만들지 내게는 아무런 생각이 없었다. 외계인들이 무슨 꿍꿍이로 지구를 침공했는지에 대해서도 모호한 관념만 가지고 있었다. 사실 이 첫 번째 아이디어를 나아가게 할 두 번째 아이디어가 내게 있었는데도, 나는 알아채질 못했다. 밀리는 그저 외계인들이 지구에 착륙하는 것을 목격하는 첫 번째 인물 또는 그런 역할을 하게 될 관찰자로 등장시킨 인물이었다. 그러니 그 역할을 다하고 나면 할 일이 아무것도 없었다.

이 두 요소를 하나로 엮을 기지가 내게 있었더라면? 외계인들이 밀리에게 n선을 쏘았을지도 모른다. 그러자 밀리는 통증이 멈추고 인격도 변화한다. 과감하고 동적인 사람이 된다. 외계인들의 협력자가 되었을까, 아니면 외계인을 무찌르기 위한 싸움의 지도자가 되었을까? 어느 쪽이든 간에 이야기가 나왔을 것이다. 그다지 괜찮은 내용도 아니고 지금은 쓰고 싶지도 않은 아이디어지만, 그때 내게 그런 기지가 있었다면 적어도 소설 한 편을 끝까지 마무리했을 테고 아마 출판사와 계약을 했을지도 모르는 일이다.

앞서 내가 줄 간격을 늘리지도 않고 두 쪽 꼭 채워 썼다는 화성인 이야기를 다시 해보자. 자신들의 정신을 컴퓨터 같은 장치에 심어놓고 우주 여행자가 찾아내길 기다렸다는 내용, 기억하는가? 스무 살쯤에 이 이야기를 다시 끄집어내서 아이디어를 하나 덧붙였다. 이번에는 이 행성(이번에는 화성이 아니었다)에 도착한 첫 번째 탐험대 대장의 아들을 주인공으로 삼았다. 탐험대가 지구에 귀환하지 않자 주인공과 팀원들이 원인을 알아내기 위해 파견된다. 이런저런 혼란을 겪은 후 원인을 알아내고 아버지를 구하는 데 성공한다(아버지는 가사 상태에 빠져 있었다). '그리고' 외계인들을 부활시킨다(마찬가지로 가사 상태에 있었다). 그러곤 지구인과 외계인들이 빛나는 동료애를 나누는 것으로 전체 이야기가 마무리된다. 형편없는 소설이었고, 전체 7,000단어가량 되었는데 어느 잡지사에 단어당 0.5센트(한화 약 5원)를 받고 팔아버렸다.

이와 같은 부끄러운 일화들을 털어놓는 것은 두 가지 이유에서다. 하나는 현재 당신의 글이 얼마나 끔찍하든 간에 내가 쓴 초창기 글보다는 나쁘지 않을 거라는 말을 하고 싶어서고, 또 하나는 내가 어떻게 결국 그 진창에서 빠져나왔는가를 알려주고 싶어서다.

20대 후반이었다. 이미 작품을 출간한 작가로서 알 법도 한데, 나는 또다시 아이디어 하나만 가지고 소설을 쓰려고 했다. 그때 나는 소설을 쓸 수 있는 컴퓨터라는 아이디어에 강하게 사로잡혔었다. 작자 미상의 난해한 미술 작품들이 세상 곳곳에 출몰하고(이 컴퓨터는 그림도 그릴 수 있다) 그 사이 시점인물은 현 상황에 의문을 품게 된다는 내용을 넣어 이 아이디어를 소설로 바꾸려 했다. 그러나 1,000단어쯤 쓰다가 소설은 힘을 잃고 무너지고 말았다.

20년 후에 다시 시도했다. 그동안 소설 쓰는 컴퓨터에 대해 찬찬히 생각해볼 수 있었는데, 그러다 내가 사실은 그런 컴퓨터가 존재하리라 믿지 않으며 그 대신 컴퓨터 프로그램이 사람과 짝을 이루어 함께 소설을 쓸 수는 있을 거라 생각한다는 것을 깨달았다. 그래서 사람을 주인공으로 삼고, 그를 IBM에 다니는 평범한 직원이라고 설정했다. 암암리에 비밀스럽게 활동하는 수수께끼 같은 개발자가 아니라.

당시 나의 주요 관심사는 원래 갖고 있던 아이디어 즉 소설 쓰는 컴퓨터가 아닌, 그 컴퓨터를 중심으로 형성된 사회는 어떤 모습일까 하는 데에 있었다. 아마도 건전하고 순응적인 사회일 거라고 예상했다. 그러자 놀랍게도 프레드, 다시 말해 나의 무의식은 이 사회가 인종 전쟁으로 북아메리카에서 흑인이 몰살당한 뒤 생존자들이 잠재의식 속에 엄청난 죄책감을 안고 살아가는 곳이라고 알려줬다. 이 이야기는 〈그곳에Down There〉라는 소설이 되었다. 모두 프레드가 준 두 번째 아이디어 덕분이었다. 소설 쓰는 컴퓨터는 인간성이 사라지고 소외감이 만연한 인공 사회의 상징이 되었다. 위험하리만치 '자연적' 존재로 여겨진 흑인을 시작으로 자연발생적인 모든 것이 억압당한다.

의식과 무의식 사이의 협업 체계가 구축되었다면(〈그곳에〉는 바로 이 협업을 암시하는 작품으로, 전체적으로 무의식을 다룬 이야기다) 동업자인 무의식이 글에 생명을 불어넣을 방법을 찾아내고 알려줄 거라 믿자. 처음에는 그 방법이 중요치 않아 보이더라도 말이다.

3.

모호한 아이디어가 몇 개 있다고 해보자. 여기서 출발해 어디로 갈 것인가?

1 특정한 것으로 만들자.

막연한 장소에 놓인 막연한 인물에 관해 쓸 수는 없다. 특정한 장소에서 특정한 상황을 맞닥뜨리며 특정한 방식으로 느끼는 특정한 인물이 필요하다. 예를 들어 감정, 특히 두려움과 불안이 뒤섞인 감정에서 소설을 시작한다고 해보자. 이 감정을 느끼는 인물은 누군가? 젊은 여성이라고 정하자. 어디에 있나? 산속 오두막에, 혼자 있고, 밤이라고 하자 등등(다음으로는 오두막 밖에 누가 있어서 그녀가 이런 감정을 느끼는가 하는 점을 결정할 것이다).

애정을 가지고 이해하는 인물이든 아니든, 인물을 정했다는 것은 소설의 성패를 가를 선택을 내렸다는 뜻이다(산더미처럼 쌓여 있는 작가 지망생들의 소설을 보면 인물에 대한 애정과 이해라는 요소가 쏙 빠져 있는 경우가 수두룩하다. 이해하지 못한다면 설득력 있는 인물로 그려낼 수가 없다. 작가가 애정을 기울이지 않은 인물은 독자들도 좋아하지 않을 게 뻔하다).

2 복잡하게 만들자.

다른 인물, 사건, 상황을 끌어들여 결과를 더욱 불확실하게, 그로 인해 더욱 흥미진진하게 만들자. 예를 들어 산속 오두막 이야기에 세 번째 인물을 투입한다고 해보자. 식료품을 배달하러 온 청년? 변호사? 의사? 아니면 범행을 조사하러 온 경찰관? 이러한 질문에 차례차례 대답할 때마다 소설 안에서 '무슨 일이 벌어지는가?'에 대한 답에 더욱 가까워진다.

짚고 넘어가자면 나는 몇 년이나 고집스럽게 노력한 끝에야 인물 단 한 명만으로는 플롯이 있는 소설을 쓰기가 어렵다는 것을 깨달았다. 인물의 주변 환경이 너무나도 중요한 소설이라 이를 두 번째 인물이라고 할 수 있는 경우에도 마찬가지였다. 이유는 두 가지라고 생각한다. 첫째, 처음부터 끝까지 한 사람만 나오면 그는 대부분의 시간을 자신만의 세상에 빠져 보내기가 쉽다. 둘째, 그를 정의하려 할 때 그가 다른 인물에 반응하는 방식이나 다른 인물이 그에게 반응하는 방식을 활용할 수가 없다.

나는 〈낯선 이들의 정거장〉에서 인간 한 명과 외계인 한 명을 우주

위성에 놓았다. 그런데 외계인은 칸막이 벽 뒤에 있으면서 아무런 말도, 아무런 행위도 하지 않는다. 마치 배경처럼 그냥 거기에 있다. 이대로는 아무것도 안 될 것 같아 나는 세 번째 인물 즉 주인공이 '제인 아줌마'라고 부르는 인공지능 컴퓨터를 투입해 이야기를 진행시켰다. 주인공이 죽자 제인 아줌마가 뒤에 남겨지면서 이야기에 울림이 생겼다. 책의 마지막 장이 덮여도 계속될 것 같은 울림.

더욱 잘 알려진 예로는 잭 런던Jack London의 〈불을 지피다To Build a Fire〉《불을 지피다》, 한겨레출판, 2012를 살펴볼 수 있다. '인간과 자연의 대결'에 관한 순수한 이야기, 북극에서 영하의 추위를 견디며 살아남기 위해 홀로 고군분투하는 사람의 이야기로 흔히들 기억할 것이다. 그런데 이 소설에는 세 번째 인물이 있다. 바로 개다. 이 개는 주인공 남자에겐 없는 생존에 필요한 지혜를 가지고 있다. 그래서 남자는 죽지만 개는 살아남고, 독자는 개에게 공감하기 시작한다. 이 개는 이야기에 울림을 주며 독자가 주인공의 죽음을 받아들이도록 돕는다.

편집자들은 보통 독자가 공감하고 있는 시점인물이 마지막에 죽는 것으로 끝나는 단편소설은 무슨 이야기든 간에 꺼린다. 그럴 만한 이유가 있다. 101쪽의 '암묵적 계약'을 보면 자세히 알 수 있을 텐데, 마지막 순간에 살아남은 다른 인물로 시점인물이 뒤바뀌면 독자 역시 죽은 인물이 아니라 애도하는 인물로 공감하는 대상이 뒤바뀌고, 그러면서 결말은 힘이 쫙 빠지기 때문이다.

세 번째 인물은 또 다른 방식으로도 플롯이 너무 단순해지지 않도록 돕는다. 적대 관계 속에서 벌어지는 팽팽한 갈등보다 동맹 관계에 놓인 인물들 간의 사소한 갈등이 더 흥미로울 때가 많기 때문이다. 한 가지 문제에 대해 모두 강렬한 감정을 갖고 있는 세 사람이 등장하고, 이들이 서로 완전히 다른 시각에서 문제를 바라보고 있으며, 이들 모두가 자신의 입장에서 옳다면, 강력한 힘을 가진 이야기의 소재를 손에 넣은 것이다.

3 비평하자.

이야기가 진척되면 흠이 없는지 따져봐야 한다. 코끼리가 어떻게 거실에 들어왔나?(어디서 나타났는지는 신경 쓰지 말자. 어떻게 '문'을 통과했는지 생각해보라는 뜻이다) 이 아이는 몇 살인가? 왜 2쪽에서는 5살짜리처럼 말하다가, 3쪽에서는 10대처럼 말하나? 주인공인 소심한 은행원은 '어쩌다' 갑자기 정글에 가서 호랑이를 쫓게 되었나?

스스로 이러한 질문들을 던져보면 나중에 다른 사람들에게서 추궁을 받는 사태를 모면할 수 있다.

4.

어떤 경험이 필요할까

"자신이 알고 있는 걸 써라." 초보 작가들은 곧잘 이 말을 듣는다. 일리가 없지 않다. 일반적으로 보았을 때, 초보 작가들은 성적 경험이나 감정적 경험이 한정적이므로 사랑이나 결혼에 대해 쓰는 건 유보해야 한다고 생각한다. 어떤 형태로든 직업을 가졌던 적이 한 번도 없는 작가는 사무실이나 공장에서 일하는 사람들에 대해 실감나게 쓸 수 없다.

서로 다른 장소, 서로 다른 상황에서 사람들이 어떻게 입고 말하고 행동하는지에 관한 세세한 정보는 작가에게 대단히 귀중하다. 그러므로 학교를 졸업하자마자 현실 세계와의 접촉은 시도조차 하지 않고 전업 작가의 길로 들어서는 건 실수라고 생각한다.

그렇다고 해서 작가가 될 준비를 해야겠다며 새우잡이 배를 타겠다, 제재소에 취직하겠다, 라스베이거스에 가서 카지노 딜러가 되겠다 마음먹지 않길 바란다. 책에 적힌 작가 약력을 보고 멋지다고 생각했다 해도 일부러 그 일에 뛰어들 필요는 없다. 어떤 일을 한 경험이란 글을 쓰는 데 도움이 되기도 하지만 안 되기도 한다. 마크 트웨인Mark Twaine을 보자. 그가 도선사에 대해 쓴 소설은 그다지 뛰어나다고 할 수 없고, 남북전쟁에 대해서는 쓴 게 없으며, 인쇄소 수습공을 내세운 작품도 최고라고 할 수 없다(마크 트웨인은 젊을 때 도선사, 인쇄소 수습공으로 일한 적이 있고, 남북전쟁에도 2주지만 참전한 경험이 있다. _옮긴이). 그런데 그 과정에서 마크 트웨인은 사람을 배웠다. 별의별 유형의 사람에 대해 알게 되었고, 거기서 글을 쓰는 데 필요한 모든 소재를 얻었다.

이러한 까닭에서 작가의 길에 전념하기 전에 '어느 정도' 세상 속에서 보통 사람들이 살아가는 모습을 경험할 필요가 있다고 말하는 것이다. 여하간 삶을 살아가다 보면 이런저런 직업을 경험할 수밖에 없다. 그래도 혹시 선택할 수 있는 상황에 놓인다면 이런 경험들을 건너뛰기 전에 신중하게 생각해보길 바란다.

경험이 매우 중요하긴 하지만 직접적인 경험이 다는 아니다. 변호사, 의사, 소방관, 농부, 이 모든 존재가 될 수 있는 사람은 누구도 없다. 그러기에는 인생이 너무너무 짧으니까. 그렇기 때문에 자신만의 경험을 활용해 상상 속에서 자신을 다른 사람들의 삶에 투영하는 방법을 배우는 게 무엇보다 중요하다. 아는 것을 쓰자(그런데 이 충고를 문자 그대로 받아들이면 역사소설, SF소설, 판타지소설을 쓰는 건 불가능하다. 호메로스Homeros나 윌리엄 셰익스피어William Shakespeare가 이 말을 들으면 뭐라고 생각할까?). 당연하다. 아는 것에 대해 쓸 때는 아는 것을 써야 한다. 그러나 알아야 하는 것을 '알아내서' 빈곳을 채우기도 해야 한다.

아이디어, 소설이 되다

얼마나 조사해야 할까

지금껏 관심 없던 주제(예컨대 천체물리학)에 관해 소설을 쓰기로 결심했다고 치자. 얼마나 많은 정보를 알아낸 후 집필에 착수하는 게 좋을까? '최대한 많이' 하는 게 좋을까? 아니다. 천체물리학에 대해 되는 대로 많은 정보를 습득하겠다고 마음먹어서는 일생이 걸릴지도 모른다. 단순히 어느 지역에 대해 조사하는 것이라고 해도 마찬가지다. 그러는 대신 소설의 목적에 따라 알아야 하는 것만 모두 알아내려 노력하는 편이 옳다. 그 이상은 필요치 않다. 이렇게 범위를 제한해두지 않으면 조사하는 데 빠져 끝없이 허우적대다가 소설은 시작도 못 할 수 있다. 시작했다고 해도 자신이 알아낸 정보를 몽땅 밀어 넣고 싶은 욕구를 참지 못할 테고, 결국 마크 트웨인의 단편소설 〈뜀뛰는 개구리 The Celebrated Jumping Frog of Calaveras County〉《뜀뛰는 개구리》, 예문, 2005 속 개구리가 삼킨 산탄 더미처럼 자신의 소설을 주저앉히고 말 것이다.

한 가지 예를 들어보겠다. 나는 〈죽어가는 인간〉을 구상하면서 인간의 수명을 무한대로 늘릴 수 있는 타당성 있는 방법을 찾고 싶었다. 그래서 백과사전을 펼쳐 '노화'를 찾아보았다. 호르몬이나 결합 조직에 대해 약간 알게 되었지만 그건 내가 알고 싶은 게 아니었다. 그런데 도표 하나에 눈길이 갔다. 그러다가 내가 찾던 문제의 포괄적인 답이 그 도표에 담겨 있다는 사실을 깨달았다. 도표에는 인류가 그 어떤 동물보다도 수명에 비해 청소년기가 길다는 점이 나타나 있었다. 그런데 만약 성장기가 더더욱 길어져 점근곡선(어떤 직선에 한없이 가까워지는 곡선_옮긴이)으로 변해버리고, 성인기에 조금씩 가까워지기는 하지만 절대 도달하진 않는다면? 인간의 몸이 완전히 성숙에 이르지 않으니 질병이나 사고, 폭력만 아니면 노화나 죽음은 존재하지 않게 된다.

만약 이 대신 기술적 답을 고집했다면 노화, 수명, 유전학, 생화학 등을 물고 늘어지며 책을 10여 권, 아니 100여 권 읽어야 했을지도 모른다. 그리고 나서도 답을 못 찾아서 이런 말을 만들어내야 했을 것이다. "노화는 전적으로 인산트리메틸 B에 의한 L-도파-아세틸콜린 1, 2, 19의 물질대사 과정에 달려 있다. '극도로' 복잡한 일이다." 두말할 것도 없이 쓰레기다. 이렇게 써봤자 생화학을 모르는 독자들에게는 유용한 정보가 아니고, 생화학을 아는 독자들은 울화통만 터뜨릴 게 분명하다.

문헌 조사는 반드시 필요한 일이지만 그로써 사유 과정을 대신할 수는 없다. 문헌 조사의 한계는 이뿐만이 아니다. 반드시 필요한 사소한 정보는 문헌 자료에 빠져 있을 때가 허다하기 때문이다. 이럴 땐 결국 전문가를 찾아가야 하는데, 그렇더라도 문헌 조사를 먼저 하는 게 맞긴 맞다. 그래야 적확한 질문을 할 수 있다. 내가 아는 소설가는 범고래 새끼가 태어나는 데 시간이 얼마나 걸리는지 알아야 해서 고래에 관한 책을 여러 권 뒤적거렸다. 그 결과 흥미로운 사실을 많이 알게 되었지만 원하는 정보는 찾을 수가 없었다. 그래서 한 해양생물관을 찾아 고래 전문가를 만났는데, 그가 20분간 답을 설명해주었을 뿐만 아니라 점심도 거르고 3시간 동안이나 고래 이야기를 들려주었다.

직접 들은 정보, 특히 전문적이거나 기술적인 정보는 단어의 철자를 정확히 확인해야 한다. 내가 아는 누군가는 의사에게 신경외과 수술에 관해 문의해놓고는 'innervation(신경분포)'이라고 써야 할 것을 'innovation(혁신)'이라고 쓰고 말았다. 이와 같은 실수를 저질러서는 안 된다.

6.

제약을 활용할 것

제약은 무엇을 할 수 있는지에 관해 한계를 부여하는 것이다. 예를 들어 시에서는 압운, 율격, 형식 등 제약이 따른다. 예컨대 소네트sonnet는 넘치지도 모자라지도 않게 딱 14행으로 써야 한다. 소설에서는 인물, 장소, 상황 등에 모두 제약이 따른다. 주인공이 도덕적이고 준법정신이 투철한 사람이라면 할 수 없는 게 정말 많다. 예컨대 절대 회삿돈을 횡령할 수가 없다. 장소를 미국 애리조나에 있는 작은 마을로 정했다면 토박이로 나오는 인물들이 뉴욕의 파크 애비뉴에 사는 백만장자들과 똑같은 말투나 행동거지를 해서는 안 된다. 19세기 탐험가로 북극에서 얼음 덩어리를 타고 표류하고 있는 인물이라면 절대로 간단히 휴대전화를 꺼내 도움을 요청할 수 없다.

자신이 창조한 인물, 장소, 상황에 대한 이해가 높아질수록 제약은 늘어나게 되어 있다. 그런데 그럴수록 소설 안에서 어떤 일이 일어날 수 있고 일어나야 하는지 정하기는 훨씬 '수월'해진다. 이를 확인하고 싶다면 하나부터 열까지 모든 일이 벌어질 수 있는 소설을 쓴다고 상상해보자. 주인공이 내내 남자였다가 다음 순간 여자로 바뀌어도 괜찮다. 1쪽에서는 뉴욕 블루밍데일스 백화점에 있었는데 2쪽에서는 안나푸르나 정상에 올라 있어도 상관없다. 기막히게 신나는 자유를 느낄 것 같은가? 직접 해보면 얼마 안 가 지겹고 넌더리가 나 참을 수 없을 것이다. 좀 더 간단히 시험해보는 방법도 있는데, 아마 이미 경험한 사람이 많을 것 같다. 자신이 이해하고 있다고는 결코 말할 수 없는 인물을 내세워 글을 쓰다가 그가 대체 무엇을 해야 할지 도무지 상상해낼 수 없는 자신을 발견한 경험 말이다. 제약은 작가의 후원자라고 할 수 있다. 가능성의 가짓수를 작가가 수월하게 다룰 수 있는 수준으로 줄이고 제한하기 때문이다.

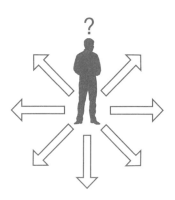

평범한 사막 한가운데에 인물이 있다. 동서남북 어느 방향으로든 갈 수 있다. 움직임에 제약이 전혀 없는 것이다. 이렇게 되면 이야기가 생기지 않는다. 이 인물이 무얼 하든 문제될 게 하나도 없으니까.

우물 안 바닥에 인물이 있다. 우물 입구는 함몰되어서 완전히 막힌 상태다. 여기서도 이야기가 생길 수 없다. 인물의 움직임에 제약이 너무 많기 때문이다. 대체 어디로 갈 수 있단 말인가?

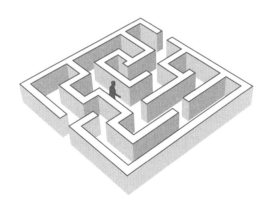

미로 속에 인물이 있다. 교차 지점을 통과할 때마다 뒤에 있는 문이 닫힌다. 목적지에 도착할 수 있는 경로는 단 하나다. 다른 경로는 모두 막다른 길로 안내한다. 바로 이 상황이 많지도 않고 적지도 않은, 딱 적절한 수준의 제약이다.

7.

인물, 장소, 상황, 감정

앞에서 젊은 여성이 홀로 산속 오두막에 있는 이야기를 만들 때 우리는 감정, 즉 두려움과 불안이 뒤섞인 감정에서 시작했다. 이 감정에서 인물(젊은 여성)이 나왔고 장소(산속 오두막)가 나왔다. 그리고 상황, 즉 이 여성이 혼자 있고 밤중이고 오두막 밖에 뭔가가 있든 누군가가 있든 아무튼 있다는 상황을 이끌어냈다. 어느 하나 완전히 발전된 형태는 아니지만 어쨌든 이 네 가지가 마련되었다는 것은 소설에 꼭 필요한 지지대를 모두 손에 넣었다는 뜻이다. 그럼 이제 이 네 개의 지지대를 가지고 텐트를 설치할 때처럼 네 개의 모서리에 박아 넣는다고 가정해보자.

　여기서 주목해야 할 점은 그림 속 사각형의 어느 꼭짓점에서든지 소설을 시작할 수 있다는 것이다. 〈단 한 번의 총성 없이〉를 쓸 때 나는 상황에서 시작했다(한 남자가 화장실 문이 닫히는 바람에 죽을 위기에 처한다). 이 상황에서 감정이 드러났고 인물과 장소는 나중에 따라왔다. 〈낯선 이들의 정거장〉을 쓸 때는 장소(광대하고 텅 빈 우주 정거장)가 제일 먼저 떠올랐다. 〈우리The Cage〉는 인물, 즉 비밀을 간직하고 있는 고령의 우체국 직원에서 시작된 이야기다.

추상적인 아이디어에서 시작하더라도 거기서 반드시 인물, 장소, 상황, 그리고 감정을 이끌어내야 소설을 쓸 수 있다. 〈메리Mary〉를 예로 들자면, 이 소설은 낭만 가득한 사랑이 구시대적 집착이라는 아이디어에서 출발했다. 여기서 인물, 장소, 상황으로 나아갔다. 그리고 이때도 감정은 알아서 저절로 나타났다.

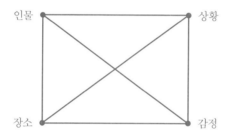

이러한 과정을 예를 들어 살펴보자. 자, 부모가 없는 고아를 인물로 떠올려 보자. 이 아이는 쓰레기통에서 장전된 리볼버 권총을 발견한 참이다. 흥미진진한 상황인 것은 분명하지만 여기서 어디로 나아가야 할지 아무런 생각이 떠오르지 않는다면?

권총을 발견한 후 이 아이가 할 수 있을 것 같은 일 네 가지를 써보자. 떠오르는 대로 차례차례 받아쓰자. 다음과 같은 아이디어들이 나올 수 있다.

1 주류 상점을 턴다.
2 사람을 죽인다.
3 자살한다.
4 총을 버린다.

이제 이 목록에 몽땅 줄을 그어 잊어버리고, 다섯 번째로 '빤하지' 않은 일을 떠올리자. 예를 들어 이런 아이디어가 나왔다고 해보자.

5 총을 다른 사람에게 준다.

좋다, 그러면 누구한테 줄까? 마음속 고요한 곳에서 하나의 심상이 헤엄쳐 올라온다. 남편에게 학대당하는 여자.

이제 이 소설의 지배적인 감정이 어떠한지 느껴질 것이다(결말에 대해 그 어떤 강렬한 감정도 느껴지지 않는다면 잘못된 아이디어라는 뜻이다. 이때는 여섯 번째, 아니면 일곱 번째 아이디어를 찾아나서야 한다).

이 소설의 개략적 내용 속에는 어쩌다 보니 두 가지 설정이 임시로 들어가 있다. 물론 나중에 바꿀 수 있다. 하나는 소설의 장소가 도시라는 점이고, 다른 하나는 주인공인 아이에게 가족이 없고 일거리도 없으며, 그 어떤 생계 수단도 없다는 점이다. 있으면 쓰레기통을 들여다보진 않았을 테니까.

지금 단계에서는 소설의 기본적인 형식을 제외한 모든 게 정해지지 않았다. 작가는 그냥 뭔가 좀 나아지거나 영감이 나타나기를 기도하며 네 꼭짓점을 이리저리 왔다 갔다 하며 이걸 좀 손봤다, 저걸 좀 손봤다 하는 것이다.

만약 도시가 아니라 작은 마을을 장소로 삼는다면? 작은 마을을 상상하며 아이가 그 속에서 살아간다고 생각해보자. 잠은 어디서 잘까? 어떤 마을일까? 풍경은 어떨까? 아이가 아침부터 밤까지 종일 무얼 할지 상상하며 따라가 보자. 그러면서 장소나 아이가 마주치는 사람들을 시각화해보자. 그중에 학대당하는 여자와 그녀의 못된 남편이 있는가? 안타깝게도 아마 없을 것이다. 아이가 오랜 시간에 걸쳐 그 부부를 가싸이에서 관찰할 수 있어야만 알 수 있기 때문이다. 그게 아니면 이야기가 나아가질 않는다. 그러니 아이가 이 부부의 집에서 세를 들어 살고 있다고 해보자. 집이야말로 바로 남자가 아내를 위협하고 구타하는 장면을 볼 수 있는 곳이다.

그런데 아이는 왜 문제에 개입하지 않는 걸까? 대체 무슨 돈이 있어서 방을 빌리고, 그러면서도 먹을 게 없어 쓰레기통을 뒤져야 하는 걸까?

이 순간, 이 아이는 고아도 아니고 부랑아도 아니라는 점이 번쩍 떠오를 것이다. 즉 아이는 이 집 가족의 일원이다. 아마 남자의 어린 남동생일 것 같다. 그래서 이 집에 사는 거고, 그래서 개입을 하지 않는다. 남자는 아이에게 방은 내줬지만 먹여 살리진 않는다. 그러다 보니 아이는 골목골목 음식점 밖 쓰레기통을 전전하며 누군가 먹다 남긴 음식 찌꺼기를 찾는 지경에 이르렀다(애초에 상상한 마을이 음식점 하나 이상 있기가 벅찰 정도로 작은가? 그럼 크게 만들자).

이쯤 되면 아마 처음으로 인물들에 대해 진지하게 고민하게 될 것이다. 인물은 반드시 우리가 바라는 행동을 자연스럽고 필연적으로 할 만한 존재여야 하며, 자신만의 배경과 과거를 지니고 그에 걸맞은 모습을 보여주어야 한다. 못된 남자는 어떻게 아내와 동생 위에 철저히 군림할 수 있는 걸까? 여자는 학대를 받으면서도 왜 떠나지 않는 걸까? 병약자라 혼자 생활할 수 없는 걸까?

인물에 관해 어떤 결정을 내리든 간에, 작가가 원하는 대로 움직이는 인물이 되어서는 안 된다. 오직 하나의 행동만 하도록 만들어진 인물은 죽은 것이나 다름없다. '그 밖에' 무슨 일을 할까? 그만의 버릇, 관심사, 장점, 결점은 뭘까? 인물을 보고 인물이 하는 말을 듣다 보면 그들이 의도치 않은 행위와 말을 하고 싶어 한다는 점을 발견할 수도 있다. 좋은 징후다. 가능한 한 받아들이자.

인물에 대한 궁리를 신중히 끝마쳤다면 아내를 학대하는 이 괴물 같은 인물은 물론 결말에도 타당성이 갖추어질 것이다. 주인공 아이는 직접 형을 죽일 용기는 없지만 여자에게 총을 건네고 집을 떠난다. 독자는 비탄과 슬픔 그리고 약간의 공포심이 뒤섞인 여운 속에 남겨진다.

이렇게 하다 보면 어느 순간, 처음에 구상했던 것들 중 어떤 부분은 이야기에 맞아 들어가지 않는다는 것을 깨닫기도 한다. 허버트 조지 웰스Herbert George Wells가 쓴 단편소설(《사랑의 진주The Pearl of Love》_옮긴이)을 보면 죽은 아내가 잠들어 있는 석관을 둘러싸고 사원을 짓길 명하는 동양의 한 지배자가 나온다. 그런데 이 지배자는 계속해서 건설 계획을 변경한다. 그에 따라 사원은 점차 더욱더 아름다운 자태를 뿜어내며 지어진다. 어느 날 지배자는 작고 칙칙한 물체가 사원 한가운데에 있는 것을 알아채고 눈살을 찌푸리며 말한다.

"저거 좀 치워버려."

아이디어, 소설이 되다

8.

주제

앞서 본 인물, 장소, 상황, 감정의 사각형을 텐트라고 보면 가운데에 텐트 폴이 있어야 하지 않을까? 아래와 같은 모습으로 말이다.

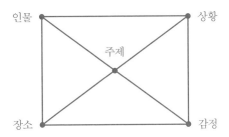

이 책에서 소설의 '주제'를 진작 다루지 않은 데에는 이유가 있다. 다른 게 아니라, 내가 주제에서 시작하는 소설을 정말 싫어해서다. 물론 내가 쓴 작품 중 일부는 주제를 분명히 갖고 있기는 하다. 〈그곳에〉

는 정신적인 억압은 그게 무엇이든 다른 형태로 반드시 돌아오게 되어 있다는 주제를 담고 있다. 그러나 특정 주제를 표현하기 위해서 〈그곳에〉를 구상하거나, 쓰면서 그 주제를 의식한 것은 아니다. 뭐, 물론 그런 주제가 들어 있다는 것은 알고 있었다. 그렇지만 주제를 의식했다면 기계적이고 단선적인 방식으로 글을 정교하게 다듬기 시작했을 거고, 그러면 주제고 뭐고 무용지물이 되어버렸을 게 뻔하다.

의도적으로 주제에서 소설을 시작하면 주제가 다른 모든 요소를 압도하는 결과가 빚어지곤 한다. 불행하게도 인물들이 독자적으로 행동하지 못하고 작가를 위해 일하는 꼭두각시로 전락하고 마는 것이다.

물론 인물은 작가의 피고용인이라고 할 수 있다. 이 점은 독자도 다 안다. 하지만 솜씨가 좋고 행운도 따르는 작가라면 독자가 그 사실을 순간적으로 잊게 할 수 있다. 그리고 독자들이 잊어버린 사실을 굳이 지적하고 싶어 하는 작가는 없다.

한번 상상해보자. 어느 위대한 작가가 '나의' 삶에 부여한 주제가 있다고 말이다. 나의 본능은 지금 당장 점심을 먹어야 한다고 강력한 신호를 보내오는데도 그 순간 인권에 관한 열띤 연설을 해야 한다고 정해져 있다면?

인물, 장소, 상황, 그리고 감정에서 주제가 도출되기도 한다. 이 경우 처음부터 주제를 알아야 한다고 몰아붙였을 때 나오는 주제와는 그 모습이 다르다.

어느 정도 글을 쓰다 보면 작품들이 자신도 모르는 사이에 무언가를 되풀이해 말하고 있다는 진실이 드러나기도 한다. 걱정할 필요가 전혀 없다. 걱정을 하든 말든 누구나 겪게 되는 일이니까. 내가 쓴 작품들은 반복적으로 그러나 서로 다른 방식으로, 괴물 같은 인물이라 해도 생존을 위해 투쟁할 권리가 있다고 주장하고 있다. 〈마스크〉가 그랬고, 〈그곳에〉와 〈낯선 이들의 정거장〉, 〈친절한 이들의 나라〉도 그랬고, 그 밖의 작품들도 마찬가지였다. 어릴 때에 품었던 혼란스러운 인식에 대한 반응으로써 나온 주제가 아닌가 싶다. 당시 나는 사회가 나를 못살게 굴지만 그러는 게 당연하다고 생각했다. 이로써 온전히 해명된 건지는 모르겠지만 어차피 중요하지도 않다. 이유가 무엇이든 간에 내가 쓰는 소설들은 이러한 말을 하고 있고, 일부러 그렇게 쓰는 것은 아니지만 그렇다고 다르게 쓸 도리도 없으니까.

아리스토텔레스Aristoteles를 비롯해 많은 비평가가 소설의 올바른 목적이란 가르치는 것, 다시 말해 사람들이 제대로 처신하도록 교도하는 것이라 주장해왔다. 너무 한정적인 주장인 것 같긴 하지만 사실 인물이 바르게 행동하든 부적절하게 행동하든 작가가 거기서 교훈을 이끌어내려 노력한다면 어느 소설이든 그와 같은 목적을 취할 수 있다. 그런데 도덕적 기준에서 볼 때 모호한 행동을 하는 인물들이 나와야 소설이 재미있지 않나? 그들의 행동이 옳다거나 나쁘다고 딱 잘라 말할 수 없는 그런 인물들 말이다.

이 또한 나의 관점이므로 편향된 의견일 수 있다는 점을 참작해주길 바란다. 어떤 작가들은 십계명, 황금률("무엇이든지 남에게 대접을 받고자 하는 대로 너희도 남을 대접하라"), 그 외 품행에 관한 관례적 규범들이 옳다고 입증하는 소설을 선호한다. 그리고 물론 이러한 소설을 좋아하는 독자들도 있다. 그러나 이러한 규범들은 금세 시대에 뒤떨어져 버린다. 사람들이 관례라고 받아들이고 공유하는 태도 자체가 계속해서 변화하기 때문이다. 따라서 이러한 주제의 소설은 고작 40년 전에 쓴 것이라도 낡은 느낌을 풍긴다. 어떻게 처신하라고 괜한 처방을 내리는 대신에 어떤 행위를 정직하게 묘사하는 소설이라야 훨씬 재미도 있고 오랜 시간 읽힐 수도 있다.

따라서 요점은 다음과 같다. 독자들은 대개 세상의 의미(인간이란 어떤 존재이며 그게 왜 중요한가)에 대한 답을 어느 정도 기대하며 문학작품을 읽는데, 정직하기만 하다면 모두 좋은 답이다. 그게 '주제'처럼 보이든 아니든 간에.

의미

내가 〈그곳에〉를 쓰며 주제를 생각해보지 않은 이유는 소설을 쓸 때 쫓고 싶은 것은 의미지 주제가 아니었던 탓도 있다. 만약 주제에 초점을 맞췄다면 의미를 놓쳤을지도 모른다.

'의미'라는 단어를 내가 무슨 뜻으로 쓰는지 나는 잘 알지만, 다른 사람에게 설명하기란 쉽지가 않다. 의미는 '의도'를 의미하지 않는다 (이 문장에 쓴 '의미'라는 말처럼). 소설 속에서 내내 느껴지는 속성, 그 소설과 분리될 수 없으며 독자에게 깨달음이나 어떤 계시를 던지는 듯한 느낌을 주는 게 의미다. '의미'와 '주제'는 서로 다르다. 주제는 소설에서 뽑아내 한 문장으로 압축할 수 있다. 하지만 의미는 그게 안 된다. 주제는 직접적으로 파악할 수 있지만, 의미는 얼핏 눈에 띌 뿐이다. 소설은 의미는 그 안에 담지만(항아리마냥) 주제는 밖에 내보인다 (광고판처럼). 존 치버의 〈헤엄치는 사람 The Swimmer〉《사랑의 기하학》, 문학동

네, 2008은 의미로 가득 차 있지만 내가 보기에 이 작품에 주제는 없다. '돈을 펑펑 쓰다가는 망한다', '청춘은 덧없다' 같은 진부하기 짝이 없는 교훈을 주제라고 보지 않는 한. 그리고 의미와 주제 모두를 지닌 소설이 있는 반면, 주제는 있되 뚜렷한 의미는 없는 소설도 있다.

젊은 시절에 나는 스스로도 재미있고 독자가 보기에도 재미있지만 특별히 어떤 의미라곤 찾아볼 수 없는 소설들을 왕창 썼다. 내가 만든 인물의 삶에 대해 뭐라고 할 말이 없었던 것이다. 그땐 나 자신의 삶조차 잘 이해하지 못했으니까. 하지만 내가 가진 것으로 최선을 다해 썼기 때문에 그때의 글을 지금 내놔도 창피하지 않다.

이 책을 읽는 당신이 초보 작가라면, 그리고 '의미'가 어쩌고 하는 이 모든 논의가 불가사의하게 보이고 손에 잡히지 않는다면 그래도 괜찮다. 나중에 이해할 수 있을 것이다. 그 순간이 영원히 오지 않는다 해도 재미있는 소설을 써내는 작가로 성공해 행복한 인생을 살아가면 그만이다.

10.

모든 글은 장치다. 작가의 생각을 기호화해서 소통 수단으로 만들고, 이를 다시 독자가 해독해서 생각으로 바꾸게 하는 장치. 이때 독자가 받는, 직접 소통하고 있다는 느낌은 환상에 불과하다. 마치 수화기 너머로 들리는 목소리처럼(이때의 소리는 자성을 띤 진동판이 전기 자극을 받아 활성화하면서 만들어진다. 즉 목소리를 듣고 있다고 해서 그 순간 상대방이 진짜 그 소리를 내고 있는 게 아니다). 그래서 작가가 쓴 어떤 문장이 독자들의 가슴속에서는 살아 있지만 작가의 가슴속에서는 이미 죽은 지오래라는 애석한 결과가 빚어지기도 한다. 이 경우 독자와 작가가 대면하기라도 한다면 안 좋은 시기에 상대가 나타났다는 당혹스러운 분위기 속에서 둘 다 쓴웃음을 지을 수밖에 없다. 여기서 또 한 가지 혼란스러운 진실은 기호화 능력이 인간이 지닌 가장 중요한 능력 중하나라는 점이다. 자기 자신에 대해 생각하는 종은 인간이 유일하지 않을 수 있다. 늘 빈둥대는 고양이가 사실은 고양이답다는 것은 뭔가, 하고 생각하고 있을지도 모른다. 그러나 자신들의 생각을 한 세대에서 다음 세대로 전하기 위해 기호화하는 종은 지구상에서 인간이 유일한 게 거의 확실하다.

소통을 위한 이러한 변환에는 무수히 많은 어려움이 따른다. 그런데 바로 이 어려움 속에서 예술이 태어난다. 나아가 어떤 표현 수단이 지닌 특유의 어려움은 바로 그 수단을 통해 이루어지는 예술에 특정한 성질을 부여한다(대리석을 깎아 만든 조각상과 청동으로 주조한 조각상을 비교해보자). 어려움을 찾아내고 이를 극복하는 방법을 배우면 배울수록 더 좋은 소설이 나온다.

우리는 보통 논픽션은 재미보다 진실을 담고 있길 기대하고, 픽션 즉 소설은 진실보다 재미를 담고 있기를 기대한다. 논픽션과 달리 소설에서의 진실이란 지어낸 이야기라는 형태로 제시된다. 따라서 정의를 하자면 모든 소설은 거짓이다. 그렇지만 진실을 담지 않고 있다면 조잡한 글로 전락해버리고 만다.

소설이 허구의 이야기이므로 작가는 논픽션을 쓸 때보다 심미적으로 만족스러운 작품을 창작하는 자유를 더욱 누릴 수 있다. 그런 까닭에 독자 역시 소설을 읽을 때 기분 좋은 체험을 하리라는 기대치가 높다. 성공을 거둔 소설 작품은 처음부터 끝까지 한결같거나, 적어도 그렇게 보인다. 다시 말해 모든 것이 조화롭고, 모든 내용이 서로 다른 방식으로 같은 뜻을 가리키고 있으며, 고유의 안정된 리듬을 지니고 있고, 요지에서 벗어나거나 부적절하거나 엉뚱한 내용이 없다.

소설은 스케치, 에피소드, 일화와 달리 완결성과 완전성을 갖추고 있다. 예를 통해 살펴보자. 먼저, 스케치다.

조그만 소년이 하나 있는데, 이름은 조다. 술집 앞에 자꾸 온다. 네 살쯤 된 것 같고, 얇고 짧은 외투와 엉덩이 부분이 큰 바지를 입었고, 맨발이다. 사람들은 조를 괴롭힌다. 씹는담배를 입에다 욱여넣는다, 무화과를 주는 척하면서. 조는 화가 나서 특유의 째지는 비명을 꿱꿱 지른다. 독기라도 품은 것 같은 소리다. 그러면서 막대기 하나를 쥐고 덤벼댄다. 사람들은 우습다는 듯 떠들썩하게 웃어댈 뿐이다. 조는 매번 이렇게 괴롭힘을 당하면서도 계속 온다. 사람들은 한두 푼 쥐어주며 사탕이나 땅콩, 건포도를 사 오라고 시키거나, 술집 출입구의 움푹 들어간 부분에 앉혀놓곤 반나절 동안 자리를 지키라고 으름장을 놓으며 놀려먹는다. 근데 그러면 조는 정말로 시간을 다 채울 작정이기라도 한 것처럼 제법 얌전히 앉아 있는다. 그것도 잠시, 길 건너 짐마차 안에서 놀고 있는 남자애들과 어울리려고 꼬마 조가 얼마나 신나게 뛰어가는지 한번 보라.

너새니얼 호손 Nathaniel Hawthorne, 《미국에서 쓴 일기 The American Notebooks》

다음은 에피소드다.

처음 데이트했을 때 빌은 세련된 대학 2학년생, 나는 고등학교 졸업반이었다. 영화를 보고 나자 빌이 별을 보러 그린힐 공원(연인들이 주로 찾는 걸로 유명한 우리 동네 한적한 공원)에 가자고 했지만 나는 핑계를 둘러댔다.

빌을 좋아하는 마음은 점점 더 커졌지만, 두 번째 데이트에서도 '별 보러 가는 건' 거절했다. 세 번째 데이트에서는 마침내 수락했다. 빌은 외딴 곳에 차를 세웠다. 나는 빌의 얼굴이 내 얼굴로 다가오는 걸 보고 눈을 감았다. 하지만 재빨리 다시 떴다. 귓가에 들린 빌의 목소리 때문이었다. "자, 이제 저 위 좀 봐봐. 저게 바로 궁수자린데……."

조앤 P. 파우히Joan P. Fouhy, 《리더스 다이제스트Reader's Digest》에서 발췌

아래는 일화다.

이야기는 이렇다. 한번은 밴더빌트 부인이 프리츠 크라이슬러에게 얼마를 지불하면 개인 음악회에서 연주해줄 수 있냐고 따져 물었는데, 그랬다가 그만 5,000달러라는 답이 돌아오는 바람에 뒤로 자빠질 뻔했다. 밴더빌트 부인은 하는 수 없이 알겠다고 하며 한마디 덧붙였다.

"손님들과 어울리지는 말아주셨으면 해요."

크라이슬러가 대답했다.

"그러시다면 부인, 2,000달러만 내시면 됩니다."

베넷 서프Bennett Cerf, 《제발 나 좀 말려줘Try and Stop Me》

아이디어, 소설이 되다

그렇다면 이제 소설을 보자.

> 지구의 마지막 인간이 방 안에 홀로 앉아 있었다. 그때 똑똑 방
> 문을 두드리는 소리가 들렸다…….

작자 미상

보다시피 스케치는 그저 생동감을 살려 짧게 묘사한 글이다. 에피소드는 일어난 사건을 쓴 글이다. 이 점은 일화도 마찬가지지만, 일화는 이름이 언급된 실존 인물과 관련된 글이라는 게 다르다. 위의 소설은 고작 두 문장밖에 되지 않지만 암시를 통해 완결성을 획득했으며 다른 예문에서는 찾아볼 수 없는 방식으로 의미를 가득 담고 있다.

그런데 앞서 호손의 글에는 사실 마지막 한 문장이 더 있다.

> 온종일 술집만 들락날락하는 게 일인 동네의 탕아, 거칠고 방탕
> 하게 젊음을 허비하고 한창일 때 10년은 교도소에서, 노년은 빈민
> 보호소에서 보내게 될 탕아의 기질이 이 소년에게 다분히 보인다.

이제 이 스케치가 단편소설, 나아가 장편소설로도 확장될 수 있겠다는 느낌이 들 것이다. 술집 거리에서 노상 놀다가 인생을 망쳐버린 조의 행적을 따라가면서 말이다. 조를 가엾게 여겨 도움의 손길을 내밀지만 조가 운명의 굴레 속에서 맴도는 모습을 지켜볼 수밖에 없는, 아이가 없는 한 남자를 시점인물로 내세워도 좋을 것 같다.

비슷한 식으로 위의 에피소드나 일화도 단편소설로 바꿀 수 있다. 인물을 추가하고 복잡하게 만들면 가능하다. 예를 들어보자.

여고생은 별자리 보는 것을 좋아하는 대학생 남자친구와 키스하고 싶어졌지만, 그가 너무 수줍음을 타서 자신에게 키스할 용기가 없다는 사실을 깨닫는다. 여고생은 그가 수줍게 굴면 굴수록 더 좋다. 그렇지만 자신이 먼저 키스를 할 수는 없다. 그렇게 적극적으로 나가면 그가 겁을 먹고 달아나 버릴까 봐. 여고생은 어떤 꾀들을 낼까? 그리고 그중 가장 효과적인 꾀는?

바이올리니스트(이제부터 프리츠 크라이슬러Fritz Kreisler라고 실명을 쓰면 안 된다)는 예술에 대한 열망과 상류사회에 진출해 가족에게 기쁨을 안겨주고 싶은 열망 사이에서 갈등하는 나이 든 명연주자로, 결국 이렇게 극적으로 예술을 선택한다.

최후의 인간이 나오는 작자 미상의 소설은 그 자체로 완결성을 갖추긴 했지만, 위 방법을 통해 마찬가지로 일반적인 길이의 소설로 확장될 수 있다. 외계인들이 지구를 점령하고 모든 생명체를 학살했다. 다만 표본은 남겨서 지구 동물원을 세웠는데, 주인공 즉 최후의 인간 남자가 그중 한 명이다. 주인공에게는 두 가지 문제가 있다. 어떻게 외계인을 무찌를 것인가? 그리고 어떻게 최후의 '인간 여자'를 설득해 신인류의 어머니가 되도록 할 수 있을 것인가? 이 소설은 사실 프레드릭 브라운Fredric Brown이 쓴 〈노크Knock〉라는 작품이다《아마겟돈》, 서커스, 2016.

이제 이 네 가지 글에는 전에 없던 공통점이 생겼다. 그게 무엇일까? 각각의 글에는 적어도 두 인물이 연관된 '감정적 관계'가 형성되어 있고(조와 조를 도와주려 하는 남자, 여고생과 그녀의 남자친구, 바이올리니스트와 그의 가족, 최후의 남자와 최후의 여자), 해피엔딩을 방해하는 '장애물'도 있다(조가 처한 환경과 어린 시절, 남자친구의 수줍음 많은 성격, 가족을 향한 바이올리니스트의 사랑, 최후의 인간이 외계인이 만든 지구 동물원에 갇혀 있다는 사실).

자신의 소설 아이디어를 놓고 보자. 스케치, 에피소드, 일화에 불과한 것 같은가? 그러면 감정적 관계와 장애물을 집어넣어 소설로 만들자. 이러한 작업을 거치지 않으면 편집자에게 원고를 보내봤자 다음과 같은 메모만이 돌아올 것이다. "이건 소설이 아니에요, 스케치(아니면 에피소드, 아니면 일화)예요."

11.

암묵적 계약

저자와 독자 사이에는 암묵적 계약이 존재한다. '나한테 시간 좀 내놓고 돈도 좀 줘봐요. 그럼 이 사람이 되면 어떨지 경험하게 해줄 테니까! 거대한 숲속을 헤매는 사냥꾼, 화성 불모지에 떨어진 탐험가, 노인과 사랑에 빠진 젊은 여자, 암으로 죽어가는 환자 등등.'

작가로서 이러한 자기 자신의 제안은 반드시 냉정히 살펴봐야 한다. '내가' 독자라면 이 제안을 받아들일까?

사람들에게는 떠올리는 것만으로도 고통스러워 외면하고 있는 자신만의 감정적 문제가 있다. 소설은 간접 체험을 통해 사람들이 이러한 감정에서 자유로워지도록 돕는다. 그렇지만 대놓고 "이거 좀 읽어보시죠. 마음이 좀 괴로우실 겁니다"라고 말할 수는 없다. 대신 "이거 읽어보세요. 당신이 관심을 가질 만한 흥미로운 이야기예요"라고 먼저 말한 '후'에 독자의 마음을 흔들어야 한다.

소설 쓰기 워크숍에서 습작생들이 쓴 글을 보면 암에 걸려 죽어가는 환자가 정말 많이 나온다. 초보 작가들에게는 진지하고 엄숙한 글을 써야 한다는 압박감이 있어서 그런 것 같다. 가르치는 입장이기 때문에 읽는 거지, 내가 만약 그냥 즐거움을 찾고 있는 독자라면 책을 펼쳐보고 주인공이 암에 걸려 아무런 희망 없이 죽기만을 기다리고 있다는 것을 알아채는 순간 그 즉시 무의식적으로 책을 덮어버릴 거다. 그러면 내용에 대해 생각하고 자시고 할 새도 없이 모든 게 끝난다.

앨지스 버드리스Algis Budrys가 쓴 〈유쾌한 인생Be Merry〉은 암으로 죽어가는 인물의 시점에서 내용이 전개된다. 이 인물은 자신의 병을 받아들이고, 전처럼 활발히 움직이며 생활해나간다. 소설 속에서 암 환자라는 점은 전혀 문제가 되지 않는다. 이 인물은 뭔가를 할 수가 있다. 하지만 앞서 말한 습작생들의 글들 속에서의 암 환자들은 아무것도 할 수가 없다. 바로 이 점이 다르다.

남에게 억지로 자신의 글을 읽게 만들 수는 없다. 그런 힘이 우리에게는 없다. 작가와 독자는 거래를 하는 관계다. 독자가 글을 읽기를 바란다면, 작가는 뭔가 보상을 해야 한다[미국에서는 법률상 '약인consideration'(한쪽이 상대에 대해 어떤 의무를 지면, 상대도 그에 상응하는 의무를 지는 것_옮긴이)이라는 개념이 존재하는데, 이에 대한 내용이 없으면 어떤 계약도 유효한 것으로 인정받지 못한다].

12.

토대 쌓기

모든 원고의 표면(즉 단어나 문장) 아래에는 눈에 보이지 않는 수많은 것이 존재한다. 건물에서는 지면 아래가 보이지 않는 것과 같은 이치다. 나는 처음 소설을 쓰기 시작했을 때 이 사실을 몰랐다. 어떤 문장을 쓰고, 그러고 나서 다른 문장을 쓰고, 그렇게 계속 문장을 이어나가기만 하면 되는 줄 알았다. 그렇게 하는데 도대체 왜 제대로 된 글이 나오지 않는지 의아해할 따름이었다.

스무 살 무렵 미술 수업을 들으러 갔다가 밑그림에 대해 알고 나서야 그 까닭을 이해할 수 있었다. 그림을 그리고 싶다고 해서 붓부터 들면 안 되는 것이었다. 먼저 밑그림을 그려야 한다. 그것도 한 번이 아니라 구도, 공간 균형, 명암 등이 원하는 대로 잡힐 때까지 여러 번 그려야 한다.

글을 쓸 때도 마찬가지다. 여기 한 더미의 블록이 있는데, '표면

surface' 블록이 가장 위에 있다. 나는 바닥에서 블록을 차곡차곡 쌓아 올리지 않고 바로 이 표면 위에서만 머무르며 소설을 쓰려 했다. 소설을 쓰려면 바닥에서 시작해야 한다.

'자극impetus'은 애초에 어떤 소설을 쓰고 싶다는 마음을 느끼게 하는 힘이다. 이러한 자극이 책을 출판해보고 싶다거나 돈을 벌고 싶다거나, 또는 '작가가 되고 싶다'는 욕구에 불과하다면 별 감동이 없는 글이 나올 것이다. 물론 책을 내고 싶고 돈을 벌고 싶고 작가가 되고 싶은 것은 당연하다. 하지만 그것만으로는 충분하지 않다. 강력한 힘을 가진 이야기는 자기 자신을 끄집어내 표현하고 싶어 하는 내면에서 창조된다.

자극 다음은 '아이디어idea'인데, 자극보다 아이디어가 먼저 나올 수도 있다. 쓰고 싶은 소설에 대한 전반적 발상을 뜻한다.

그다음은 '소재material'로 인물, 배경, 장소 등 소설을 만들기 위해 필요한 모든 재료를 의미한다.

소재 다음은 '형식form'이다. 형식은 작품의 틀을 말한다. 시로 써야 할까, 아니면 단편소설 또는 장편소설로 써야 할까? 단순하고 매끄럽게 써야 할까, 이렇게 저렇게 엮어 복잡하게 써야 할까?

형식 다음이 드디어 '표면'으로, 맨 처음 독자의 눈에 보이는 전부다. 하지만 반드시 다른 블록들이 그 아래에 쌓여 있어야 한다. 안 그러면 소설이 제대로 기능하지 못한다.

이 사실을 기억해두면 소설 쓰기 워크숍에서 유용하게 활용할 수 있다. 소설이 어떤 단계에서 부족하면 그 이상의 단계에서 비평을 하는 게 무용지물이다. 예를 들어 소재 단계에 문제가 있다면 형식이나 표면 단계에서 아무리 뛰어나다고 한들 실패할 뿐이다. 따라서 효과적으로 비평하려면 문제가 처음 발생한 단계가 어디인지 파악하고 그 수준에서 문제를 바로잡도록 해야 옳다. 인물에게 꾸며낸 티가 너무 많이 나는가? 그러면 대화가 약할 텐데 대화 단계에서는 문제를 바로잡으려 해봤자 소용없을 게 뻔하다. 인물을 실재적으로 만드는 게 우선이다. 그러고 나야 대화 역시 실재적으로 쓸 수 있는 가능성이 열린다.

연습6 소설의 토대 쌓기

무슨 이유든 간에 여태껏 쓰고 싶었던 적이 없는 소설 아이디어를 하나 생각해내자. 독자로서 읽을 때는 재미있지만 작가로서는 그다지 쓰고 싶진 않았던 이야기 같은 것 말이다. 소설의 토대를 '아이디어' 단계에서부터 쌓아 올리자. '표면'에 이르면 도입부 몇 줄을 쓴 후 멈춘다.

이 연습은 서너 번 이상 하지 않는 게 좋다(소설을 구성만 하고 쓰지 않는 습관이 들면 곤란하니까). 하지만 이 연습은 소설 구성에 관해 아주 쉽게, 많은 것을 습득할 수 있는 방법이다. 크게 시간이나 노력을 들이지 않아도 되므로 마음껏 위험을 감수하고 시도할 수 있기 때문이다.

13.

화가가 연필로 스케치하는 모습을 지켜본다고 상상해보자. 처음에는 어떤 계획으로 그림을 그리고 있는 건지 도무지 감을 잡을 수 없지만, 계속 보다 보면 화가의 의도가 어렴풋이 느껴지고, 스케치가 완성되면 그동안 내내 어떤 목표로 작업을 하고 있었는지 눈에 들어온다. 하나하나 볼 때는 무의미한 것 같았던 획들이 모여 전체 그림의 부분을 만들어냈다는 것을 깨닫는다.

소설에도 이처럼 모양새가 있다. 한 번에 알아볼 순 없지만 분명히 있다. 좋은 소설에는 꽃병이나 바이올린처럼 그럴듯한 모양새가 있고, 나쁜 소설에는 쓰레기 더미처럼 의미 없고 무작위적인 모양새가 있다.

쓰레기 더미에는 없지만 바이올린에는 있는 것은 바로 일관성, 조화, 균형이다. 일관성은 모든 부분이 어우러지는 것을 뜻하고, 조화는 어느 한쪽으로 치우치지 않은 상태를 말한다. 소설을 이루는 부분들을 조화 면에서 분석해보자. 처음과 끝은 조화를 이루어야 한다(소설의 시작과 결말만이 아니라 더욱 작은 단위, 즉 단락과 문장에 이르기까지 모든 부분에서). 느림에는 빠름이, 달콤함에는 쓰라림이, 어둠에는 빛이 따라와 조화를 이루어야 한다.

균형은 모든 부분이 동일한 비율을 이루는 특성을 가리킨다. 바이올린 스크롤(머리 부분의 나선형 모양 장식)의 길이가 공명통 길이의 두 배가 되지 않듯이, 소설의 시작 부분 역시 나머지 부분을 전부 합친 것의 두 배가 되면 안 된다는 말이다.

이렇게도 써보고 저렇게도 써보며 글을 어떻게 진행할 때 이야기가 제대로 기능하는지 시험하다 보면, 소설의 모양새가 어떻게 만들어지는지 감을 잡을 수 있다. 결국에는 글을 쓰기 전에 모양새를 먼저 그려낼 수 있는 역량을 갖추게 될 것이다. 그 소설이 무엇에 관한 소설인지조차 모를 때도 말이다.

혹자는 '단편소설은 형식이 전부 거기서 거기'라고 생각하기도 한다. 하지만 그건 사실이 아니다. 소설의 '형식'은 겉으로 드러나 보이는 게 아니기 때문에 이해하기 쉽도록 도표를 그려서 설명해보겠다.

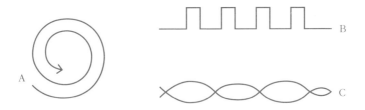

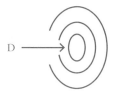

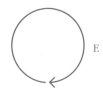

A 안으로 소용돌이쳐 들어가는 나선형이다. 주요 사건과 멀리 떨어진 곳에서 이야기가 시작되며 점차 핵심으로 다가간다. 내가 쓴 〈마스크〉에는 시점인물이 여러 명 등장하는데 시점인물이 바뀔 때마다 이야기가 핵심에 점점 더 가까워지고, 마침내 주인공이 등장하면서 그의 비밀이 밝혀진다.

B 직선으로 쭉 나아가면서 여러 장애물을 만나는 형식이다. '플롯 뼈대'를 따르는 소설의 전형이라고 할 수 있다. 윌리엄 서머싯 몸 William Somerset Maugham의 〈비Rain〉가 이 유형에 속한다. 뒤에서 다시 설명하겠지만, 이 형식은 단편소설에서는 잘 쓰이지 않는다.

C 두 인물 또는 두 가지 줄거리가 교차하며 만났다가 헤어지기를 반복하다가 결국 만나는 형식이다. 이 형식은 단편소설보다는 장편소설에서 흔히 발견된다. 앤서니 파월Anthony Powell의 《시간의 음악에 맞춰 춤을A Dance to the Music of Time》이 한 예다.

D 누가 봐도 명백하고 불가피한 결말을 지닌 형식이다. 아이작 아시모프Isaac Asimov의 〈전설의 밤Nightfall〉《SF 명예의 전당 1》을 확인해보

면 안다.

E 순환하는 형식이다. 마지막 장에 이르러 독자는 자신이 다시 시작 부분의 내용으로 돌아와 있다는 것을 깨닫는다. 인물들은 연속적인 틀 속에 빠져 있는데 거기서 절대 벗어나지 못한다. 손턴 와일더Thornton Wilder의 《하늘이 내 종착지Heaven's My Destination》를 보면 알 수 있다.

지금까지 가장 일반적인 소설 형식들을 살펴보았다. 하지만 이들 형식의 조합을 비롯해 온갖 다양한 형식이 존재한다는 점을 일러둔다. 그중 일부는 나중에 다시 살펴보기로 하자.

14.

모든 소설은 독자에게서 일련의 반응을 체계적으로 이끌어내기 위해 고안한 장치다. 작가가 어설프면 소설의 메커니즘이 모습을 드러낸다 (그러면 우리는 '어우, 이 소설 너무 작위적이야!' 하며 실망한다). 좋은 작품은 메커니즘을 잘 숨기고 있다. 우리 눈에 띄지 않는다고 해서 그 속에 메커니즘이 없는 게 아니다. 그리고 메커니즘의 모든 요소는 제각각 기능이 있다. 예컨대 소설의 시작 부분은 독자의 흥미와 호기심을 자극한다. 그다음 전개에서는 독자가 인물의 인격과 감정에 몰입하도록 이끌고, 앞으로 해결할 문제와 밝혀질 비밀 등을 제시한다. 절정에서는 독자의 흥분과 기대를 최고조로 끌어올리고, 마지막 결말에서는 문제가 해결되거나 비밀이 밝혀지며 독자의 긴장이 해소된다.

이로써 소설 메커니즘의 주요 부분들을 짚어보았지만, 이 밖에도 중요한 것들이 또 있다. 예를 들어 어떤 인물이 돌출 행동을 한다면 그

때마다 작가는 그 행동이 타당하다는 점을 알려주는 정보를 집어넣어야 한다.

한 습작생이 썼던 글을 예로 들어보자. 시골에 사는 남자가 어린 아들을 데리고 처음으로 도시에 발을 들인다. 남자는 위험하고 타락한 도시에서 아들을 지키겠다고 굳게 마음을 먹는다. 두 사람은 어느 장사꾼을 찾아가는데, 장사꾼이 남자에게 아들을 몇 주 동안 데리고 있으면서 영업을 가르치고 싶다고 제안한다. 남자가 거절하자 장사꾼은 흥분하고 싸움이 벌어지고 만다. 그런데 아들이 남고 싶다고 하고 남자는 하는 수 없이 허락한다.

나는 이 글을 쓴 습작생에게 빠뜨린 게 있다고 말했다. 바로 장사꾼이 '친척'쯤 되어야지, 그냥 사업상 아는 사람이면 안 된다는 점이다. 그렇지 않고서야 그가 방금 만난 소년을 자기가 맡겠다고 이다지 감정적으로 구는 이유가 무엇일까? 그리고 남자는 왜 승낙을 하는 걸까? 이러한 내용을 포함하지 않는 것은 소설을 실패의 길로 몰아넣는 것이나 다름없다. 핵심 부품이 빠진 채로는 장치가 제대로 작동하지 않는 것과 같은 이치다.

이 내용을 좀 더 명확히 설명하기 위해서 내가 쓴 소설 〈영원한 충성을Semepr Fi〉(제목인 Semepr Fi는 미국 해병대 표어인 'Semper Fidelis'의 줄임말로 라틴어다. _옮긴이)에 직접 주석을 달아 보여주겠다.

1, 2 허공엔 상쾌한 바람이 부드럽게 불고 있었다. 그의 하얀색 실크 바지는 깃발처럼 나풀거리며 그의 몸에 감기고, 그의 머리카락은 어지럽게 나부꼈다. 그는 달랑거리는 신발 끝 600미터 아래로 눈부신 초록빛을 뿜어내며 굽이굽이 펼쳐진 산맥을 내려다보았다. 궁전은 텅 빈 상아색 사각형에 불과했다. 엄지와 검지로 짓이길 수 있을 만큼 작게 보였다. 그는 눈을 감고 온몸으로 숨을 들이쉬었다. 손끝부터 발끝까지 살아 있다는 걸 느끼며.

기분 좋게 기지개를 켜며 하품을 했다. 가끔 이곳에 올라오는 게 좋았다. 대리석, 붉은 벨벳, 수많은 분수대, 속이 비치는 얇은 바지를 입은 여자들, 이 모든 것에서 벗어나서 말이다. 특별했다, 이렇게 떠 있는 것, 이렇게 완벽한 고독과 평화가.

3 "무례를 용서해주세요." 곤충의 목소리가 들렸다. 정말 미안하다

---

1 〈영원한 충성을〉은 소원성취 판타지를 다룬 작품으로, 첫 문단 자체가 그 판타지의 중심에 있다. 주인공(미첼)과 비슷한 판타지를 품었던 적이 있는 독자가 이 글을 읽는다면, 이 시작 부분은 독자를 작품 속으로 이끌고, 독자의 호기심(어째서 주인공은 600미터 상공에 떠 있을 수 있는 걸까?)을 자극하고, 이야기 속 첫 번째 즐거움을 독자에게 선사하는 등 제 역할을 톡톡히 해내게 된다.

2 나는 이 판타지의 에로틱한 요소를 노골적으로 내세우는 대신 그저 암시하고 싶었다. 그래서 속이 비치는 얇은 바지를 입은 여인들에게 둘러싸여 있는 궁전 안의 미첼을 등장시키지 않았다. 대신 미첼이 상공에 떠 있는 장면을 만들어 손쉽게 이 문제를 해결했고, 동시에 이 작품이 어떤 작품인지도 시사할 수 있었다(프로이트 학설에 따르면 하늘을 나는 꿈은 성적 욕망과 관련이 깊다).

3 세 번째 단락이 되면 뭔가가 일어나기 시작한다.

는 듯한 기색이다.

그는 눈을 뜨고 주위를 둘러보았다. 거기 있었다. 4, 5 그가 '곤충 하인'이라고 부르는 자가, 10센티미터쯤 되는 작고 가느다란 몸으로, 반은 인간 반은 곤충인 얼굴을 한 채, 한곳에 계속 있으려면 미친 듯이 파닥거려야 하므로 날개를 붕붕거리면서.

"일찍 왔군."

"아닙니다, 아니에요. 벌써 치료받으실 시간이에요."

"치료받으실 시간이에요. 넌 맨날 그 소리야."

"받으시는 게 좋아요."

"그래, 네 말이 맞겠지."

"제 생각에도 제 말이 맞는 것 같아요."

"알았으니까 가버려."

곤충 하인은 잠깐 얼굴을 찌푸리더니 뒤돌아서 바람을 타고 날

---

4 곤충 하인이 등장함으로써 이 소설의 무대가 판타지 세계라는 데 못을 박는다. 여기에는 루이스 캐럴Lewis Carroll의 작품을 암시하는 요소가 두 가지 있다. 《이상한 나라의 앨리스 Alice's Adventures in Wonderland》에 나오는 개구리 하인, 그리고 《거울 나라의 앨리스 Through the Looking-Glass and What Alice Found There》에서 붉은 여왕이 앨리스에게 하는 말, "알겠니? '이 세계'에서는 미친 듯이 달려야 한자리에 머물러 있을 수 있어."
5 캐럴의 두 소설을 안 읽었거나 읽었어도 까먹은 독자들을 위해 이 요소들을 모두 설명해야 옳았을까? 아닐 것이다. 암시를 알아보는 독자들은 그만의 특별한 즐거움을 느낄 것이고(설명이 따라붙었으면 이 즐거움이 망쳐졌을 게 뻔하다), 암시를 몰라보는 독자들은 주목하지 않고 지나칠 것이다(단 알아볼 사람이 거의 없고, 알아보지 못하면 맥락을 이해하기가 불가능한, 그런 난해한 암시는 절대 넣지 말도록).

아갔다. 점점 작아지다가 한 점 빛처럼 보였다. 게리 미첼은 곤충 하인이 해가 쏟아지는 초록색 배경 속으로 사라질 때까지 바라보았다. 6 그러곤 느릿느릿 고개를 젖히며 눈을 감고, 변화가 일어나길 기다렸다.

미첼은 그 순간이 언제일지 한 치의 오차 없이 정확히 알고 있었다. "빙." 느릿느릿 소리를 냈다. 그러자 세상이 갑자기 몸 위로 쏟아지는 것 같은 느낌이 들었다. 더 이상 바람은 없었다. 산도 하늘도 없었다. 숨을 쉬는데 생명력 없는 공기가 들어왔다. 감은 눈으로 느껴지는 어둠조차 다른 빛이었다.

미첼은 조심스럽게 움직이며 자신이 푹신한 소파에 누워 있다는 것을 감지했다. 눈을 떴다. 7 늘 똑같은 방, 그 방이다. 너무 작고 너무 기묘해서 우스웠다. 그만 콧방귀가 나왔다. 아무리 여러 번이어도 돌아올 때마다 언제나 똑같다. 정말 기가 차도록 우습다는

---

6 아직은 무슨 일이 벌어지고 있는 건지 독자들이 알 수 없을 테지만, 나중에 이 부분을 돌이켜봤을 때 미첼이 현실 세계로 돌아갈 때를 대비해 이러한 방책을 고안해 뒀던 거구나 하고 타당성을 고려할 수 있기를 바라며 썼다.

7 여기서 미첼은 환각에서 막 깨어난 사람처럼 보인다. 단조로운 현실에서 벗어나기 위한 오락 도구라는 점, 다소 불온한 희열감을 준다는 점에서 환각과 판타지는 유사성을 지녔다.

생각에 몸을 뒤집으며 눈을 다시 감았다. 소리 없이 웃으며 몸을 떨었다.

8 잠시 후 바로 누워 툴툴대며 남은 숨을 모조리 내쉬었다. 그런 후에 코로 깊게 숨을 들이마셨다. 몸에 통증이 조금 느껴지긴 했지만 괜찮은 것 같았다. 일어나 앉아 재미나다는 듯 손등을 쳐다보았다. 늘 똑같은 손!

9 턱이 빠질 정도로 크게 하품을 하고는 씽긋 웃더니, 푹 꺼진 달걀 반쪽 모양의 소파 기기에서 몸을 일으켰다. 미첼의 몸에 부착된 갖가지 전선이며 배관이 사방으로 늘어져 있었다. 머리에 쓰는 기기를 획 벗는 바람에 머리에 붙어 있던 조그마한 플라스틱 소켓들도 모두 떨어져 나왔다. 아무렇게나 놔버리자 기기가 케이블 끝에서 덜렁덜렁 흔들렸다. 미첼은 가슴에서 모니터링 도구를 끄르고 장치란 장치는 모두 떼어내고 나서 알몸 그대로 방을 가로질러 걸어갔다.

제어반에 있는 마스터 클록에서 딸깍 소리가 났다. 그 순간 욕

---

8 이 문단에 독자의 감각을 자극하는 세부 정보가 얼마나 많은지 봐주길 바란다. 그다음 문단도 마찬가지다. 나는 독자를 소설로 에워싸서 독자 스스로 소설 속에 있다는 것을 그득히 실감하게 만들고 싶었다.

9 이때 처음으로 이 모든 이야기의 원인이라고 할 수 있는 기기가 독자 앞에 나타난다. 기기가 달걀 반쪽 모양을 하고 있는 데에는 그 나름의 이유가 있다. 이를 설계한 사람들이 기기가 관처럼 보이는 것보다는 달걀 반쪽처럼 보이는 게 낫다고 판단했던 것이다.

실에서 물이 나오는 소리가 들리기 시작했다. "내가 씻기 싫다면?" 미첼은 괜히 시계를 보며 묻고는 샤워를 하러 갔다. 늘 똑같은 일과에 따라.

10 까끌까끌 수염이 자라난 볼을 손바닥으로 비볐다. 전기코드만 끼우면 자동으로 면도를 해주는 기기 개발을 진지하게 고려해봐야 할 것 같다. 덮개처럼 생겨서 얼굴 아래에 끼우면 압력을 조절하느라 윙윙 소리를 내다가……. 하지만 아마 얻는 것보다 잃는 게 많을 것이다.

거울에 비친 자신의 모습을 바라보다가, 미첼은 자신의 눈빛이 아이러니하게도 기쁨으로 빛난다는 걸 깨달았다. 늘 똑같은 생각! 면도기를 집어 들고 수염을 다듬기 시작했다.

11 미첼이 욕실에서 나오는데 마스터 클록에서 또 딸깍 소리가 났다. 그러자 컨베이어에서 쟁반이 미끄러져 나오며 식탁에 아침식사가 준비되었다. 스크램블드에그, 베이컨, 오렌지 주스, 그리고 커피. 미첼은 옷장으로 가서 담청색 슬랙스와 셔츠를 입고 왔다. 식

---

10 인물의 타당성을 살리고, 읽기의 즐거움을 배가하기 위한 내용이다. 미첼이 발명가 정신을 갖고 있기 때문에 자연스럽게 이런 것들을 생각하곤 한다는 점에서 타당성을 제공하고, 상상 속의 기기는 많은 SF 팬이 좋아하는 요소라는 점에서 흥미를 돋운다.

11 타당성. 이 소설의 무대는 미래다. 소설의 주제에 해당하는 발명품, 즉 달걀 반쪽 모양 소파 기기 말고도 우리가 살아가는 지금의 세계와 뭔가 다른 점이 있다는 것을 독자에게 확인시켜줘야 한다.

탁에 앉아 음식을 먹는데, 서두르지 않고 천천히 먹었다. 음식은 음식, 즉 영양분이다. 그게 다.

식사를 마치고는 담뱃불을 붙였다. 눈을 반쯤 감고, 코로 담배 연기를 훅 내뿜었다. 어떤 이미지가 어렴풋하게 머릿속을 떠다녔다. 굳이 붙잡으려 하지 않았다.

담배가 다 타자 미첼은 한숨을 쉬며 내려놓았다. 문으로 걸어가면서, 소파와 제어반이 자신을 원망하며 노려보고 있다고 느꼈다. 비어 있는 달걀 반쪽 모양 소파 기기와 흩어진 전선들에 애처롭게 내버려진 듯한 기운이 서려 있었다. "저녁에 또 보자고." 미첼은 약속이라도 하듯 말했다. 그러곤 문을 열고 나갔다.

12 창백하고 엷은 노란 햇살이 벽면을 가득 채운 통유리 창을 뚫고 들어왔다. 창은 이스트 강을 바라보고 있다. 도자기 화분에 심은 필로덴드론은 얼마 전 잎을 하나 더 냈다. 창 맞은편에는 폴록의 거대한 추상화 한 점이 거꾸로 걸려 있었다. 미첼은 작품을 보며 빈정거리듯 씩 웃었다.

길쭉한 마호가니 책상 한쪽에는 보고서가 담긴 주황색 플라스틱 바인더가 한가득 쌓여 있다. 반대편에는 편지가 쌓여 있다. 중

---

12 이 역시 미첼이 현실 세계에 대한 거만한 태도를 즐기듯 취하고 있다는 사실을 강조한다. 일하는 공간을 보여줌으로써 미첼에 대한 정보를 전달하기도 한다.

앙에는 초록색 압지가 깔려 있는데 그 위에 부드러운 소나무 블록 하나가 있고, 주머니칼도 칼날이 나온 채로 놓여 있다.

13 전화기에서 빨간 불빛이 지치지 않고 깜빡거렸다. 미첼은 앉아서 잠깐 쳐다보다가, 버튼을 눌렀다. "예, 커티스 씨?"

"프라이스 님께서 언제쯤 뵐 수 있는지 여쭈시는데요. 들어오시라고 할까요?"

"그래요."

미첼은 맨 위에 있는 보고서를 집어 거기 있는 밑그림과 도표를 휙 보고는 내려놓았다. 의자를 빙그르 돌려 등을 기대고는 노르무레한 풍경을 졸린 듯 쳐다보았다. 예인선 한 척이 뒤로 누런 연기를 길게 뿜이내고 있다. 강을 천천히 거슬러 올라가고 있다. 퀸즈 쪽으로 구획을 따라 늘어선 집들은 아이들이 갖고 노는 블록처럼 보인다. 작은 창문들이 일렬로 늘어선 채 햇빛을 반사하며 반짝거린다.

14 퀸즈 주거 구역이 지금 여기에 있다는 사실, 아직도 집이 늘어만 간다는 사실이 이상하다. 저편에서는, 벌써 몇 년 전에 다 밀어버리고 정글로 채워버렸으니까. 보고 있자니 기묘한 느낌이 든다.

---

13 또다시 뭔가 일어나려는 조짐이 보인다. 여기서 독자들은 안심할 수 있다. 구구절절한 묘사를 여태까지 읽은 것처럼 또 읽지 않아도 된다는 뜻이니까.
14 현실 세계를 시시하고 재미없는 곳이라 여기는 미첼의 인식을 다시 드러낸다. 이번에는 계란 반쪽 모양 기기를 사용하는 것이 미첼의 마음에 비정상적인 파문을 일으켰다는 암시도 나타난다.

오래되어 누렇게 빛바랜 사진처럼. 그래서 미첼은 불안한 마음도 느낀다. 이렇게 돌아올 때면 늘 과거 속으로 다시 들어가는 듯했기 때문이다. 뭔가가 잘못되었다는 희미한 감각…….

문이 열리는 소리에 돌아보니 제임스 프라이스가 손잡이를 붙잡고 서 있다. 미첼은 활짝 웃으며 손짓을 했다. "어서 오게, 친구. 잘 갔다 왔어? 워싱턴에서 일은 잘되었고?"

"그냥 그랬어." 프라이스는 늘 그렇듯 왜가리 같은 걸음새로 걸어 들어왔다. 의자에 털썩 앉아 편하게 자리를 잡더니 얇은 손가락으로 양손 깍지를 꼈다.

"그럴 때도 있는 거지. 와이프는 잘 있고?"

"어, 잘 있어. 어제 못 만났는데 오늘 아침에 전화 왔더라고. 너한테 안부 전해달—."

"애들은?"

15 "잘 있지." 프라이스는 얇은 입술을 꾹 다물고는 갈색 눈동자로 미첼을 바라보았다. 진지한 표정이었다. 프라이스는 아직도 스무 살 남짓으로밖에 보이지 않는다. 두 사람이 웨스트버리에서 미첼

---

15 프라이스는 미첼과 거의 모든 면에서 대비된다. 두 사람을 비슷한 인물로 설정하는 대신, 즉 둘 다 공상하길 즐기는 인물이거나 둘 다 헌신적인 기업가가 아니라 이렇듯 대비되는 인물로 설정함으로써 독자에게 두 사람 모두를 더욱 잘 전달할 수 있다. 프라이스 역시 중요한 인물인데, 각종 기기 개발을 추진하는 동기가 미첼과 확연히 다르기 때문이다.

프라이스 주식회사를 비밀스럽게 구상하던 때나 지금이나 하나도 변하지 않았다. 옷차림만 달라졌다. 1,000달러짜리 양복, 완벽하게 묶은 넥타이. 그리고 손톱. 예전에는 얼마나 물어뜯었는지 속살까지 아파 보이는 모습이었지만 지금은 말끔하게 매니큐어까지 칠해져 반짝거리고 있다. "미첼, 이제 이야기해보자. 심ㅈㅌ 탐사기기는 어디까지 진행되었어?"

"스티븐슨 씨가 쓴 보고서 받았는데, 아직 다 훑어보진 못했어."

16 프라이스는 눈을 깜빡거리며 고개를 흔들었다. "이 프로젝트 서른여섯 달 동안이나 질질 끌고 있다는 거 알아?"

17 "어차피 시간은 많아." 미첼이 느릿느릿 말했다. 그러면서 주머니칼, 소나무 블록이 있는 데로 손을 뻗었다.

"15년 전에는 그런 식으로 말 안 했잖아."

"그땐 내가 일벌레였잖아." 미첼은 블록을 손 아래로 끌어당겨 다듬지 않아 광택이 없는 까끌까끌한 면을 만졌다. 그러더니 주머니칼 칼날을 한쪽 모서리에 대고, 끊어지지 않도록 섬세하게 쭉 밀었다. 껍질이 둥글게 말리며 벗겨져 나온다.

16 마찬가지로 계란 반쪽 모양 기기가 미첼의 삶에 바람직하지 않은 영향을 줬다고 암시하는 부분이다.

17 두 사람의 대화는 생략된 내용이 많고 간략하다. 서로 너무 잘 아는 사이이고, 지금의 대화를 또 다른 형태로 여태껏 몇 차례나 나눠온 바 있기 때문이다. 두 사람은 서로를 향해 말하고 있는 것이지 독자에게 말하는 중이 아니다.

18 "미첼! 젠장, 네가 얼마나 걱정되는지 아냐. 요새 몇 년 동안 네가 어떻게 바뀌었는지 알아? 일을 너무 등한시하잖아."

"수익이 떨어진 것도 아니잖아?" 미첼은 깎아낸 면을 엄지로 만져보고는 창으로 고개를 돌렸다. 멍하니 생각했다, 재미있겠다고, 푸르스름한 하늘을 떠다니면 재미있겠다고, 장난감 같은 건물들 위를 지나, 훨씬 멀리 날아가, 광활하고 텅 빈 바다 너머로……

"그래, 물론 돈이야 잘 벌어들이고 있지." 프라이스가 얇은 목소리로 대꾸했다. 조바심이 묻어 있다. "멘티그래프나 랜더마이저도 잘 나가고, 다른 거, 작은 거 한두 개도 그렇고. 하지만 벌써 5년 동안이나 신제품 출시를 안 했잖아. 이제 어떡하려고? 그냥 이런 상태로 만족하는 거, 그게 정말 네가 원하는 거야?"

"모범생 제임스 프라이스 씨." 미첼은 동업자인 프라이스를 다시금 바라보며 우애 깊은 목소리로 말했다. "대체 언제쯤 긴장 풀고 살래?"

19 문이 찰칵 열리더니 짙은 색 머리의 여자가 들어왔다. 로이스 베인브리지, 프라이스의 비서다. "방해해서 죄송해요. 돌리 씨가 사내번호로 연결이 안 된다고 해서요."

---

18 프라이스가 미첼의 정신 상태를 염려하고 있다는 암시가 여기서부터 노골적으로 제시된다.

19 또다시 뭔가가 일어날 조짐이 보인다. 소설이 정체되지 않게 하려면 독자의 주의를 환기시키는 이러한 요소들이 반드시 필요하다.

프라이스가 미첼을 힐끗 보았다. "버튼 또 잘못 눌러놨어?"

미첼은 가볍게 놀란 듯 전화기를 쳐다보았다. "그런 것 같아."

"아무튼 디드리히 씨가 도착하셨어요, 오시면 바로 알려달라고 말씀하셔서—."

"젠장, 지금 어딨어? 프런트?" 프라이스가 일어나며 말했다.

"아니요, 토어발트 씨가 1번 실험실로 벌써 모시고 갔어요. 디드리히 씨는 변호사랑 의사도 대동하고 계시고요."

20 "알아." 프라이스가 초조한지 자신의 주머니를 들여다보며 중얼거렸다. "내가 그걸 대체 어디— 젠장, 아, 여기 있네." 그가 파일 카드에다 연필로 대충 쓴 메모를 끄집어냈다. "오케이, 자, 로이스! 지금 바로 전화해서 나도 곧 갈 거라고 해."

"네." 로이스는 싱긋 미소를 지어 보이고는 돌아서 나갔다. 미첼은 부드러운 눈으로 로이스의 뒷모습을 좇았다. 여기선 외모가 나쁘지 않은 편이었다. 미첼은 3, 4년 전에 저편으로 로이스를 데려갔던 걸 떠올렸다. 물론 변화를 많이 줬었다— 허리는 날씬하게, 가슴은 풍만하게……. 미첼은 하품을 했다.

프라이스가 갑자기 물었다. "너도 같이 갈래?"

---

20 파일카드는 다시 등장할 예정이다. 여기서 먼저 언급해두지 않으면 나중에 나올 때 제멋대로 갑자기 지어낸 것으로 보일지도 모른다.

아이디어, 소설이 되다

"그러면 좋겠어?"

"아니 그냥, 미첼— 관심이 있기는 해?"

"그럼, 당연하지." 미첼이 일어서며 프라이스의 어깨에 팔을 둘렀다. "같이 가자."

두 사람은 북적북적한 복도를 따라 걸었다. "있잖아." 프라이스가 말했다. "너 밖에서 저녁 먹은 지 얼마나 되었어?"

"글쎄. 한 달이나 두 달쯤 되었나?"

"그럼 오늘 나가서 같이 먹자. 마지가 너 꼭 데리고 오랬어."

미첼은 망설이다가 고개를 끄덕였다. "그래, 고마워."

1번 실험실은 전시실이다. 벽면 전체가 삼나무 합판으로 이루어져 있고 화분에 담긴 식물로 가득하다. 21 달걀 반쪽 모양 소파 기계, 즉 멘티그래프가 눈에 띄게 전시되어 있는데, 꼭 영안실에 있는 관처럼 보인다. 22 소파 뒤 테이블에는 여러 가지 색의 커다란 슬라이드가 여섯 개 있고, 옆에는 제어반이 있다.

두 사람이 들어가자 사람들이 돌아보았다. 23 미첼은 디드리히

---

21 앞서 설계자들이 멘티그래프가 관처럼 보이지 않기를 바랐다고 했지만, 어쨌든 그렇게 보이는 게 사실이다.

22 이 슬라이드들 역시 나중에 활용할 때가 온다.

23 디드리히 목사는 적대자, 즉 주인공과 대립하는 위치에 놓인 인물이다. 이 점에서 디드리히가 곧 분규를 일으킬 거라고 예상할 수 있다.

를 바로 알아보았다. 40대 초반의 체격 좋고 머리는 핑크빛 금발인 남자였다. 담청색 눈동자로 미첼을 바라보고 있었다. **24** 미첼은 이 남자가 텔레비전으로 보았던 것보다 훨씬 더 인상이 강하고 최면을 일으키는 듯한 느낌을 준다는 데 깜짝 놀랐다.

토어발트가 1번 실험실 책임자로 자신을 소개하는 동안 하얀 가운을 입은 다른 기술자들은 그 뒤에서 어정쩡하게 서성거렸다. "디드리히 목사님, 변호사 에드먼즈 씨, 그리고 다들 아시겠지만 의사이신 터브먼 선생님, 명성은 누구나 들어보았을 테니까요." **25** 다들 악수를 나누었다. "제가 어떤 조건으로 여기 왔는지 모두 아실 겁니다. 합의점을 찾자는 게 아니라는 거, 이해해주십시오." 확고하고 진지한 눈빛이었다. "직원분들이 멘티그래프를 실제로 경험해봐야 비판을 하더라도 더 효과적으로 할 수 있지 않겠느냐고 절 설득하더군요. 제 입장이 바뀌지 않는 한 바로 그렇게 할 겁니다."

"네, 물론이죠. 당연히 이해하고 있습니다, 디드리히 목사님." 프

---

24 이쯤에서 독자는 멘티그래프를 바라보는 입장에서 프라이스가 디드리히 목사에게 일정 부분 동의한다고 짐작할 수 있다. 그렇지만 프라이스는 미첼 편에 있는 인물로 디드리히와 적대 관계다. 따라서 이 내용은 앞으로 벌어질 문제가 도덕적으로 누가 옳다, 그르다 판단하기에 모호한 성질을 띠고 있을 거라는 암시도 된다.

25 디드리히에게도 이곳에 와야만 하는 자신만의 설득력 있는 이유가 있다. 작가인 내가 필요해서 무작정 무대 위로 올려 세운 게 아니다. 디드리히도 다른 인물들에 뒤지지 않을 만큼 이 이야기에 깊이 관련되어 있다. 즉, 디드리히를 시점인물이자 주인공으로 이 소설(또는 새로운 소설)을 전개할 수도 있다.

라이스가 대답했다. "말을 바꾸거나 그러지는 않을 테니 안심하십시오."

26 디드리히는 호기심 어린 눈빛으로 미첼을 보았다. "멘티그래프를 발명한 분이시지요?"

미첼은 고개를 끄덕였다. "벌써 옛날 일이죠."

"멘티그래프 때문에 벌어진 상황─ 세상에 미친 영향을 어떻게 보십니까?"

"마음에 듭니다." 미첼이 대답했다.

디드리히는 표정이 굳어지더니 눈길을 돌려버렸다.

27 "마침 디드리히 목사님께 멘티그래프 투사기를 보여드리던 참이었습니다."

토어발트가 황급히 입을 열며 슬라이드를 가리켰다. 그중 두 개는 풍경화인데 하나에는 주황색 나무만, 다른 하나에는 갈색 풀만 한가득 담겨 있어서 기괴한 느낌이었다. 세 번째 슬라이드는 도시 경관이고, 네 번째는 언덕 위에 나무 십자가 세 개가 하늘을 배경으로 우뚝 서 있는 모습이었다. "모두 화가 댄 셸턴 씨가 그린 거

---

26 디드리히와 미첼을 정면 대결시키는 지점이다. 프라이스는 미첼의 향락주의와 냉소적 태도에 익숙하지만 디드리히는 아니다. 그래서 디드리히는 이 순간 미첼에게 혐오감을 느낀다. 여기서 독자는 미첼을 볼 수 있는 또 다른 관점을 획득하는 동시에 디드리히에 대해서도 파악할 수 있다.

27 슬라이드에 대한 설명이 나온다. 후에 이 슬라이드를 중심으로 인물들의 행위가 펼쳐지기 때문이기도 하고, 논리성 및 타당성 면에서 필요해서 넣은 것이다. 지어

죠. 대단히 열정적으로 작업해주셨어요."

28 "피실험자의 마음속에서 벌어지는 걸 사진으로 찍으실 수 있나 보군요?" 에드먼즈가 시커먼 눈썹을 치켜세우며 말했다. "그건 몰랐네요."

"음, 새로운 과제네요." 프라이스가 대답했다. "그런 기술을 9월쯤엔 시장에 내놓을 수 있으면 좋겠군요."

"저, 여러분, 준비가 되셨으면 이제—." 토어발트가 말했다.

디드리히는 마음을 가다듬으며 앞으로 나섰다. "네, 제가 뭘 하면 됩니까? 재킷을 벗을까요?"

"아니요, 그냥 여기 누우시면 됩니다. 그럼, 부탁드려도 될까요?" 토어발트가 좁다란 수술대 같은 것을 가리켰다. "넥타이를 약간 느슨하게 풀어주십시오, 그 편이 편안할 것 같으시면요."

29 디드리히는 토어발트가 가리키는 곳 위로 올라가 얼굴 위치를 맞추었다. 여성 기술자 한 명이 굽은 십자형 금속 조각들을 이어 만든 바구니 모양 물체를 들고 디드리히 뒤로 가 섰다. 그러곤 디드리히 머리에 조심스럽게 맞추어 씌우고, 꼭 맞을 때까지 윙너트

낸 내용이 기초 수준에서 그럴듯해야 큰 차원에서도 일리 있어 보이는 법이니까.

28 지금 주어진 상황과 전혀 다른 발언이다. 그렇지만 뭐, 에드먼즈는 변호사지 과학자가 아니다.

29 기술적 세부 사항은 작가가 아는 내용을 이야기하고 있다는 점을 독자가 신뢰할 수 있도록 하기 위해 필요하다. 하지만 나는 괜한 강의로 독자를 지루하게 만들고 싶지 않아 이렇게 극적인 목적에 한해서만 활용했다.

를 조였다. 신중하게 치수를 재고, 머리에 씌운 기기를 조절하더니 플런저 여덟 개를 줄줄이 밀어 넣었다.

터브먼은 기술자 어깨너머로 일이 되어가는 걸 지켜보다가, 기술자가 기기를 벗기자 디드리히의 두피에 조그만 보라색 점 여섯 개가 생긴 걸 발견했다.

"인체에 무해한 염색이에요, 선생님." 토어발트가 말했다. "지금 하고 있는 작업은 전극을 부착할 위치를 정하는 겁니다."

30 "네, 좋습니다." 터브먼이 말했다. "이 중에 쾌락중추에 자극을 가하는 건 하나도 없는 거 맞겠지요?"

"절대 없습니다. 아시다시피 쾌락중추 자극을 금지하는 법률이 있지요, 선생님."

기술자가 다시 디드리히 곁으로 가더니 작은 가위로 보라색 점이 있는 부위의 머리카락을 잘랐다. 그러고는 비누 거품을 칠하더니 더욱더 작은 면도기로 점 부위의 머리카락을 깨끗이 밀어냈다. 디드리히는 말없이 누워 있었다. 비누 거품이 닿자 차가워서 움찔했지만 그때 말고는 표정 하나 흐트러뜨리지 않았다.

"이제 다 되었네요." 토어발트가 말했다. "자, 디드리히 목사님,

---

30 타당성. 실제 실험 결과 쾌락중추에 전극을 연결한 실험용 쥐들은 음식을 먹는 것도 물을 마시는 것도 잊은 채 레버를 누르고 스스로 자극을 가했다, 지쳐 쓰러질 때까지. 멘티그래프 같은 기기가 시중에 팔리고 있다면 인류가 실험용 쥐와 똑같은 결말을 맞이하지 않도록 하기 위해 관련 법률이 마련되어 있을 게 분명하다.

이쪽으로 앉아주시면—."

디드리히는 일어나 토어발트가 가리키는 의자로 걸어왔다. 의자 위로는 반짝거리는 바구니 모양 금속 장치가 매달려 있는데, 방금 전 기술자가 디드리히에게 씌웠던 기기의 훨씬 복잡하고 위협적인 버전으로 보였다.

"잠시만요." 터브먼이 기기를 살펴보려고 다가갔다. 두 사람은 작은 소리로 몇 마디 주고받았고, 마침내 터브먼이 고개를 끄덕이며 물러섰다. 그리고 디드리히는 자리에 앉았다.

"이제 약간 불쾌하실 수 있는데, 이 부분만 좀 그렇습니다." 토어발트가 말했다. "전혀 해로운 건 아닙니다. 이제 죔쇠에 머리를 집어넣어 주시면—."

기술자가 푹신하게 덧대진 죔쇠를 조이고는 바구니 모양 장치를 내리는 동안, 디드리히는 얼굴에 핏기가 싹 가신 채로 정면만 응시했다. 토어발트는 의자 뒤 연단에 올라서서는 금속 실린더 여덟 개를 조심스럽게 조절해 디드리히 두피에 새긴 보라색 점에 각각 중심을 맞췄다. "그냥 바늘로 콕 찌른다고 생각하시면 됩니다." 토어발트가 버튼을 누르자, 디드리히는 움찔할 수밖에 없었다.

아이디어, 소설이 되다

31 "자, 이제 어떤 감각을 느끼시는지 말씀해주십시오." 토어발트는 제어반 쪽으로 몸을 돌렸다.

디드리히가 눈을 깜빡거린다. "섬광을 봤어요."

"좋습니다. 자, 다음."

"시끄러운 소리가 들렸어요."

"네, 이번에는요?"

디드리히는 깜짝 놀란 얼굴로 잠시 동안 입을 움직였다. "어, 달콤한 맛이에요."

"좋습니다. 이건 어떨까요?"

디드리히는 또 흠칫 놀랐다. "뭐가 내 피부를 만졌어요."

"좋습니다, 다음."

"어휴!" 디드리히가 얼굴을 어떻게든 돌리려고 하면서 말했다. "끔찍한 냄새."

"죄송합니다. 이건 어떨까요?"

"잠시 따뜻한 느낌이 들었어요."

"좋아요. 이번에는?"

디드리히의 오른쪽 다리가 실룩거렸다. "다리가 움츠러드는 느

---

31 또다시 타당성을 위한 대목이다. 앞서 말했듯 모든 사람의 뇌는 서로 다르게 생겼기 때문에 전극이 제 위치에 바로 부착되었는지 이런 유형의 테스트를 통해 확실히 할 필요가 있다. 이 장면의 타당성을 살리는 데 일련의 테스트 소동이 필요한 이유는 또 있다. 독자가 병원에 갔다가 비슷한 절차를 겪어봤을지도 모르는데, 그렇다면 글에서도 동일한 절차가 벌어질 거라고 기대할 것이기 때문이다.

낌이었어요."

"좋습니다. 한 번만 더요."

32 디드리히의 온몸이 갑자기 경직되었다. "꼭— 뭐라고 해야 할지 모르겠네요. 채워진 느낌이랄까." 디드리히는 차가운 눈빛으로 미첼과 토어발트를 차례대로 보았다. 이를 꽉 물고 있었다.

"완벽합니다!" 토어발트가 제어반에서 내려오며 말했다. 기쁜 듯 활짝 웃고 있었다. 미첼이 프라이스를 힐끔 보았는데, 프라이스는 손수건으로 손바닥을 문질러 닦고 있었다.

기술자가 실린더를 원래 위치로 빼냈다. 머리 죔쇠도 끌렀다. "이제 끝났어요." 토어발트가 진심 어린 태도로 말한다. "나오셔도 됩니다."

의자에서 빠져나오는 디드리히는 여전히 입을 꽉 다물고 있었다. 한쪽 손을 올리더니 머리를 더듬거렸다.

"잠시만요." 터브먼이 말했다. 터브먼은 손가락으로 디드리히의 머리칼을 가르더니 보라색 점 하나를 덮고 있는 조그만 회색 플라스틱 버튼을 빤히 노려보았다. 피부에 거의 완전히 착 붙어 있었다.

---

32 여덟 번째 전극은 앞의 전극들과 달리 피실험자, 즉 디드리히의 감정 상태에 변화를 일으킨다.

미첼은 슬그머니 프라이스 옆으로 가 섰다. "여덟 번째 자극이 별로 마음에 안 들었나 봐." 중얼중얼 거렸다. "조심해, 너."

"나도 알아." 프라이스가 작게 대답했다. 실험실 저쪽에서는 토어발트를 비롯한 기술자들이 디드리히를 또 다른 의자에 앉히고 머리에 기기를 씌웠다. 33 기술자 한 명이 디드리히에게 커다란 색깔 판지를 몇 장 보여주기 시작했고, 귀가 크고 낯빛이 창백한 다른 기술자가 제어반 앞에 앉아 눈금판을 읽으며 키보드를 두드렸다.

"이건 진짜 엄청난 도박이야. 괜히 화를 돋우기라도 하면 저 인간들이 우리한테 어떤 비방을 해댈지 뻔하잖아. 어디서 이런 일을 벌일 용기가 다 난 거야?"

프라이스는 얼굴을 찌푸리고 발을 이리저리 움직이더니 작게 말했다. "좀 더 지켜봐 봐."

기술자가 디드리히 코밑에 각종 향내가 든 병을 차례차례 갖다 댔다.

"뭐 비장의 무기라도 있는 거야?" 그런데 미첼은 물어놓곤 관심이 다른 데로 팔려 프라이스의 대답을 듣지 못했다. 기술자가 디드리히에게 걸어갔다 걸어왔다, 팔을 폈다 구부렸다, 고개를 이리로 돌렸다 저리로 돌렸다 하도록 시키고 있었던 것이다. 다 마치고 다시 의자에 앉힐 때 디드리히 얼굴은 조금 상기되어 있었다.

---

33 이번 실험에서 기술자들은 멘티그래프로 후각, 시각, 운동감각 등을 특정하게 자극한다.

34 미첼은 디드리히를 저편에서 이용해볼 수 있겠다고 꿈꾸듯 상상해보기 시작했다. 고매하고 유머감각이라곤 찾아볼 수 없는 지독한 성격의 튜턴 기사(로마 가톨릭교회에 속된 종교 기사단_옮긴이)로, 그러면서 몸 크기를 반으로 줄인다면……. 재미있을 것 같았다.

"이번에는 저희가 감정적 반응을 조정하진 않을 거고요." 토어발트가 말하고 있었다. "좀 더 까다롭고 복잡한 건데— 시간도 좀 더 걸릴 겁니다. 하지만 멘티그래프가 어떤 건지 체험하고 알아보려고 오셨잖습니까?"

디드리히가 머리에 씌워진 기기를 만져보았다. 가운데에 전선이 한 무더기나 연결되어 있었다. "네, 맞습니다. 진행해주시죠." 거의 으르듯 대답했다.

토어발트는 약간 불안한 표정으로 제어반에 앉아 있는 기술자에게 신호를 보냈다. "제리 씨, 하나 삽입해주세요." 그러고 나서 디드리히에게도 말했다. "눈은 감으시면 좋을 것 같고요, 팔은 편안하게 늘어뜨리시고요."

제어반에 앉아 있는 기술자가 버튼을 하나 눌렀다. 디드리히 얼굴에 깜짝 놀란 기색이 스쳐 지나갔다. 오른손을 발작적으로 움직이더니 이내 내려놓았다. 잠시 후 고개를 돌리고 천천히 턱을 움직이며 뭔가를 씹는 동작을 했다. 그러고 나서 눈을 떴다.

---

34 미첼의 백일몽이 짧긴 하지만 되풀이해 등장함으로써 그가 자신의 판타지 세계에 대해 갖고 있는 태도가 실제 삶 속에서도 이어지고 있다는 것을 보여준다.

"놀랍군요." 그가 입을 열었다. "바나난데— 내가 껍질을 벗겨서 한입 깨물었어요. 그런데— 손이 내 손이 아니었어요."

"네, 그러셨을 겁니다— 방금 체험하신 건 다른 피실험자의 기록이거든요. 35 하지만 목사님께서 나머지 회로들을 쓸 줄 알게 되면 방금 걸 다시 경험하면서 그 손이 목사님 손이 되도록 변형할 수 있습니다. 사실 원하시는 대로 뭐든 바꾸실 수 있을 거예요." 혐오감을 노골적으로 표출하지 않으려고 애써 참고 있다는 게 디드리히 얼굴에 뻔히 보였다. "네, 그렇군요." 미첼은 디드리히를 보면서 생각했다. 집에 가자마자 우릴 죽사발로 만들어버릴 연설문을 써댈 게 불보듯 훤하구먼.

"무슨 의미인지 금방 아시게 될 텐데요." 토어발트가 계속해서 말했다. "이번에는 기초 기록을 삽입하지 않고— 목사님께서 전부 관장하시게 됩니다. 편안하게 기대시고요. 눈을 감고, 어떤 모습, 장면을 마음속에 그려주십시오—."

디드리히가 손목시계를 만지작거리며 안달하듯 말했다. "저 그림 같은 걸 마음속에 떠올리라는 말인가요?" 그러면서 벽을 따라 늘어서 있는 슬라이드들을 고갯짓으로 가리켰다.

---

35 여기서 미첼이 어떻게 멘티그래프를 이용해 자신의 판타지 세계를 구축하고 자신의 입맛대로 조작할 수 있었는지 설명된다.

"아뇨, 아뇨, 저거랑 상관없어요. 저희가 저 그림을 투사하진 않을 거고요. 그리고 목사님 혼자만 아시는 거죠. 그냥 어떤 장면을 마음속으로 시각화하면서, 모호하거나 기대한 거랑 다르다고 느껴지면 변화를 주시고, 추가를 하시면서……. 그럼, 해보십시오."

디드리히는 등을 기대고 눈을 감았다. 토어발트는 제어반에 앉아 있는 기술자를 향해 끄덕였다.

36 미첼 옆에 있던 프라이스가 갑자기 디드리히에게로 척척 다가갔다. "이게 도움이 되실 겁니다, 목사님." 프라이스가 몸을 숙이며 말했다. 그러곤 손에 든 쪽지를 보고 큰 소리로 읽기 시작했다. "6시가 되자 어둠이 대지를 뒤덮었고 9시까지 계속되었다. 태양은 빛을 잃고, 교회당 휘장 한가운데가 찢어졌다."

디드리히는 눈살을 찌푸렸지만 곧 표정을 풀었다. 그리고 얼마간 침묵했다. 그러다 다시 찌푸렸고, 곧 의자 팔걸이에 올려두었던 팔을 발작적으로 움직이기 시작하더니, 근육에 긴장이 풀렸는지 고개를 약간 내려뜨렸다. 잠시 후 입술을 벌리고 숨을 가쁘게 쉬며 헐떡거렸다.

37 터브먼이 얼굴을 잔뜩 찌푸리며 다가가 디드리히의 맥박을 재

---

36 이제 독자들은 프라이스의 주머니에 있던 파일카드나 실험실에 미리 비치해둔 슬라이드들이 디드리히를 겨냥한 덫이었다는 사실을 알게 된다.
37 독자에게 터브먼의 존재를 상기시키기 위해 터브먼이 할 만한 타당한 행동을 넣은 것이다.

려 했지만 디드리히가 터브먼의 손을 탁 쳐서 물리쳤다. 터브먼이 프라이스를 째려보았지만 프라이스는 고개를 저으며 검지를 입술에 갖다 댈 뿐이다.

이제 디드리히의 얼굴에는 비탄의 빛이 가득했다. 감은 눈 사이로 눈물이 맺히더니 볼을 타고 흐르기 시작했다. 프라이스는 디드리히를 계속 주시하며 토어발트에게 신호했다. 그러자 토어발트가 제어반으로 가 뭔가를 끄는 듯한 동작을 했다.

디드리히는 눈물이 가득 고인 눈을 천천히 떴다.

38 "무슨 일이 일어난 거죠, 목사님?" 에드먼즈가 디드리히 옆에서 몸을 기울이며 물었다. "어떻게 된 겁니까?"

디드리히가 쉰 목소리로 낮게 대답했다. "봤습니다— 봤다고요." 그러곤 얼굴을 일그러뜨리며 흐느끼기 시작했다. 고통에 찬 사람처럼 몸을 웅크리며 두 손을 꽉 모아 쥐었다. 너무 세게 잡아서 뻘겋게 변하고 군데군데 핏기가 가실 정도였다.

프라이스는 돌아서며 미첼의 팔을 붙잡았다. "이제 우린 나가

---

38 여기는 에드먼즈를 위한 부분이기도 하다. 터브먼이나 에드먼즈가 할 일이 없다면 이 둘은 여기 있어선 안 된다.

자." 속삭속삭 말했다. 복도로 나오자 프라이스는 휘파람을 불기 시작했다.

"너 지금 네 솜씨에 감탄하고 있구나?" 미첼이 물었다.

39 프라이스는 꼭 개구쟁이 소년 같은 얼굴로 씩 웃으며 대답했다. "그럴 만하잖아. 안 그래, 친구?"

저녁식사 자리에는 네 사람이 함께했다. 프라이스와 붉은 머리칼을 가진 그의 아름다운 아내 마지, 미첼, 그리고 미첼이 오늘 처음 만난 여성. 이름은 에일린 노보트니였다. 날씬하고, 눈동자는 회색이고, 말수가 적었다. 미첼의 추측에 따르면 이혼했고, 어린 딸이 하나 있었다.

식사 후에는 브리지 게임을 세 판 했다. 에일린은 실력이 좋았고 미첼보다 잘했다. 하지만 미첼이 한두 차례 실수를 했을 때 에일린은 그때마다 뭔가 아이러니한 동정의 눈빛을 보내줄 뿐이었다. 40 말수가 정말 없었는데, 그러면서 목소리는 낮고 부드럽게

---

39 뒤에서 더 자세하게 다룰 도덕적 모호성에 관련한 내용이 표현된 부분이다. 미첼은 멘티그래프가 무해하다는 입장이다. 그러나 프라이스는 해가 된다고 생각하고 있다. 그렇다면, 둘 중 누가 더 무책임하다고 할 수 있을까?

40 이것은 미첼에게 주어진 기회다. 자신이 만든 판타지 세계에 빠져 사는 삶을 청산하고 현실 세계로 돌아올 수 있는, 어쩌면 마지막 기회. 다른 부분들에서는 미첼의 선택이 무엇인지 그저 암시적으로만 드러나 있다면 이 장면은 그 선택을 실지적인 것으로 못 박는다. 따라서 이 부분은 소설의 '핵심'이 담겨 있는 부분이라고 할 수 있다.

노래하는 듯한 음성이어서 그런지 미첼은 에일린이 다시 말을 꺼내기를 기다리고 있는 자신을 느꼈다.

게임이 모두 끝나자 에일린이 자리에서 일어났다. "만나서 정말 반가웠어요." 에일린은 미첼에게 손을 내밀었고, 두 사람은 잠시 악수를 나눴다. 41 에일린의 손은 따뜻했다. "저녁도 근사했고, 정말 즐거운 시간이었어요." 마지에게도 인사를 했다.

"벌써 가려는 거 아니죠?"

"가야 할 것 같아요— 베이비시터가 10시까지만 아이를 봐줄 수 있는데 워싱턴 하이츠까지 가려면 한 시간은 걸리니까요."

에일린은 문 앞에서 잠깐 돌아 미첼을 슬쩍 바라보았다. 미첼은 자신이 에일린과 함께하면 어떤 일들이 벌어질지 아주 잘 상상할 수 있었다. 오랫동안 산책을 하고, 분위기 있는 레스토랑을 전전하고, 손을 잡고, 첫 키스를 나누고……. 프라이스와 마지는 뭔가를 기대하는 듯 미첼을 빤히 쳐다보았다.

"조심히 들어가세요." 미첼이 말했다.

에일린이 가고 나자 마지는 맥주를 갖다 주고는 자리를 떴다. 프라이스는 안락의자에 편안하게 앉아 느긋이 담뱃대에 불을 붙였다. 그러곤 맥주를 조금 들이켜며 미첼을 흘끗 보더니, 부드럽게

---

41 에일린의 손이 따뜻한 까닭은 미첼의 손이 차기 때문이다. 독자에게 두 사람 모두에 대한 어떤 정보를 주는 부분이다.

말을 꺼냈다. "네가 택시로 바래다줄 수도 있었는데 말이지."

42 "그리고 처음부터 다시 시작하라고? 고맙지만 됐어, 난— 어차피 다 해봤잖아."

프라이스는 성냥을 획 흔들곤 재떨이에 버렸다. "휴, 다른 게 아니라 네 인생이야."

"내가 늘 상상하던 대로의 인생이지."

프라이스는 불편한지 앉은 자세를 고쳤다. "그래서 내가 중매쟁이 노릇을 할 수밖에 없는 거라고." 미첼을 쏘아보며 말했다. "젠장, 나는 네가 그렇게 변해가는 게 싫어. 일상 속에서보다 그 기기를 쓰고 훨씬 더 많은 시간을 보내잖아. 건강하지가 않아, 너한테 나쁘다고."

43 미첼은 씩 웃으며 손을 내밀었다. "인도 레슬링 한 판 할래?"

프라이스는 얼굴이 빨개졌다. "알았어, 알았어, 너 일주일에 한 번씩 운동하러 가는 거 알아— 몸은 문제가 없지. 근데 내 말은 그게 아니라, 야, 너도 잘 알잖아."

미첼을 캔맥주를 꿀꺽꿀꺽 들이켰다. 자신의 취향보다 도수도 낮고 맛도 진했지만, 어쨌든 차가워서 목으로 넘어가는 느낌이 괜찮았다. 페디스 데이에 초록색 맥주는 어떤가? 민트색이 돌도록—

---

42 미첼의 과거에 대한 암시다. 결혼했었지만, 지금은 혼자다.

43 만약 미첼의 신체에 문제가 있다면 멘티그래프가 미첼에게 나쁘다고 너무 쉽게 단정 지을 수 있게 된다.

아주 약간만…….

"뭐라도 이야기 좀 해봐." 프라이스가 말했다.

미첼은 천천히 프라이스에게 시선을 주었다. "흠. 넌 디드리히 목사가 이제 우릴 안 괴롭힐 거라고 생각해?"

프라이스는 시큰둥한 표정을 지었다. "좋아, 주제를 바꿔보자. 그래, 이제 안 괴롭힐 거라고 생각하지. 멘티그래프, 전부 다 갖춰서 보내줄 작정이야. 소파며 제어반이며 슬라이드 묶음까지. 기꺼이 받을걸? 이미 푹 빠졌어."

"교활한 술책에?" 미첼이 넌지시 말했다.

"아니, 난 그렇게 생각 안 해."

44 "세 개의 십자가 그림, 일부러 심어놨잖아, 맞지? 그리고 완벽하게 하려고 옆에 가서 마태복음 십자가 처형 대목까지 읽어주었지. 아주 교활했다고 할 수 있어."

"누가복음이야." 프라이스가 말했다. "맞아, 교활했지, 교활했어."

"하나 물어보자." 미첼이 말을 꺼냈다. "그냥 궁금해서 그러는데, 너 마지막으로 멘티그래프 이용한 지 얼마나 되었어?"

프라이스는 시선을 떨구고 손을 쳐다보며 담배통을 움켜잡았다. "4년."

---

44 프라이스가 디드리히를 함정에 빠뜨리려고 어떤 덫을 설치했을지도 모른다는 내용을 매듭짓는 부분이다. 무슨 일이 벌어졌던 건지 독자의 마음에 궁금증이 남지 않도록 하기 위해 필요했다.

"왜?"

"나한테 끼치는 영향이 싫어." 프라이스는 다른 손으로 담배통 쥔 손을 감싸더니 손가락 마디를 하나하나 뚜둑 소리가 나게 꺾었다.

"너한테 2,000만 달러를 벌어다 주었지." 미첼이 부드럽게 말했다.

"그런 뜻 아닌 거 알잖아." 프라이스는 손을 풀며 앞으로 몸을 숙였다. "잘 들어봐, 국방부가 훈련용 슬라이드 4만 개 계약을 엎어버렸어. 국방부도 사람들한테 끼치는 영향이 싫다고 결정한 거지."

45 "사람들이 일을 일벌레처럼 안 하게 되겠지." 미첼이 말했다. "국방부 때문에 속이 다 아프다니까."

"계약이 피기된 건? 이것도 속 아프냐?"

"있잖아, 난 네가 이해가 안 돼. 너 조금 전만 해도 멘티그래프가 대마초, 헤로인, 술, 간음, 이런 거 다 합친 것보다도 나쁘다고 말했잖아. 근데 지금은 더 많이 못 팔아서 불평하고 있어. 이거 어떻게 설명할래?"

프라이스는 웃지 않았다. "그냥 내가 걱정이 많은 성격이라고 해두지 뭐. 알다시피 사업에서 손을 떼는 것도 계속 생각하고 있고— 언젠가 떼긴 떼겠지. 하지만 그때까지는 회사에 대한 책

---

45 또다시 도덕적 모호성이 담겨 있는 부분이다. 국방부가 싫어하면 무조건 나쁜 것인가?

임도 있고, 그러니까 최선을 다할 거야. 46 일이니까. 내가 널 걱정하는 거, 그건 우정이고."

"나도 알아, 잘 알지."

"가끔씩 한번은 이 세계 전체에 대한 걱정도 하긴 해." 프라이스가 말했다. "세상 모든 사람이 자신만의 공상 세계를 갖게 되면 무슨 일이 벌어질까? 그때가 되면 식민시대의 개척자 정신이 설 곳은 사라지는 걸까?"

47 미첼이 콧방귀를 뀌었다. "식민시대에 관해서 읽어본 게 있긴 한 거야? 내가 몇 년 전에 조사 좀 해본 적 있는데, 그 시대 사람들은 플립이라는 끔찍한 술을 마셨어. 럼주랑 사과주 넣고, 뜨겁게 달군 부지깽이를 쑤셔 박아서 거품이 일어나게 만들었지. 누구네 집에 사과밭이 있는지만 알아보면 술고래가 누군지 바로 알 수 있을 정도였다나."

프라이스가 의자에서 다리를 내려놓으며 팔꿈치를 무릎에 고였다. "좋아, 그럼 이건? 네가 멘티그래프를 만들어냈고― 네 인생의 반은 네 마음대로 모든 게 돌아가는 세상에서 보내고 있어. 너

---

46 "일이니까." 나는 두 사람 모두에게 공감하지만 내가 더 높이 평가하는 인물은 미첼이라는 점을 분명히 해두고 싶다.

47 수정주의 관점에서 바라보는 역사, 나는 이런 게 정말 좋다. 그래서 기회가 있을 때마다 소설에 집어넣고 싶다. 아무튼 이 내용은 여기에 꼭 필요하진 않지만 미첼의 논거(식민시대 미국인 역시 즐거움을 얻기 위해 애썼다는 점)를 강화하는 기능을 하고 있다.

한테는 30분 전에 여기서 걸어 나간 예쁜 여자도 필요가 없어, 왜냐? 어차피 훨씬 더 예쁜 여자를 스무 명은 족히 가졌으니까. 그리고 그 여자들은 언제든 대기하고 있지. 그러니 뭐 하러 결혼을 하고, 뭐 하러 가족을 먹여 살리느냐고? 한마디만 하자, 똑똑한 사람들이 죄다 아이를 안 낳으면 세상은 어떻게 되는 건데? 다음 세대는 어떻게 되는 건데?"

"그 역시 대답할 수 있어."

"뭐라고?"

미첼은 경의를 표하듯 맥주캔을 들어 올리며, 반짝거리는 캔 너머로 프라이스를 쳐다보았다. 48 "내 알 바 아니지." 미첼이 답했다.

---

48 또는 "다음 세대가 나한테 뭘 해줬는데?"라고 표현할 수 있겠다. 한번 생각해보자. 미첼은 틀렸나? 틀렸다면, 왜?

앞의 예시처럼 〈마스크〉라는 또 다른 소설에 주석을 달아 로빈 스콧 윌슨Robin Scott Wilson이 엮은 《능력자들Those Who Can》이라는 책에 실은 적이 있다. 얼마 지나지 않아 젊은 작가 한 명이 찾아와서 물었다. "정말 모든 내용을 다 목적이 있어서 넣으신 건가요?" 믿지 못하겠다는 기색이었다. 나는 물론 그렇다고 대답했다. 그런데 한참 후, 그 친구가 정말 하고 싶었던 질문은 "정말로 다 의도적으로, 의식적으로 넣으신 건가요?"였을 거란 사실을 깨달았다. 당연히 아니다. 그렇지만 마음속 한구석에서는 의식을 하고 있었고, 가끔은(부분적으로) 가장 우선시하기도 했다. 나는 메커니즘이 잘 작동하는 소설이 어떤 느낌을 주는지 잘 알고 있기 때문에 작동이 멈추는 순간이 오면 알아챘다. 그럴 때는 이 방법 저 방법을 시도해보며 다시 작동하기를 기다린다. 그렇게 다 쓰고 나서 돌아보면 그 소설의 메커니즘을 상세히 분석할 수 있다. 쓰고 있는 중에는 아니다.

복잡한 기술이므로 한 번에 전부 익히려 하지 말고, 우선 소설의 모든 부분은 독자에게 '그게 무엇이든' 반응을 이끌어낼 수 있어야 한다는 점을 이해하길 바란다.

메커니즘이 어떻게 작동해서 독자에게 반응을 일으키는지 이해하고 싶다면 독서를 비평적으로 하고, 자신이 독자로서 반응하는 지점을 발견할 때마다 "작가가 어떻게 한 거지? 왜 이렇게 한 거지?"라고 자문해보자. 평소 즐겨 읽는 분야의 작품들에서 시작하면 좋다.

이러한 기법을 익히는 데에는 뛰어난 장르소설 작가들의 작품을 읽는 것만큼 훌륭한 방법이 없다. 존 D. 맥도널드John D. MacDonald의 트

래비스 맥기Travis McGee 시리즈《푸른 작별The Deep Blue Good-by》, 북스피어, 2012가 그 예다. 읽어보면 어떤 기법이 있다는 것을 바로 알 수 있다. 그것도 정말 대단한 기법이 말이다(문학 작품에서는 보통 이러한 기법이 감추어져 있다). 작가가 독자에게 영향을 미치기 위해 어떤 조치를 취해두었는 지 알게 되면 어쩔 수 없이 작품을 읽는 즐거움은 다소 줄어든다. 그 래도 괜찮다. "이 작가는 대체 어떻게 이렇게 쓴 거야?" 하고 또다시 감 탄하며 정복욕을 불태우게 만들, 더욱 미묘하고 복잡한 소설들이 아 직 많이 남아 있으니까. 이런 식으로 계속 배워나가길 바란다.

때로는 한 쪽을 채 못 넘기고 계속해서 서사에 휩쓸리는 바람에 (작가의 의도대로) 비평적으로 읽어보겠다던 의도 따위는 잊어버릴지 도 모른다. 그러면 그 부분으로 되돌아가 다시 읽고, 또다시 읽고, 너 무 익숙해서 이야기가 휘두르던 힘이 빠져버릴 때까지 다시 읽자. 그 러고 나면 그 신비 속에 자리 잡고 있는 메커니즘을 조사할 수 있는 기회가 나타난다.

아이디어, 소설이 되다

15.

교량 즉 다리의 구조를 모르는 사람은 없을 것이다. 완전히 겉으로 드러나 있으니까. 그리고 아마 자기 자신의 골격 구조에 대해서도 잘 알고 있을 것이다. 하나도 보이지 않지만 말이다. 그렇다면 소설의 '구조'란 무엇일까?

전체로서 기능하는 하나의 이야기를 만들기 위해 각 부분이 결합하고 배열된 모습을 뜻한다. 그런데 좋은 구조와 나쁜 구조를 구별할 수 있으려면 먼저 이해해야 하는 게 하나 있다. 바로 소설에서 구조가 '왜' 필요한가 하는 점이다. 다리는 그 자체의 무게를 포함해 특정 하중을 떠받칠 수 있어야 한다. 따라서 잘 만들어진 다리란 구조상 최소한의 무게와 하중(안전을 위한 여유 값 포함)을 견딜 수 있도록 설계된 것을 가리킨다. 골격은 우리 몸을 지탱하고 체형을 받쳐주는데, 다리와 마찬가지로 구조상 최소한의 무게로 그 역할을 달성해야 한다.

소설의 구조는 이야기를 하나로 잇고 지탱하는 틀이라 할 수 있다. 나중에 다룰 플롯과 구별하기를 바란다. 소설 두 편이 있다고 할 때 구조가 유사하더라도 플롯은 완전히 다를 수 있다. 예를 들어 두 편 모두 한 무리의 사람들이 누군가가 오기를 기다리는 장면에서 시작할 수 있다. 독자는 여기서 기대감, 예감 따위의 감정을 느낄 것이다. 그다음 중간 부분에서 새로 도착한 사람이 어쩌다가 원래 기다리던 무리와 갈등을 일으킨다. 마지막으로 갈등이 해결되고 여태까지 감추어져 있던 진실이 폭로된다. 이 예는 아주 일반적인 이야기 구조(아웃트라인)로, 노엘 카워드Noel Coward의 극본 〈유쾌한 유령Blithe Spirit〉과 윌라 캐더Willa Cather의 단편소설 〈조각가의 장례식The Sculptor's Funeral〉 모두를 설명할 수 있다. 그런데 이 두 작품은 플롯상으로는 공통점이 하나도 없다. 그도 그럴 게 〈조각가의 장례식〉에는 플롯이 있다고 말하기도 어려우니까.

〈유쾌한 유령〉은 소설가와 그의 아내가 손님 두 명과 아카티 부인이라는 심령술사가 오기를 기다리는 데서 시작한다. 소설가가 새로운 원고 집필에 필요한 자료를 얻으려고 아카티 부인의 술법을 보고 싶어 하기 때문이다(그 책이 실재한다면 얼마나 좋을지!). 한편 〈조각가의 장례식〉은 캔자스 작은 마을의 주민들이 유명 조각가의 시체가 기차로 도착하기를 기다리는 데서 시작한다. 이 두 작품의 구조는 같다. 먼저 짧은 시작, 그러고 나서 갈등 때문에 긴장이 고조되는 중간, 그리고 결말.

(정말 다리처럼 생기지 않았나?)

이 두 작품은 모두 장소, 인물, 감정, 그리고 상황이 서로 긴밀하게 연결되어 있다. 즉, 근거 없이 튀어나오거나 관련 없이 들어가 있는 부분이 하나도 없다. 그래서 이야기의 힘이 강하다. 다른 부분들과 구조적으로 연결되어 있지 않은 부분이란 가구로 치면 그냥 달랑거리면서 매달려 있는 부품과 똑같다. 방해만 될 뿐이다. "작품에 아무 쓸모없이 들어가 있는 건 그게 무엇이든 해로울 따름이다." 영국의 소설가 C. S. 루이스C.S.Lewis가 한 말이다.

좋은 구조는 그 자체로도 높은 평가를 받을 만하다. 다리의 경우가 그러하듯 소설도 마찬가지다. 여하간 좋은 구조는 독자를 이야기 속으로 끌어들이고, 계속 읽게 만들고, 끝에 가서는 독자를 만족시킨다. 시작에서 긴장이 고조되고 중간에서 더욱 높아지다가 결말에 이르러 갈등이 해소되고 사건이 해결되면서 긴장이 풀리는 과정을 지켜보자. 결말에 다다르기도 전에 긴장이 바닥으로 떨어지면 소설은 실패로 돌아간다.

신종 고위험군 폐렴 바이러스에 대한 백신을 개발하려 노력 중인, 정부 산하 연구소의 과학자를 주인공으로 등장시키며 소설을 시작한다고 해보자. 일은 지긋지긋하고 개발도 별로 순조롭지 않다. 세 쪽에 걸쳐 이런 내용이 나오다가 주인공이 주말을 맞아 아버지를 만나러 갔는데, 아버지가 실은 이 신종 폐렴을 앓고 있는 것으로 드러난다. 주인공은 아버지를 입원시키고, 밤낮으로 백신 연구에 매달린다. 그리고 가까스로 백신 개발에 성공해 아버지의 목숨을 구해낸다.

이 소설의 구조는 이런 모습일 것이다.

여기서 긴장은 초반에 작은 정점에 올랐다가 바닥까지 떨어진다. 연구소에서는 아무 일도 일어나지 않고 일어날 조짐도 없다. 그러다 주인공이 아버지를 만나기 위해 떠나는데, 독자에게 이 아버지는 만난 적이 없는 존재로 전혀 신경 쓰지 않고 있던 인물이다.

이 소설에서 첫 번째 부분은 없는 편이 낫다. 즉, 주인공이 아버지를 방문하는 데서 글이 시작되어야 한다.

위에서 인용한 루이스의 말은 소설에 '진짜로' 이용된 것, 즉 이야기와 부분적으로 연결되어 있는 것은 그게 무엇이든 모두 소설을 강화한다는 의미다. 자세한 설명을 위해 〈영원한 충성을〉에서 이용한 항목들을 살펴보겠다.

- 미첼의 판타지 경험 115쪽, 122쪽, 124쪽, 134쪽, 140쪽
- 미첼의 현실 세계에 대한 태도 115쪽, 118쪽, 122쪽, 139쪽, 142쪽
- 멘티그래프 115쪽, 122쪽, 124쪽, 126쪽, 133쪽, 134쪽
- 파일카드 124쪽, 134쪽, 135쪽, 140쪽
- 프라이스의 저녁식사 초대 124쪽, 139쪽

- 슬라이드 124쪽, 126쪽, 135쪽, 140쪽

여기서 쪽수에 점을 찍어 늘어놓은 후 각각의 연결성을 눈으로 확인할 수 있도록 점과 점을 연결해 반원을 그려보자. 첫 번째 항목, 미첼의 판타지 경험에 대한 반원을 그려보면 다음과 같다.

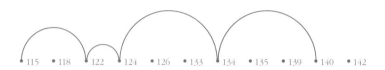

다른 항목들도 마찬가지로 반원으로 표현해보자. 하나의 도표로 다 같이 그려보면 다음과 같은 모습이 된다(반원들이 서로 엉키지 않게 하려고 세 번째 항목까지는 위쪽으로 그리고, 나머지 세 항목은 아래쪽으로 그렸다).

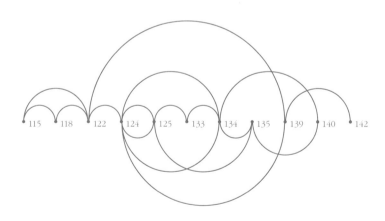

이 도표는 구조화가 잘된 모든 소설 속에 존재할 수밖에 없는 관계성을 시각적으로 표현한 것이다(우연하게도, 구조화가 잘된 소설은 시작, 중간, 결말로 명료하게 나뉜다는 사실도 보여준다).

다시 한번 강조하지만 나는 소설을 쓰면서 이런 도표를 그린 적이 단 한 번도 없다. 여기서도 그저 미첼이 결말에 프라이스 집으로 저녁 식사를 하러 가려면 그전에 일단 초대를 받았어야 한다는 걸 알았을 뿐이다. 괜히 소설을 쓰기도 전에 이와 같은 도표를 그리지는 말자. 그저 놀이로 해보려는 거라면 상관없다. 소설의 각 부분이 서로 어떻게 연결되는지에 대한 여러 방법을 알고 싶다면 연구해보는 것도 좋겠다.

플롯 설명에 앞서 구조를 먼저 다루는 이유는 이 두 낱말이 서로 바꿔 쓸 수 없는 용어라는 점을 확실히 해두고 싶어서다. '플롯'은 소설을 조직하는 방법이다. 그리고 소설을 조직하는 데는 플롯 말고도 갖가지 방법이 있다. 예컨대 케이트 빌헬름이 '기대는' 소설이라고 분류한 것이 있다. 작가가 소설 속에 세운 구조가 홀로 서 있지 않고 다른 데 기대고 있다는 뜻으로, 주로 독자가 학습에 의해 인지하고 있는 현실 세계에 기대고 있을 때가 많다. 셜리 잭슨Shirley Jackson의 〈제비뽑기Lottery〉《제비뽑기》, 엘릭시르, 2014를 살펴보자. 잭슨은 한 마을에 사는 사람들이 기분 좋은 봄날이면 모여서 할 수 있는 의식이 무엇인지, 그에 대해 독자가 사전지식을 가지고 있다는 점을 활용했다. 이 사전지식이 바로 〈제비뽑기〉가 기대고 있는 구조에 해당한다. 〈제비뽑기〉에는 마을 사람들이 하는 의식을 제외하면 본연의 구조라고 할 수 있는 게 없다. 그렇지만 이것으로 충분하다.

소설 속에서 벌어지는 물리적 움직임으로도 구조를 생성할 수 있다. 예컨대 인물을 한 장소에서 다른 장소로 이동시키는 것으로도 충분하다. 〈영원한 충성을〉을 떠올려 보자. 주인공은 일련의 연결된 장소들을 통과해 움직인다. 각각에서 우리는 주인공과 주인공이 처한 상황에 대해 더욱 많은 것을 알게 된다. 굉장히 경제적인 소설 구성 방법이라고 할 수 있다. 만족스러운 구조를 짓는 동시에 필요한 배경도 구축할 수 있기 때문이다.

초보 작가들이 쓴 소설에서는 어떠한 유형의 구조도 찾아볼 수 없는 경우가 많다. 그 원인 중 한 가지를 내가 가르친 습작생이었던 샌디 비들Sandy Beadle이 알아냈는데, 소개하자면 다음과 같다. 비들은 이것을 '터널 상상tunnel vision'이라고 불렀다.

자신이 쓰려는 소설을 떠올리면서 그 소설을 다음과 같은 형상으로 인식하는 사람이 많다. 길게 뻗어 있는 회색 터널 앞에 놓인 선명한 디스크판, 그 회색 터널 끝에 있는 그리 선명하지 않은 디스크판. 이는 우리가 소설을 읽을 때 인식하는 방식으로 자신이 쓸 소설을 바라보기 때문이다. 지금 소설 앞에 서서 소설의 터널을 쳐다본다면 당연히 구조를 그다지 명료하게 볼 수가 없다. 소설의 구조를 보려면 반드시 측면에서 바라봐야 한다.

1984년에 클라리온SF판타지작가워크숍에서 설문조사를 벌였는데 많은 습작생이 전반적인 아이디어와 첫 부분만 떠오르면 소설을 쓰기 시작한다고 답했다. 그러면 나머지 부분은 쓰면서 알아내야 하고, 어느 정도 결말다운 결말로 소설을 끝맺을 수 있기를 막연히 희망

하면서 써야 하는데, 이게 바로 터널 상상 방식이다. 만약 자신이 이러한 식으로 글을 쓴다면, 그런데 별 소득이 없다면 터널을 측면으로 돌려놓고 보는 방법을 시도해보자.

1 선명한 심상 하나를 가지고 시작하는 편인가? 결말에 쓸 심상을 하나 더 궁리해보자. 이제 적어도 시작과 결말 즉 양 끝에 해당하는 심상은 하나씩 손에 넣었다. 보통은 이것으로 충분하다. 모자란 것 같으면 중간 부분과 연관된 심상을 하나 더 떠올려 보도록 하자. 자신의 소설 속 세상에서는 자신이 신이라는 점을 명심하자. 인물이 어디에 있든 간에 추적할 수 있는 마법 같은 능력을 지닌 신 말이다. 이 능력을 이용하지 않는 건 자신에게 주어진 임청난 금단의 즐거움을 스스로 포기하는 것이나 다름없다.

2 선명한 심상이 마음속에 떠오를 때마다 '주변을 둘러보자.' 무엇이 보이나? 책장에는 무슨 책이 있고, 바닥에는 어떤 카펫이 깔려 있나? 창밖으로 무엇이 보일까?

3 방 안에 누가 또 있나? 옆방에는? 주인공에게 중요한 의미를 지닌 다른 인물은 누구인가? 좋아하거나 싫어하는 인물은? 그들은 주인공에 대해 어떻게 생각하고 있을까?

4 인물의 과거를 탐색해보자. 이 인물이 지금 행동하는 방식에 영

향을 미치고 있는 과거의 사건은? 아무에게도 말한 적 없는 비밀이 있다면 무엇일까?

5 자문하자. 이 소설의 의미는 무엇일까? 아무 의미도 없는 것 같다면 아직 충분히 숙고하지 않은 것이다. 의미가 느껴진다면, 결말이 이 의미를 잘 받치고 있는지 자문하자. 잘 받치지 못하고 있다고 느껴지면 당연히 다른 결말을 고안해내야 한다.

집필에 착수하기 전에 소설의 터널을 앞뒤로 왔다 갔다 하다 보면 모든 부분이 잘 어우러지도록 쓸 수 있게 된다. 구조화가 잘된 소설에서는 모든 부분이 딱딱 맞아 들어간다. 예컨대 결말이 시작 부분에 이미 내포되어 있곤 한다. 글을 쓰는 중에 무의식의 곡예로 이러한 조화가 연출되기를 막연히 기대하겠다고 해도 상관은 없지만, 사전에 계획을 짠 후에 쓰는 편이 훨씬 안전하지 않을까?

16.

사건

진실한 소설, 또는 진실로 받아들여지는 소설에는 현란한 장식이나 예술적 해설이 따라붙을 필요가 없다. 담겨 있는 진실 덕분에 이야기 자체가 본질적으로 재미있을 수밖에 없고, 그것으로 충분하기 때문이다.

소설은 어떤 면에서 그 자체가 지어낸 것, 즉 거짓말이다. 소설가가 하는 일이란 진실을 있는 그대로 말하는 게 아니라 교묘하게 거짓말을 해서, 거짓말을 너무 잘해서 독자가 진실을 읽을 때만큼이나 흥미를 느끼도록 만드는 것이다.

소설은 두 종류의 사건과 관련이 있다. 자연발생적 사건의 연속, 그리고 극적 사건의 연속. 자연발생적 사건의 연속은 아침에 일어나기, 아침식사하기, 일하러 가기, 친구와 전화통화하기, 이메일 확인하기, 저녁식사 준비를 위한 장보기 등으로 구성된다. 이런 사건들은 소설

155
아이디어, 소설이 되다

이 현실이라는 착각을 불러일으키고 극적 사건들 사이의 빈 곳을 메우기 위해서 꼭 필요하다(심지어 행위의 범주가 극도로 제한되어 있는 연극에서도 인물들은 담배에 불을 붙이고, 스테레오를 켜고, 머리를 빗고, 다 한다).

극적 사건의 연속은 일관되고 의미 있는 소설을 만드는 데 필요한 사건들, 오직 그런 사건들로만 구성된다. 실제 일상에서 극적 사건이 잇따라 한꺼번에 일어나는 경우는 흔치 않다. 만일 흔하다면, 계획과 질서를 추구하는 우리의 본성이 현실에서 충족되기 때문에 소설은 존재 이유가 없는 것이나 마찬가지다.

흔히들 자연발생적 사건이 저절로 극적 사건으로 바뀌기를 바라며 글을 쓰기 시작하는데, 별로 도움이 안 되는 태도다. 자연발생적 사건에는 스스로 그렇게 변신할 재간이 전혀 없다. 그런 식으로 소설을 쓰면 글도 무한정 길어진다. 튜브에서 짜내는 치약처럼, 작가가 희망이 없다고 판단하고 관두기 전까지는 계속.

물론 우연의 일치란 자연발생적 사건들 속에서 평범하게 발생한다. 하지만 원칙적으로, 우연의 일치는 극적 사건의 일부가 되어서는 안 된다(예컨대 남주인공이 어쩌다 보니 숲속으로 흘러들어 왔고, 악한에게 성폭행당할 위험에 처한 여주인공이 있는 외딴 오두막을 우연히 발견해선 곤란하다). 소설 속 극적 사건들은 논리적 타당성을 갖추고 있어야 한다. 실제로 현실에서 벌어지는 사건에는 이런 제약이 없다. 그러므로 진실이라는 말로 논리적 타당성의 부족을 항변할 수 없다. 소설은 실제 사건을 토대로 할 수 있고 반대로 소설로 쓴 일이 실제로 벌어질 수도 있지만, 그럼에도 불구하고 믿기 어려운 내용일 수 있다.

17.

상황

상황은 소설의 한 조각이다. 예컨대 도입부의 상황은 서사가 시작되는 지점이다. 극적 상황은 그 상태로 영원히 지속될 수 있는 것이 아니기 때문에 불안정하다고 할 수 있다. 그리고 극적 상황은 적어도 두 가지 결과로 나아갈 수 있는 가능성을 내재하고 있다. 아주 바람직한 결과, 그리고 아주 바람직하지 않은 결과.

플롯이 있는 소설에서는 도입부 상황이 반드시 갈등의 씨앗을 품고 있어야 한다. 예를 들어 어느 부인이 남편과의 관계에서 자신이 종속적 역할에 머무는 데에 만족하는 척을 한다. 사실은 엄청난 불만에 휩싸여 있는데도 말이다. 이게 바로 이 부인의 상황인데, 이것만 봐도 갈등이 불가피하게 줄줄이 이어질 게 훤히 보인다.

《혼블로워Horatio Hornblower》시리즈연경문화사, 2004~2006를 쓴 C. S. 포레스터C. S. Forester는 작가들을 관찰한 후 두 유형의 작가가 있다고 말했다. 인물을 고안한 후 그 인물이 할 일을 찾아보는 유형, 그리고 상황을 고안한 후 거기에 집어넣을 인물을 찾아나서는 유형.

상황에서 시작한다면 이제 필요한 건 그 상황이 어떻게 진행되느냐에 따라 이해관계가 좌우되는 인물이다(작가 제임스 블리시James Blish 는 상황에서 인물을 뽑아내기 위해 '이 상황 때문에 상처받는 사람은 누구지?' 하고 궁리하는 방법을 썼다고 한다).

플롯이 없는 소설이나 순환하는 형식의 소설에서는 결말 상황이 도입부 상황과 똑같을 수 있다. 하지만 독자는 도입부보다 결말에서 이 상황을 더욱 잘 이해하게 된다. 플롯이 있는 소설에서는 보통 결말 상황과 도입부 상황이 중요한 방식으로 차이가 나게 되어 있다. 두 상황 사이에 벌어진 이야기의 진전이 소설을 형성하기 때문이다. 두 상황의 '차이'가 바로 극적인 사건(예컨대 부엌데기 하녀가 공작부인이 되거나, 자신만만했던 여행자가 불을 피우려다 죽어버리거나 하는 것)을 이루는 핵심이라고 할 수 있다.

연습 7 상황 창작

플롯이 있는 소설 세 작품을 골라 각각에 대해 도입부 상황(a)과 결말 상황(b)을 한 줄로 요약해보자.

이제, 어떻게 하면 'a'에서 'b'까지 가느냐가 바로 작가가 풀어야 할 숙제라는 점이 눈에 들어올 것이다. 각 작품을 다시 읽으며 작가가 어떻게 했는지 확인하자. 중간에 얼마나 많은 상황이 스쳐 지나가는가? 예기치 않은 사건이 몇 번이나 일어나는가? 이 목록을 만들고 자신이 쓴 소설에서도 목록을 뽑아 서로 비교해보자. 차이가 눈에 들어오는지? 혹시 자신이 쓴 소설이 '너무 단순하지 않은가?'

18.

갈등

인간이나 금붕어, 그리고 한 포기 풀을 비롯해 살아 있는 모든 유기체는 전부 다 항상성, 즉 균형을 이루려고 애쓴다. 그 예로 인간의 신체는 체온을 조절하기 위해 추우면 몸을 부르르 떨고 더우면 땀을 내는 식으로 반응한다(아니면 인간 스스로 나서서 히터를 켜거나 얇은 옷으로 갈아입기도 한다). 모든 살아 있는 존재는 외부 환경의 압력에 맞서 내부 욕구의 균형을 맞추려 부단히 노력한다. 그리고 이때 '환경'에는 같은 종의 다른 개체도 포함된다. 네 식구로 이루어진 가족을 떠올려 보자. 각 구성원은 다른 세 명과 어떤 합의를 이루려고 노력한다. 그렇지만 늘 쉽지는 않다. 그러다 한 구성원의 요구가 다른 구성원이 도저히 참을 수 없을 만큼 커지면, 갈등이 발생한다.

갈등은 밀어내는 뭔가라고 할 수 있다. 인물이 한 장소에서 다른 장소로 가고 싶어 한다. 이때 이 욕구를 밀어내는 뭔가가 없으면 갈등

이 안 생긴다. 환경적 요인에 시달리고 있는 인물이 '자기 자신'을 밀어
내지 않는다면 마찬가지로 갈등이 생길 이유가 없다.

　갈등에 반드시 물리적 공격이 있어야 할 필요는 없다. 심지어 서로
고함치고 싸우지 않아도 갈등은 있을 수 있다. 갈등을 대립과 혼동하
지 않길 바란다. 대립이 갈등의 한 표현이긴 하지만(영화 〈하이 눈High
Noon〉에서처럼), 분노와 심술을 표현하는 데 지나지 않을 수 있다. 대립
이 폭력으로 불거지는 상황이더라도 진정한 갈등을 표현하기에는 역
부족일 수 있다. 초보 작가들 중에는 (주로 남성) 의미 있는 행위 대신
처음부터 끝까지 총알이며 살점이 사방으로 날아다니는 공허한 폭력
을 소설에 그득 채우는 사람이 너무 많다. 폭력이 등장하는 순간부터
본성은 빠르게 변질되기 시작한다. 따라서 폭력은 반드시 절제하며,
최대의 효과를 얻을 수 있을 때에만 써야 한다. 즉, 소설이 스스로 필
요하다고 말을 걸어오지 않는 한 절대 집어넣으면 안 된다.

　밀어내는 뭔가란 그저 풀기 어려운 수수께끼일 수도 있고, 오리무
중인 상황일 수도 있으며, 불가피하게 내려야 하는 어려운 선택일 수
도 있다. 갈등을 일으키는 요소는 이렇게나 각양각색이지만 공통점이
하나 있다. 바로, 주인공에게 하나같이 '힘겨운 일'이라는 사실이다.

쉽게 만들지 말자

작가를 게으르고 방종하게 만드는 온갖 욕구 중에서도 소원성취 판

타지는 특별히 더 위험하다. 당연히 받아 마땅한 사람에게 영원히 행운이 따르는 부적을 준다면 얼마나 멋질까 하고 생각할 수 있다. 그래서 그 이야기를 써내려가기 시작한다. 여주인공이 부적을 발견한다. 그러자 수많은 행운이 벌어진다. 필요한 순간에 택시가 딱 맞춰 코앞에 선다. 누군가 연극표를 공짜로 준다. 이윽고 그 연극을 보러 갔다가 친절하고 상냥하고 잘생긴 남자를 만난다. 그런데 이 남자가 수의사라 주인공의 고양이를 치료해주고…… 등등. 이렇게 별의별 사건이 잡다하게 계속된다면, 소설이 뭐가 되겠는가? 한마디로 아무것도 안 된다. 여기에는 갈등도, 난관도, 긴장도 없기 때문이다.

'이거 좀 괜찮겠는데?' 싶은 아이디어가 떠올랐다면 '문제는 뭐로 할까?' 궁리하자. 그러면 이야기가 만들어질 것이다(문제가 없을 리가 없다).

독자는 인물의 행위가 외부의 압력이나 인물 자신의 강박관념에 의해 자유롭지 못하고 억압될 때 흥미를 느낀다. 충동에 사로잡히거나 무언가에 집착하는 인물은 절대로 그 상황을 대수롭지 않게 여기며 벗어날 수가 없다. 즉 끝장을 볼 때까지 게임을 벌인다. 독자는 이 사실을 알기 때문에 계속해서 책장을 넘기며 인물이 상황을 어떻게 헤쳐 나가는지 보려고 하는 것이다. 만약 미식축구 선수들에게 그날은 게임이 너무 지루하니 끝까지 치르지 않겠다고 결정할 권한이 있다면, 돈을 내가면서 미식축구를 보러 갈 사람들이 얼마나 될까?

외부의 압력에 시달리거나 강박관념에 빠진 인물을 내세울 때 이야기의 힘이 강해지는 데는 몇 가지 이유가 있다. 먼저, 사람들은 대개 미래에 대해 단편적인 욕구나 희망만을 갖고 있다. 그래서 잠시만이라도 자신이 원하는 바를 정확히 알고 그것을 얻기 위해 뭐든 다 하는 주인공에게 자신을 투영하며 안도감을 얻는다. 다음으로, 이러한 이야기는 독자에게 위기감을 제대로 안겨준다. 강박관념에 사로잡힌 인물의 별난 행동은 반드시 그 인물을 문제에 빠뜨리고 마는데 독자도 이 사실을 알고 그 순간을 기대하며 읽는 것이다. 또한, 이런 인물들은 고전 비극의 바탕을 이루는 요소 즉 자만과 오만이라는 죄악을 유감없이 보여준다. 이 인물들은 건방진 태도로 자신의 의지를 세상에 관철시키려 하고, 독자는 무의식중에 이들이 무너지는 순간을 열렬히 고대한다. 이들은 20층 높이에서 안전망도 없이 줄타기를 벌이는 사람이나 마찬가지다. 독자는 밑에 서서 이들이 떨어지기만을 기다린다.

가끔 자신이 만든 인물을 너무 아끼게 된 나머지 상처 주고 싶지 않다거나, 폭력을 쓰지 않겠다는 신념 때문에 소설에 갈등을 집어넣기 어려워하는 작가들이 있다. 만약 자신이 이런 부류에 속한다면 아래와 같은 상황일 때 어떤 스트레스를 받는지 떠올려 보자.

- 학교나 직장에서 성과를 내야 한다.
- 가족을 부양하고 있으며 돈을 벌어야 한다.
- 어린아이들을 지켜야 한다.

이러한 스트레스 요인이 갑자기 더욱 심각한 상황으로 치달으면 우리는 그 요인을 생생하게 자각한다. 그래서 괴로워하거나 심지어 절망에 빠질 수도 있지만, 어쨌든 힘을 모아 반격에 나설 것이다. 아마 물리적 폭력은 제외하고 뭔가 방도를 찾으려 할 것이다. 이것이 바로 갈등이고, '그다음' 이에 따라 벌어지는 게 이야기다.

15층에서 1층으로 내려가려 하는데 엘리베이터가 두 개다. 이 중 어느 쪽을 탈 것인가? 정말 사소한 결정에 불과하다. 그런데 둘 중 하나만이 산 채로 1층에 데려다줄 수 있다는 사실을 사전에 안다면? 생사의 문제가 독자의 주목을 받는 건 우리의 생존본능이 그만큼 강하기 때문이다. 다만 여기서 '목숨'이라는 단어는 다양한 의미로 사람들에게 받아들여진다. 예를 들어 누군가에게는 명예나 자존심, 신뢰를 잃는 것이 목숨을 잃는 것이나 매한가지다. 비유하자면, 옥상 난간에 매달려 있는 영웅을 모든 소설에 등장시킬 필요는 없다는 말이다. 훨씬 복잡한 방법으로 독자의 생존 본능을 얼마든지 자극할 수 있다.

탐정 소설을 비롯한 몇 가지 장르소설을 제외하고 직업적 문제 자체가 이야기가 되는 경우는 없다. 명심해두길 바란다. 원래부터 첩자는 첩보를 수집하고, 변호사는 변호를 하며, 배관공은 배관 공사를 한다. 직업상 겪는 문제에서 이야기를 시작하더라도 재빨리 인물의 개인적 문제로 초점을 옮겨가는 편이 좋다. 내가 쓴 〈넷이 하나Four in One〉에는 외계 행성에서 낯선 유기체를 연구하는 생물학자가 등장한다. 애초에 그의 문제는 직업적 문제였다, 유기체가 자신을 삼켜버리기 전까지는. 이후에도 생물학자는 계속해서 유기체를 연구하지만(물론 유기체 내부에서), 이제부터는 개인적 문제가 된다. 이 유기체를 파악해낼 수 있는가에 따라 자신의 생존이 걸려 있기 때문이다.

19.

익히 알고 있을 이야기를 하나 해보겠다. 연립주택에 사는 어띤 사람이 밤중에 신발을 벗으며 하나씩 바닥에 떨어뜨리는 습관이 있었다. 생각을 하며 벗느라 신발 두 짝을 떨어뜨리는 사이에 약간의 시간 간격이 있었다. 아래층에 사는 사람은 소음에 대해 수차례나 항의를 했다. 어느 날 밤, 무심코 한쪽 신발을 벗어 떨어뜨린 그 사람은 불현듯 아래층의 항의를 떠올리고는 다른 쪽 신발을 살그머니 바닥에 내려놓았다. 20분 후 아래층 사람은 괴롭다는 듯 울부짖으며 말했다. "젠장, 나머지 신발은 대체 언제 떨어뜨릴 거야!"

　플롯이 있는 소설은 나머지 신발이 떨어지길 바라는 심정으로 독자를 몰고 간다. 우리는 이런 소설들을 읽으며 갈등의 해결을, 수수께끼의 해답을, 사건의 진상을 기대한다. 그리고 이러한 기대감은 작품을 계속해서 읽게 만드는 또 하나의 요인이 틀림없다.

그러므로 플롯이란 기대감을 한층 자아내기 위해 고안된 일련의 가공적 사건이라고 말할 수 있다. 이때의 기대감은 불안감 때문(미스터리소설일 경우)일 수도 있고, 호기심 때문(추리소설일 경우)일 수도 있다. 기대감을 불러일으키는 일련의 사건을 지어낼 수 있다는 것은 플롯을 짤 수 있다는 뜻이나 마찬가지다.

'해결'은 이쪽 또는 저쪽의 승리로 갈등이 종식되는 것이다. '폭로'는 이전에 감춰져 있던 뭔가가 드러나는 것을 의미한다. '결단'은 주인공이 중요하고 어려운 사안에 대해 마음을 정하는 것으로 결말에 이르게 한다. '진술'은 미스터리소설에서 결말을 보여주며, '해답'은 추리소설을 마무리 짓는다.

해결

해결에 대해 논의하려면 우선 단편소설에서는 완전한 형태로 찾아보기 어려운, 이상적 구조에 대해 먼저 짚어야 한다. 이러한 구조를 다른 말로는 '플롯 뼈대'라고도 부르는데, 다섯 가지 요소로 이루어진다.

하나, 설득력이 있으며 독자가 공감할 수 있는 주인공

둘, 주인공에게 닥친 급박하고도 심각한 문제

셋, 문제를 해결하려는 시도(이 시도는 실패로 돌아가고 주인공은 더욱더 절망적인 상황에 빠진다)

넷, 위기(즉, 주인공에게 주어진 마지막 기회)

다섯, 성공적 해결(주인공의 용기와 재주 덕분에 이루어진다)

이러한 플롯을 반전시키면 주인공이 악당인 소설이 된다. 그리고 이 소설은 주인공의 승리가 아니라 패배로 끝난다.

월리엄 서머싯 몸의 〈비〉를 보자. 여기서 톰슨을 주인공으로 본다면 플롯 뼈대를 완벽하게 갖췄다고 할 수 있다. 톰슨은 수다스러운 매춘부로, 호놀룰루에서 아피아로 가던 중 여객선에 전염병이 발병하는 바람에 파고파고에 격리당한다. 선교사 데이비슨은 지사에게 톰슨을 본토로 강제 추방하지 않는다면 한바탕 소란을 각오해야 할 거라고 협박한다. 그런데 톰슨은 본토로 가면 교도소로 직행해야 할 처지에 놓여 있다. 이렇게 톰슨의 문제는 급박하고 심각하다. 톰슨은 자신의 문제를 해결하기 위해 먼저 지사와 의사 맥페일을 찾아가 호소한다. 이 시도가 실패하자, 데이비슨에게 항복하며 자신의 영혼을 구원해달라고 한다. 이윽고 톰슨은 산산이 부서지고 변신해 전혀 다른 여성이 되어 데이비슨을 유혹한다. 얼마 뒤 데이비슨은 회한과 혐오로 가득 차 면도날로 목을 그어 자살한다. 다음 날 톰슨은 원래 입던 대로 옷을 입고 화장을 한다. 그리고 그녀의 시끌벅적한 웃음소리는 다시 울려 퍼지기 시작한다.

소설 작법서 중에는 대중적 성공을 거두고 싶다면 반드시 이러한 플롯 뼈대를 따라야 한다고 주장하는 경우가 있다. 그런데 사실 이러한 식으로 이야기를 시작하는 단편소설이 많긴 해도, 거의 대부분은 세 번째 요소(실패로 돌아간 시도)와 다섯 번째 요소(주인공이 스스로 노력해 쟁취하는 승리)가 빠져 있다. 세 번째 요소는 분량상 단편소설에 집어넣기가 벅차고, 다섯 번째 요소는 주인공이 노력하는 모습이 반복적으로 나오면 이야기가 지루해지기 때문이다.

소설의 결말이 오직 두 가지 경우만 가능하다면, 그 둘 중 어느 것으로도 독자를 깜짝 놀라게 하기가 어렵다. 마찬가지로 가능한 결말이 전통적 결말(주인공 영웅의 승리) 단 하나뿐이라면, 독자를 놀래기란 더욱더 어려울 수밖에 없다.

어쨌거나 플롯이 있는 소설들은 대체로 결과가 불확실한 갈등, 즉 경쟁을 둘러싸고 진행된다. 시작 부분에서 경쟁의 조건이 제시된다. 중간은 경쟁 그 자체다. 그리고 결말은 경쟁의 결과다(앞에서 본 다리 구조가 다시 나왔다). 사용할 수 있는 플롯이 정말로 갈등 구조밖에 없다면 플롯이 있는 소설 대부분은 그야말로 예측 가능한 이야기일 수밖에 없다. 사실 작가들이 갈등 구조를 이용하는 건 독자가 '엉뚱한 곳을 쳐다보도록' 하기 위해서일 때가 많다. 소설의 진짜 의미는 그런 갈등과는 전혀 다른 모습으로 드러난다.

또한 그저 인물을 드러내 보이기 위해 갈등을 활용할 수도 있다. 우리는 어떤 사람이 스트레스를 받을 때 보이는 모습을 통해 평소라면 절대 알 수 없었을 그 사람의 다른 모습을 발견하기도 한다. 이외에도 갈등은 나중에 폭로할 진실이 뭐든 간에 그때까지 독자의 흥미를 붙잡아 둘 수 있는 편리하고 간단한 방법이다.

폭로

플롯 뼈대를 완벽하게 지녔다고 할 수 있는 서머싯 몸의 〈비〉를 보면, 자연스레 마무리되는 지점에서 결말이 서술되는 게 아니라 후에 폭로의 형태로 제시된다. 이렇듯 폭로가 해결을 '대체'할 때가 많다. 로알드 달Roald Dahl의 〈남쪽 남자Man from the South〉《남쪽 남자》, 베틀북, 2016를 보면 플롯이 어떤 이상한 남자를 따라간다. 이 남자는 젊은 사관생도에게 내기를 건다. 사관생도가 과연 열 번 연달아 라이터 불을 켤 수 있는가를 놓고 자신은 '못 켠다'에 새 차를 걸 테니, 사관생도에게는 '켠다'에 그의 왼쪽 새끼손가락을 걸라고 한다. 두 사람 사이에 놓인 탁자 위에 사관생도의 손이 묶인다. 새끼손가락만 펼친 채. 사관생도가 라이터 불을 켜는 동안 남자는 큰 식칼을 들고 여차하면 새끼손가락을 자를 태세를 갖춘다. 여덟 번째 불을 켜는 데 성공한 그때, 남자의 아내라는 사람이 들어와 내기를 중단시킨다. 아내가 구경꾼들에게 말하길 남자에게는 내기에 걸 차가 없다고 한다. 사실, 남자는 가진 게 아무것도 없었다. 오래전에 아내가 내기로 남자의 모든 것을 따냈기 때문이다. 아내는 탁자 위에 올라와 있던 자동차 열쇠로 손을 뻗고, 그곳에 있던 사람들은 그녀의 손가락이 엄지를 포함해 두 개뿐이라는 것을 본다.

이 이야기의 결말이 우리가 자연스레 예상하는 두 가지 중 하나였다면 실망스러웠을 게 분명하다(남자가 사관생도의 손가락을 절단하거나, 사관생도가 남자의 차를 몰고 떠나거나). 이 이야기에서 시작과 함께 등장하는 갈등은 속임수에 불과한 것, 독자가 엉뚱한 곳을 쳐다보도록 만들기 위한 것이다. 독자가 기대하는 것은 제3의 결말, 즉 깜짝 놀랄 수밖에 없는 결말이다.

물론 폭로를 극적 갈등으로 꾸미지 않고 그저 등장시키기만 하는 소설도 있다. 셜리 잭슨의 〈제비뽑기〉가 그 예로, 이 소설은 뉴잉글랜드의 한 마을에서 매년 거행하는 관습적 의식을 다룬다. 소설에서는 계속해서 제비가 뽑힌다. 처음에는 집안별로, 그다음에는 세대별로, 그다음에는 개인별로, 마침내 단 한 사람 여성 한 명이 선택될 때까지. 이 과정은 마지막 몇 단락만을 남기고 소설 전체를 관통하며 계속된다. 그리고 바로 그때 마을 사람들이 여자에게 돌을 던지기 시작한다. 죽을 때까지. 그제야 우리는 제비뽑기가 무엇을 뜻하는지 알아차린다.

일반적인 관점에서 볼 때 이 소설에는 갈등이라고 할 만한 것이 전혀 없다. 그럼에도 '긴장이 고조되어간다.' 선택의 범위가 계속 좁아들고, 동시에 독자는 제비뽑기의 의미가 폭로되는 순간에 가까워지고 있다는 사실을 느끼기 때문이다. 긴장을 고조시킬 수만 있다면 소설에 갈등이 있는지 없는지는 전혀 중요치 않다.

틀에 박힌 플롯의 힘을 빌리지 않고 긴장을 고조시키는 예는 조지프 콘래드Joseph Conrad의 〈청춘Youth〉《청춘·은밀한 동거인》, 누멘, 2010에서도 살펴볼 수 있다. 이 소설은 폭풍우에 좌초된 선박에 관한 이야기다. 플롯 뼈대의 기준에서 볼 때 문제를 가지고 있다고 할 수 있는 인물은 나이 많은 선장이다. 화자에게는 아무런 문제가 없다. 화자에게는 어떤 순간에도 뭔가를 결정할 수 있는 힘이 없다. 마지막 순간에 이르러

서야 단 한 번, 다른 보트에 매달릴지 아니면 홀로 떠날지 결정할 기회가 주어진다. 그럼에도 독자가 관심을 가지고 열정적으로 지켜보는 인물은 화자다. 나이 많은 선장은 거의 보조적 인물에 가깝다.

트릭 엔딩

깜짝 놀랄 수밖에 없는 뜻밖의 결말을 지닌 아주 짧은 단편소설을 트릭 엔딩 소설이라고 한다. 오 헨리O. Henry는 이런 소설을 수백 편이나 써서 성공을 이루었다. 그중 하나는 남편을 잃은 빵집 주인이 주인공인데, 이 여자는 날마다 오래되어 딱딱해진 빵 한 조각을 사러 오는 남루한 차림의 남자에게 끌리기 시작한다. 어느 날, 여자는 충동적으로 빵 조각을 갈라 버터를 집어넣고는 안 보이게 감추어 남자에게 건넨다. 그러나 다시 찾아온 남자는 머리끝까지 화가 나 있다. 남자는 건축설계사로, 설계도의 연필 자국을 지우는 용도로 오래된 빵을 샀는데 버터 때문에 6개월간 해온 일을 다 망쳐버린 것이다.

　비평가들은 트릭 엔딩 소설이 시대에 뒤떨어졌다고들 하지만, 편집자들은 요즘도 이런 이야기를 찾는다.

결단

결단이 등장하는 소설은 흔히 분열된 이해관계, 분열된 충성심을 다룬다. 존 콜리어John Collier의 〈철로 만든 고양이The Steel Cat〉를 보면 새로운 쥐덫을 발명한 남자가 나온다. 이 쥐덫은 쥐가 미끼를 먹으러 기다란 막대 위를 걸어 나오면, 막대가 기울어지면서 쥐가 물이 가득 담긴 항아리에 빠져 죽게 만드는 방식이다. 남자는 방방곡곡을 돌며 자신이 아끼는 애완 쥐를 내세워 시연도 하지만 쥐덫은 잘 팔리지 않는다. 그러던 중 시카고에서 쥐덫에 관심을 보이는 구매상을 만나게 되는데, 그는 남자가 애완 쥐를 구조하는 모습을 보고는 의구심을 내비친다. 구매상은 남자의 애완 쥐가 죽는 모습을 보기 전에는 쥐덫이 제대로 작동하는지 믿지 않을 것이다. 고뇌하던 남자는 애완 쥐가 물에 빠져 죽도록 내버려둔다.

결단이 등장하는 소설의 함정은 주인공에게 주어진 선택이 너무 간단해 보일 수 있다는 점이다. 예를 들어 사랑하는 연인의 결혼 제의를 받아들일 것인가 아니면 부모님 집에 얹혀살면서 천덕꾸러기가 될 것인가 하는 선택처럼 말이다. 독자는 여기서 인물이 망설이는 것 자체가 바보 같다고 생각할 테고, 결말은 너무 뻔해서 실패하고 만다. 결단이 있는 플롯을 잘 짜는 요령이란 첫째, 선택이 정말로 어려운 문제여야 하고 둘째, 인물이 장차 어떤 선택을 내릴지 독자가 미리 눈치 채지 못하게 해야 한다.

진술

너새니얼 호손의 〈나의 친척, 몰리네 소령My Kinsman, Major Molineux〉《너새니얼 호손 단편선》, 민음사, 1998은 진술이 있는 소설이다. 한 시골 청년이 성공의 발판이 되어줄 자신의 친척, 고위 관리인 몰리네 소령을 찾아 뉴잉글랜드 식민지 도시에 도착한다. 그런데 몰리네 소령에 대해 사람들에게 물어볼 때마다 이해할 수 없는 묘한 대답만이 돌아온다. 거리에는 진기한 차림을 하고 얼굴에 칠을 한 사람들이 돌아다닌다. 그중한 명이 청년에게 말해준다. "여기서 한 시간 있으면 몰리네 소령이 지나갈 거네." 한참 기다리니 횃불을 앞세운 떠들썩한 행렬이 나타난다. 한가운데에 있는 사람이 바로 몰리네 소령이다. 타르를 뒤집어쓰고 깃털을 덕지덕지 붙이고 지붕 없는 수레에 앉아 있다. 이로써 수수께끼가 풀리고, 소설은 끝이 난다.

해답

대부분의 미스터리소설은 사실 추리소설이다. 차이점은 미스터리소설이 사건에 의해 진실이 밝혀지는 반면, 추리소설은 인물에 의해 의문이 풀린다는 데에 있다. 로드 던세이니Lord Dunsany의 〈두 병의 소스The Two Bottles of Relish〉《어두운 거울 속에》, 동서문화사, 2003를 보면 살인사건이 일어났다는 것은 공공연하지만 시체가 어떻게 되었는지는 아무도 모른다. 드러난 사실은 다음과 같다. 살인자는 채식주의자로 알려져 있다. 그는 6일 간격으로 소스 두 병을 샀고, 시체가 사라진 후 2주 동안 낙엽송 열 그루를 베어 몽땅 밭 길이로 토막을 냈지만 태우지는 않았다. 살인 후 집을 떠나지도 않았다. 자신의 집인 오두막 아래와 주변 땅을 파헤친 흔적도 전혀 없다. 이쯤 되면 독자는 소설 속 아마추어 탐정이 내놓은 것과 똑같은 해답을 머릿속에 떠올리고 있을 것이다. 그렇지만, 그러면 낙엽송은? 살인자는 왜 나무를 벴을까? 소설의 마지막 줄을 보면 알 수 있다.

"그냥." 린리가 말했다. "식욕을 돋우려고요."

추리소설을 즐겨 읽는 독자는 계속해서 더 참신한 이야기가 나오기를 원한다. 낡은 해답으로는 이들 독자를 만족시킬 수 없다. 이런 장르의 작품을 특별히 좋아해서 기존 작가들이 어떤 작품들을 썼는지 어느 정도 알 만큼 읽어보지 않은 한, 추리소설 장르에는 도전하지 않는 편이 낫다.

플롯이 있는 소설이라면 어떤 식으로든 독자에게 놀라움을 주는 결말을 보여야 한다. 그런데 이러한 규칙에도 예외는 있다. 바로 불가피하게 다가오는 재난을 다루는 소설이다. 아이작 아시모프의 〈전설의 밤〉과 제임스 그레이엄 밸러드James Graham Ballard의 〈빌레니엄Billenium〉을 살펴보자. 누구든 이 작품들을 읽고 있는 독자는 소설이 어디를 향하고 있는지 정확히 알 수 있다. 즉 여기에는 독자를 뜻밖에 놀래는 요소가 없다. 그런데도 독자는 집중하고 빠져들 수밖에 없다. 마치 현실에서 자연재해가 닥쳤을 때 우리의 모든 관심이 그리로 쏠리는 것처럼 말이다. 〈전설의 밤〉에 나오는 외계 행성 사람들은 2,000년에 한 번씩 별들이 모습을 드러낼 때마다 그만 미쳐버려서 자신들의 도시를 불태운다. 〈빌레니엄〉에서는 인구 과잉 시대가 된 미래를 살아가는 두 젊은이가 사람들에게 잊힌, 숨겨진 아파트를 발견한다. 이 얼마나 듣도 보도 못한 사치인가! 두 사람은 집을 나눠 주려고 친구들을 차례차례 불러들이고, 그러면서 칸막이를 세워 공간을 나누기 시작한다. 다른 모든 집과 똑같이 과밀해질 때까지.

어떤 때는 마법처럼 나타난 뜻밖의 해답으로 소설이 필연적인 결말을 비껴가기도 한다. 허버트 조지 웰스의 《우주전쟁 The War of the Worlds》 황금가지, 2005을 보면 그렇다. 이 작품의 해답은 무척 명쾌해서 독자가 '어쩔 수 없다고 예상했던 결말이 아직 안 나온 건가' 하고 느끼게 만든다. '이번에 안 나오면 다음에는 나오겠지' 하고('다음번에는 화성인들이 우릴 파멸시킬 거야' 등등).

이런 소설에서는 인물과 어느 정도 거리를 두는 편이 좋다. 즉, 독자가 뒤로 물러나 앉아 인물들이 피할 수 없는 결말을 향해 가는 것을 지켜볼 수 있도록 해주어야 한다. 마음속 깊이 관여하는 대신 말이다 (재난은 자기 자신이 아니라 다른 사람들에게 닥칠 때만 오락거리가 되는 법).

플롯 문제와 그 해결책

1

증상	줄거리가 너무 산만해서 아무런 이야기도 안 될 것 같다.
진단	작가가 방향을 명확히 잡지 않은 상태에서 집필을 시작했다.
처방	주인공에게 강력한 동기를 부여하고 그가 더욱 어려움에 처하도록 만든다. 먼저 쓴 글을 참고하지 말고 다시 쓴다.

2

증상	이야기가 혼란스럽다. 인물이 너무 많고, 너무 많은 일이 벌어지고 있다.
진단	작가가 누구의 이야기를 쓸 것인지 명확히 정하지 않았거나, 주인공에게 초점을 맞춰 서사를 진행하는 방법을 찾지 못했기 때문에 그렇다.
처방	임의로 주요 인물을 서너 명으로 줄이자. 플롯을 다시 짜고 처음부터 다시 쓰자.

3

증상	플롯 구조는 완벽해 보이는데 이상하게도 소설에 아무런 의미가 없는 것 같다.
진단	플롯뿐 아니라 주요 인물들에게도 노력을 쏟아야 하는데, 그들에게 일어나는 일이 중요한 일이어야 한다는 점을 작가

가 잊어버렸기 때문이다. 플롯을 기계적으로 짜야 성공할 수 있다고 믿는 초보 작가들(주로 남성)이 대개 이런 작품을 써내곤 한다. 하지만 플롯이 정말 중요하다고 알려져 있는 대중소설에서조차도 인물은 플롯보다 중요하다. 작가 자신이 창조한 인물을 믿지 않고 진심으로 생각하지 않는다면 독자 역시 마찬가지로 그럴 수밖에 없다.

| 처방 | 플롯의 문제가 전혀 아니다. 인물로 돌아가 거기서부터 다시 생각해보자. |

4

증상	결말이 실망스럽다.
진단	(1) 독자가 엉뚱한 곳을 쳐다보게 만들어야 하는데 이 점에서 실패했다. 즉 결말이 실망스러운 이유는 너무 뻔하기 때문이다. (2) 쓰다가 보면 어떻게든 되겠지 희망하며 결말을 미리 생각해두지 않았다. 그러다 자포자기해서 빈약하고, 상관도 없고, 터무니없기까지 한 결말을 갖다 붙였다.
처방	결말만 따로 놓고 봐서는 아무리 궁리해봤자 별 소용이 없다. 아무렇게나 갖다 붙인 결말은 아무렇게나 갖다 붙인 것처럼 보일 따름이다. 도입부로 되돌아가 처음부터 플롯을 다시 짜자.

플롯이 없는 소설

플롯이 있는 소설은 추려내고 검사할 수 있는 골격과 같은 구조를 지니고 있다. 즉 일어난 사건들만 모아놓아도 말이 된다. 하지만 플롯이 없는 소설은 사정이 다르다. 어니스트 헤밍웨이의 〈심장이 두 개인 큰 강Big Two-Hearted River〉《헤밍웨이 단편선 2》, 민음사, 2013을 살펴보자. 물론 이 작품 속에서 어떤 일들이 일어나는지는 설명하기 쉽다. 화자가 기차에서 내리는데, 사람을 찾아볼 수 없는 한적한 시골이다. 그는 점점 더 깊은 숲속으로 들어가고, 숲에서 텐트를 치고 잠을 잔다. 아침에 일어나 미끼로 쓸 메뚜기를 잡고, 아침을 먹고, 강에서 낚시를 한다. 송어를 잡고, 깨끗이 손질한다. 이 내용은 세부적인 부분을 더하면 더 늘릴 수 있다. 하지만 작은 일까지 모두 샅샅이 집어넣는다 해도 이 소설의 의미가 무엇인지는 드러나지 않는다.

〈심장이 두 개인 큰 강〉이라는 작품의 힘은 부분적으로 상징성(강은 화자의 인생이다. 그가 낚시를 하는 강 상류는 잃어버린 어린 시절의 낙원을 나타낸다)에서 비롯된다. 그러나 상징성이 전혀 없는데도 강력한 힘을 가진, 플롯이 없는 소설도 있다. 레프 톨스토이의 〈이반 일리치의 죽음The Death of Ivan Ilych〉창비, 2012은 단순히 한 사람의 일대기이며, 윌라 캐더의 〈이웃의 로시키Neighbor Rosicky〉도 매한가지다. 두 작품은 극적인 사건이 아니라 인간 존재의 내적 의미를 제시함으로써 깊은 감명을 준다. 즉 이들 작품은 폭로가 아니라 계몽의 성격을 띤다. "이게 바로 인생이란 겁니다"라고 말하는 형식을 취하고 있는 것이다.

지금껏 살펴본 소설의 형식이란 규격화된 작은 상자 같은 게 아니다. 모든 소설을 이 상자 중 하나에 억지로 쑤셔 넣어야 하는 게 아니라는 뜻이다. 그저 이상적인 범주로 제시한 것뿐이다. 실제로는 이 형식들의 요소요소가 무궁무진한 방식으로 뒤섞일 수 있다. 한 작품 안에서 어떤 부분은 해결, 어떤 부분은 폭로, 어떤 부분은 해답, 어떤 부분은 계몽을 드러낼 수 있다(대실 해밋Dashiell Hammett이 쓴 《몰타의 매The Maltese Falcon》황금가지, 2012를 읽어보자). 단순한 형식들을 이해하고 나면 이를 뒤섞고 합쳐서 더욱 정교한 형식을 만들 수 있다. 우리가 쓸 수 있는 소설은 끝이 없다. 기존 형식들을 결합할 수 있는 방법은 가짓수가 무진장 많은 데다, 훌륭한 작가들이 새로운 형식을 계속해서 창조해내고 있기 때문이다.

소설을

시작하다

3

1.

소설 쓸 준비는 언제 끝날까

라이먼 프랭크 바움Lyman Frank Baum의 《오즈의 틱톡Tik-Tok of Oz》문학세계사, 2007을 보면 책 나무가 자라는 정원이 나온다. 잘 익은 책을 따면 흥미진진한 이야기가 가득하지만, 덜 익은 책을 따면 인쇄 자체도 흐릿하고 플롯은 뒤죽박죽인 데다 따분한 이야기가 나온다. 내가 습작생들이 써온 글을 보고 자주 하는 말이 있는데, 바로 "덜 익은 이야기를 따 왔군"이다.

어떤 사람들은 계획을 완전히 다 세운 후에야 소설을 쓸 준비가 되었다고 느낀다. 반면 어떤 사람들은 상황과 인물 몇 명만 떠오르면 소설을 쓰기 시작한다. 또 어떤 사람들은 시작과 결말만 알고 중간에서 어떤 일들이 일어나야 하는지에 대해서는 모호한 아이디어만 있는 상태에서 소설 쓰기를 시작한다.

완벽하게 계획을 짠 뒤에 쓰는 게 누가 봐도 가장 효율적인 방법이지만, 나로서는 이 방법을 쓸 수가 없다. 나는 이야기에 대해 너무 많이 알면 쓰고 싶은 기분이 나지 않는다. 동시에 어떤 안전장치 없이 이야기 속에 자신을 내던지기에는 너무 조심스러운 성격이기도 하다. 그래서 결말을 포함한 플롯의 대략적인 윤곽, 장소에 관한 적당한 정보, 그리고 인물에 관한 한 모든 것을 알고 있어야 쓸 마음이 생긴다.

자기 자신이 머릿속으로 모든 계획을 짤 수 있는 사람인지, 아니면 어느 정도는 메모로 정리해야 계획을 짤 수 있는 사람인지 시행착오를 통해 알아내야 한다. 노벨문학상 수상 작가 싱클레어 루이스Sinclair Lewis는 모든 인물의 약력을 정성들여 썼는데 심지어 주소, 전화번호까지 적어 넣었다. 탐정 네로 울프를 창조한 렉스 스타우트Rex Stout는 장편소설 집필에 착수하기 전 적어두는 건 오로지 인물들의 이름이 전부라고 말한 바 있다.

수년 동안 나는 번호를 붙인 간략한 장면 목록 말고는 아무것도 집필 전에 써두는 일이 없었다. 하지만 지금은 메모를 정말 많이 한다. 떠오르는 생각을 모두 적고, 나 자신에게 질문을 던지고, 선택할 수 있는 것들의 목록을 작성한다. 이 중 대다수는 버려지지만 생각해볼 거리를 무의식에 던져준다. 또한 이 목록들을 통해 무의식이 지금 어떤 주제를 탐구하고 있는지도 알게 된다.

가끔 소설은 신생아마냥 세상에 나오길 주저할 때가 있는 것 같다. 그래서 결국 하는 수 없이 억지로 세상 밖으로 꺼낼 수밖에 없을 때도 있다. 그렇지만 준비가 덜 된 게 아니라 그저 주저하고 있다는 확신이 들 때까지는 기다려야 한다. 때 이르게 강요하면 본질적으로 속하지 않은 것들이 따라붙어 이야기를 에워싸고 이야기를 질식시킨다. 그렇더라도 소설은 태어나고 책으로 쓰이겠지만, 원래 되었어야 하는 모습으로는 절대 되지 못한다.

자신에게 도움이 된다면 그게 뭐든 간에 좋은 방법이다. 어디서 소설을 끝낼지 아무런 아이디어도 없는 상태에서 집필에 뛰어드는 것은 물론 비효율적이다. 영국의 소설가 V. S. 프리쳇V. S. Pritchett은 이런 식으로 글을 쓰는 탓에 자신에게는 결국 완성하지 못한 소설로 가득 찬 서랍이 있다고 했다. 하지만 그가 완성한 작품들이 믿을 수 없을 만큼 훌륭해서 이 방법이 틀렸다고는 말할 수 없다.

만약 현재 고수하고 있는 방법이 효과적이지 않다면, 또는 이야기가 무르익을 시간을 충분히 주지 않아 쓰는 족족 뒤죽박죽인 데다 따분한 글이 나온다면 다른 방법을 시도해보길 권한다.

보이지 않는 독자

보이지 않는 카메라가 영화 속 모든 장면의 일부인 것처럼, 보이지 않는 제4의 벽(무대와 관객 사이에 놓인 가상의 벽_옮긴이)이 모든 연극 무대에 있는 것처럼, 소설에서도 보이지 않는 독자가 모든 장면에 들어 있다는 합의가 존재한다(작가 또한 마찬가지다. 즉 소설 속 장면에서는 늘 인물이 세 명은 있다는 뜻이다).

프로 작가들은 누구나 이 사실을 감각적으로 알고 있다. 따로 생각해본 적이 없더라도 말이다. 하지만 초보 작가들은 대개 모른다. 그래서 이들이 쓴 소설에는 독자가 진입할 수가 없다. 독자가 들어갈 수 있는 공간을 남겨두지 않았기 때문이다. 편집자들은 이런 소설을 보면 첫 장을 읽자마자 자신이 '들어갈 수 없다'는 것을 알아차린다. 왜 그렇게 느끼는지, 그 이유 따위는 궁금해하지도 않고 그저 퇴짜를 놓는 것으로 끝이다.

이렇게 생각해보자. 나는 작가고, 내 역할은 누군가를 초대한 집주인과 똑같다. 이는 곧 독자가 손님이라는 말이다. 당연히 예의상 나는 문을 열고 손님을 맞이한다. 그런 후 집을 둘러볼 수 있게 안내하고, 참석한 다른 사람들을 소개하고, 손님이 어리둥절해할 수 있는 부분은 설명도 한다. 손님과 함께 머물며, 그가 돌아가는 상황을 잘 보고 있는지, 상황을 이해하는 데 충분한 정보를 가지고 있는지 확인한다.

만약 독자가 존재하지 않는다면, 작가 자신이 창조한 인물밖에 없다면, 집주인과 손님 이야기는 아예 꺼낼 필요가 없다. 작가 입장에서는 인물이 누군지도 알고, 뭘 하는지도 빤히 아니까 설명할 필요가 없지 않겠는가. 하지만 이 모든 것을 떠나서 독자가 없다고 가정하면 어차피 설명이란 있든 없든 상관이 없다. 작가와 가장 가까이 지내는 가족 말고는 아무도 글을 처음부터 끝까지 읽지 않을 테니까(이들조차 띄엄띄엄 읽을지도 모르고).

바로 옆에 독자가 있다고 상상하면서 글을 써보자. 이 독자가 내용 하나하나를 보며 끊임없이 지적하고 캐묻는다면 어떨까?

그는 문을 열고 방으로 들어갔다.

(방이 얼마나 커요?)

그는 문을 열고 길고 좁다란 방으로 들어갔다.

(그 방 안에 다른 사람은 없어요?)

그는 문을 열고 길고 좁다란 방으로 들어갔다. 방 안에는 사람이 많았다.

(사람들 옷차림이 어때요?)

그는 문을 열고 길고 좁다란 방으로 들어갔다. 방 안에는 야회복을 차려입은 사람이 많았다.

(사람들이 여기서 뭘 하고 있나요?)

그는 문을 열고 길고 좁다란 방으로 들어갔다. 방 안에는 야회복을 차려입은 사람이 많았는데, 모두 손에 마실 것을 들고 있었다. 어떤 남자가 그에게 다가왔다.

(이 남자는 어떻게 생겼어요?)

그는 문을 열고 길고 좁다란 방으로 들어갔다. 방 안에는 야회복을 차려입은 사람이 많았는데, 모두 손에 마실 것을 들고 있었다. 머리가 벗어지고 코는 부러진 어떤 남자가 인상을 쓰며 그에게 다가왔다.

소설을 구상할 때 자문해봐야 할 그 밖의 질문들을 소개한다. 이 질문들에 대한 답을 어느 정도는 갖고 있어야 한다. 특히 답을 알고 나서 집필을 시작하면 엄청난 고뇌에 빠지는 상황을 예방할 수 있다.

2.

'누구'에 관한 이야기인가?

'왜' 인물은 그러한 행위를 하고 있는가?

'무엇'에 대한 이야기인가?

'어디'에서 일어나는 이야기인가?

'언제' 일어나는 이야기인가?

    소설을 쓰기 시작했으면 최대한 빨리 이 중 네 가지 질문에 대한 답을 내놔야 한다. 첫 쪽에 내놓는 게 이상적이다('왜'에 대한 답은 보통 약간 나중에 나온다). 그렇지 않으면 독자의 관심을 끄는 일관된 심상을 제시할 수 없으며, 이는 치명적인 문제일 수밖에 없다.

인물:
누구에 관한 이야기인가?

인물에 관심을 가져야 하는 이유가 무엇일까? 작가는 독자에게 그 이유를 재빨리, 충분히 알려주어야만 다음 두 가지 목표를 달성할 수 있다.

하나, 작가가 인물에 대해 상세히 알고 있다는 점을 분명하게 알린다.

둘, 독자가 인물에게 뭔가를 느끼도록 만든다. 호기심이든 공감이든 반감이든. 무관심만 아니면 된다. 그렇지 않다면 독자가 글을 계속 읽어나갈 이유가 무엇일까?

초보 작가들은 처음에는 다른 작가의 소설 속 등장인물이나 자신이 아는 누군가를 본떠 인물을 만들어내려 한다. 특히 남의 소설 속 복잡하기 그지없는 인물을 흉내 내기란 불가능하므로 단순한 인물을 서툴게 모방하거나 상투적으로 그려 넣기 쉽다.

실제 인물을 그대로 따라 등장인물을 만들 때는 두 가지 위험이 따른다. 우선, 묘사하려는 실제 인물을 너무 잘 알기 때문에 독자에게 충분한 정보를 전달하는 데 실패할 수 있다. 자신이 쓴 글을 보면 '나는' 그의 모습이 보이고 그가 말하는 게 들리기 때문에, 독자도 마찬가지로 다 알 거라고 잘못 생각해버리는 것이다. 또 다른 위험은 이와 정반대다. 바로 실제 인물에 대해 알고 있는 점을 너무 많이 집어넣는 것이다. 그는 치과의사고, 엘름 가에 살고, 아이는 셋이고, 에어데일 테리어도 한 마리 키우고……. 사실 그 인물에게서 가져오고 싶었던 것은 혈색 좋은 얼굴과 낙천적인 기질, 사람들이 청하지도 않은 충고를 건네곤 하는 성향이 전부였는데도 말이다.

등장인물을 만드는 요령은 실제 인물들에게서 부분 부분을 조금씩 가져와 새로운 방식으로 조합하는 데 있다. 그렇게 하면 어느 누구의 복제품이 아니라 자신만의 인물을 창조할 수 있다.

아래는 인물을 만드는 연습에 활용할 수 있는 다른 방법들이다.

1 인물마다 약력을 써본다. 생년월일과 태어난 장소, 부모, 학력, 경력 등. 인물 약력을 쓸 때도 다른 창조적 글쓰기를 할 때와 마찬가지로 무의식과 함께 일해야 한다. 그저 마구잡이로 세부 사항을 지어내다가는 자신이 사실은 그 인물을 잘 알지도 못하며, 쓰고 싶지도 않다는 기분에 휩싸이게 될 뿐이다.

2 인물을 소설 속 다른 인물의 입장에서 묘사해본다. 등장인물이 많다면 최소한 서로 다른 '두 인물'의 입장에서 각 인물들을 묘사하는 게 유용하고 효과적이다. 각각의 인물을 적어도 두 가지 관점에서 파악할 수 있으므로 작가 자신이 창조한 인물을 선명하게 이해하는 데 도움이 되며, 작가가 모든 인물을 무대 장치의 일부가 아니라 살아 있는 진짜 사람이라고 생각하는 습관을 들이는 데도 도움이 된다.

3 인물이 집에 들어와 일상적으로 그 시간에 어떤 일과를 보내는지 그 장면을 써본다. 제일 처음에 무얼 할까? 담배에 불을 붙이나? 화분에 물을 주나? 앵무새에게 먹이를 주나? 아니면 다른 무슨 일을 할까?

4 인물의 인생에 일어난 짤막한 사건을 하나 써본다. 작품에 집어넣지는 않을 테지만 인물에 관한 뭔가를 드러내 보이는 사건이어야 한다.

5 첫 번째 인물과 전반적으로 닮은 두 번째 인물을 만들어낸다. 잠시도 가만히 있질 못하는 10대라든가. 그리고 두 인물 사이에서 벌어지는 장면을 써본다(이번에도 작품에 집어넣지는 않을 내용으로 한다). 사고방식이나 말투 등 분명히 다른 점이 나타나게 되어 있다. 만약 두 사람이 주는 인상이 너무 똑같아서 차이점이 이름밖에 없다면 다시 써야 한다. 차이점이 '분명히' 드러날 때까지 계속 다시 쓰자. 그래도 차이가 나질 않는다면, 그건 바로 첫 번째 인물이 전형적인 인물이라는 증거다(이 경우 첫 번째 인물보다 두 번째 인물이 오히려 생생하게 살아 움직일지도 모른다. 그러면 이 두 번째 인물을 작품에 등장시키는 편이 낫다).

인물의 시점에서 장면을 쓸 때는 작가 자신이 그 인물의 머릿속에 들어가 있다고 상상해야 한다. 그가 지금 이 순간 보고 있는 것은 정확히 뭔가? 듣고 있는 건? 그 밖에 의식하고 있는 다른 감각이 있나? 무슨 생각을 하나? 무얼 기억하고 있나? 어떤 충동을 억누르고 있나? 다른 사람의 말에서 신경 쓰이는 게 있나? 기분은 어떤가? 기뻐하고 있나, 우울해하고 있나, 아니면 또 다른 기분을 느끼나?

이제 그 장면에서 주인공 다음으로 중요한 인물의 머릿속에 자신을 투영하자. 지금 그런 행동을 하는 '그의' 동기가 뭔가? 무얼 보고, 무얼 느끼나? 주인공의 머릿속으로 돌아가 장면을 다시 처음부터 훑어보자. 주인공이 보고, 듣고, 느끼는 것들이 완전히 바뀌어 있을 것이다. 지금은 두 번째 인물에 관해 더 많이 아는 상태이기 때문이다.

보조적 인물이라 할지라도 인물에게는 자기 자신이 가장 중요하다는 사실을 명심하자. 모든 인물은 각각 자신의 드라마에서 중심이다. 즉 작가는 어느 인물을 주인공으로 소설을 쓴대도 아무런 문제가 없을 만큼 모든 인물을 실감 나게 그려야 한다.

어떤 인물이 왜 그렇게 행동하는지에 대해 근거 자료를 얻을 수 있는 최고의 정보원은 기쁘게도 바로, 작가 자신이다. 사람은 열여섯 살이 되면 경험할 수 있는 모든 감정을 경험한 상태가 된다(발달심리학자 장 피아제 Jean Piaget에 따르면 '여섯 살'이다). 인물이 이기적으로 행동하는가? 자기 자신을 들여다보자. 이기적인 면을 발견할 것이다. 용기, 악의, 헌신, 질투, 모든 것이 자신 안에 있다. 그리고 우리는 이 감정들을 활용해 타당성 있는 인물을 창조할 수 있다(한마디 덧붙이자면, 이렇게 자신을 들여다보고 인물을 창조하는 일은 훌륭한 심리치료법이기도 하다).

우리는 수년 동안 알고 지낸 사람이라면, 특히 함께 살아온 사람이라면, 그 사람을 처음 만난 상황에서는 당연히 알아챘을 사소한 정보를 전혀 모르고 있을 수 있다. 이런 까닭에 때로는 인물과 장소를 낯설게 느낄 수밖에 없는 손님을 시점인물로 내세우는 게 가장 효과적이기도 하다. 하지만 인물들과 오랫동안 친밀하게 지내온 새 인물을 시점인물로 내세우더라도 독자에게 전달하고자 하는 바를 확실히 말할 수 있는 방법은 있다. 예컨대 강렬한 애정을 느끼는 순간에 우리는 상대가 얼마나 아름다운지 처음부터 다시 의식하게 되고, 짜증이 치밀어 오르는 순간에 우리는 상대의 결점을 마치 처음 본 것마냥 생생하게 느끼곤 한다.

누군가 평소와 달리 행동할 때마다, 또는 누군가의 겉모습에 변화가 일 때마다 우리는 그 사람을 주의 깊게 살핀다. 바로 이런 순간들이 작가에게는 인물을 생생하게 묘사할 수 있는 기회다. 독자가 '매일 만나던 사람을 왜 갑자기 주목하지?' 하고 의구심을 품지 않게 하면서 말이다.

인물을 직업에 따라, 또는 대중매체에서 받은 인상에 따라 정형화하려는 충동을 물리쳐야 한다. 그건 독자도 할 수 있는 일이다. 고작 그런 것을 보여주는 작품을 돈 내고 사 읽을 이유가 없다. 경찰 경력이 거의 20년 정도 있는 인물을 가정해보자. 레슬링 팬, 맥주 애호가, 공화당 지지자가 아니어도 괜찮다. 달리아 품종 개량을 하며 나이 어린 신부와 함께 살고 있는, 마르크스주의자에 초월명상 수강생일 수도 있다. 인물이 자신만큼이나 복잡하고 흥미로운 자질을 지녔다는 사실을 인정하고, 기회를 주자. 무의식이 인물에 대해 뭐라고 하는지 주의 깊게 들어보자. 그래서 나 자신이 아니라 '인물'이 무얼 하고 싶어 하는지 알아내자. 이렇게 하면 인물들이 때로는 플롯을 더욱 멋지게 만들어주기도 한다.

인물에게 동기부여가 제대로 이루어졌는지 모르겠다면, 인물과 가상의 심문자 사이의 대화로 진행되는 장면을 하나 써보자. 이 심문자는 "그건 왜 그렇게 했어?"라는 질문을 계속하면서 인물이 정직한 대답을 내놓지 않으면 그런 대답이 나올 때까지 압박을 가해야 한다.

인물 이름 짓기

소설 속 인물의 이름은 현실적으로 짓는 게 좋다. 신뢰성과 미의식을 충족하는 범위 내에서, 현실적으로 사람들이 쓸 법한 이름을 부여해야 한다는 말이다. 인물들의 이름은 서로 쉽게 구별되어야 하고(두 이름이 발음상 비슷하게 들리거나, 똑같은 철자로 시작하는 것은 좋지 않다), 각각의 인물에게 어울려야 한다. 인물을 부르는 방식은 한 가지로 정하고, 가능한 한 이 호칭을 고수하자. 예를 들어 팀 벵코라고 이름 지은 인물을 앞에서는 벵코라고 부르다가 뒤에서는 팀이라고 부르는 것은 좋지 않다.

소설을 쓰면서 되는대로 이름을 짓고 그 와중에 로빈슨, 쿠퍼, 스미스 같은 흔한 이름만 왕창 내놓는 것은 작품을 빈곤하게 만들고, 앵글로색슨계 백인 개신교도가 세상을 지배하고 있다는 인상을 퍼뜨리는 데 일조하는 것이나 진배없다. 실제로 알고 지내는 사람들은 다양한 계층과 출신 성분을 반영하는 이름을 지니고 있는데도, 작품 속에서는 죄다 앵글로색슨계 이름만 나오는 이유가 무엇일까?

전화번호부는 급히 이름을 찾기에 별로 좋은 자료가 아니다. 철자 하나에 해당하는 이름을 다 훑는 데 시간이 너무 많이 걸리니까. 그보다는 눈에 띄는 이름을 발견할 때마다 모아서 목록을 만들어두자. 가나다순으로 정렬되어 있지 않고 섞여 있으면 훨씬 유익하게 활용할 수 있다. 그리고 항상 이름과 성 전체를 다 적어두어야 한다. 예를 들어 '레노어 번바움'이라는 이름을 '레노어'라고만, 또는 '번바움'이라고만 적어두면 안 된다. 작품에 쓰려고 할 때 무의식적으로 나머지 성이나 이름을 떠올리는 경우를 방지하기 위해서다(가끔 자기 이름이 소설에 나온 것을 보고 항의하는 사람들이 있다).

외국인인 인물의 이름을 진짜처럼 짓고 싶다면 백과사전에서 해당 국가 항목을 찾아 부록으로 딸려 있는 도서목록을 훑어보는 게 아주 좋다. 백과사전 본문에는 유명인들의 이름만 가득 열거되어 있는 반면, 부록에는 보통 무명 학자들이 쓴 책도 언급되어 있기 때문이다.

참고로 외국인 이름을 짓기 위해 미국의 전화번호부를 이용하는 일은 절대 하지 말자. 미국 사람들은 이름을 온갖 방식으로 뜯어고치기 때문이다. 예컨대 할아버지가 독일인인 사람이라고 해도 그 사람은 독일에서 절대 쓰지 않는 이름을 쓰고 있을 수 있다.

1. 자신의 인생에서 특히 괴로웠던 사건을 소설로 써보자. 하지만 자신과 확연히 다른 가공의 인물로 바꿔서 써야 한다. 성별, 나이, 직업, 또는 이 세 가지 모두를 바꿔서 써보자. 사건을 인물의 본성과 상황에 맞춰 조정하자. 이 과정을 통해 인물이 작가 자신에게서 나온 인물이란 점을 아무도 모르게 하려면 상당히 많은 부분을 변형해야 한다는 것을 알게 될 것이다. 실제 사건에 담겨 있지만 소설을 산만하게 만들 뿐인 자잘하고 불필요한 사항들은 덜어낼 것이고, 자유로운 쓰기를 위해 실제 사건에서 점점 더 멀어질 것이다.

2. 자신이 여성이라면 남성의 시점에서 소설을 완성해보자. 남성이라면 여성의 시점에서 완성해보자(만약 자신이 늘 반대 성별의 시점인물을 활용하는 보기 드문 유형이라면, 이번엔 반대로 같은 성별의 시점인물을 내세우자).

3. 기억 속에서 분노와 증오만을 안겨주었던 인물을 끄집어내 보자. 그의 시점에서 소설을 쓰되, '공감하는 심정으로' 쓰자.

이 세 가지 연습법은 모두 스스로 만든 억압이나 틀에서 벗어나 자유롭게 소설 쓰기를 할 수 있도록 고안한 것이다. 하나의 성별로만, 즐거웠던 일에 관해서만, 자신과 닮은 인물의 시점으로만 쓰는 습관에서 벗어나도록 말이다. 더욱 어렵고 힘든 것들을 쓰려고 시도하지 않으면서 어떻게 성장하기를 바랄 수 있을까?

동기:
왜 인물은 그러한 행위를 하고 있는가?

"왜 인물은 그러한 행위를 하고 있을까?" 이에 대한 답이 "안 그러면 이야기가 진행되지 않으니까"라고 바로 튀어나온다면 당신은 문제에 빠져도 단단히 빠져 있는 것이다. 그런 이유는 잊어버려야 한다. 대신 '인물에게' 있는 이유를 생각하자.

동기는 인물이 감수해야 하는 위험, 또는 인물 자신과 주변인들에게 불러일으킬 문제가 얼마나 심각하고 큰가에 비례해야 한다. 동기가 사소하면 인물이 보여주는 행위도 마찬가지로 사소하거나 터무니없을 수밖에 없다.

갈등을 그린다면 인물이 얻거나 잃게 될 중요한 뭔가를 제시해야 한다. 목숨이든 돈이든 사랑이든 자유든 자존심이든 간에 말이다. 이 중 하나가 아니라도, '그 인물의 입장에서는' 이와 똑같이 중요한 뭔가를 찾아줘야 한다. 인물이 원하는 게 거액의 돈이라면 달리 해명할 필요가 없지만, 가지고 있는 모든 것을 저당 잡히고 가정과 직장생활을 위태롭게 하면서까지 빅토리아 여왕의 속옷 한 벌을 손에 넣고자 한다면 독자가 이 인물의 행위를 믿을 수 있도록 아주 생생하게 묘사해야만 한다(그전에 우선 작가가 이런 종류의 집착을 이해하지 못한다면 생생하게 묘사하기가 어렵다).

추리소설에서는 단순한 호기심도 충분한 동기가 된다. 호기심을 과소평가하지 않길 바란다. 인간의 욕구 중에서 가장 강력하기로 꼽히는 것이니까. 우리가 소설을 읽는 것도 부분적으로는 호기심을 채우기 위해서다. 타인의 삶, 이국의 땅, 온갖 위험한 직업, 즉 우리 경험 밖에 있는 모든 것에 대한 호기심. 또한 우리가 소설을 읽는 이유는 미래의 삶, 다른 행성에서의 삶에 대한 호기심을 채우기 위해서다. 작가가 전부 꾸며낸 내용이라는 사실을 알면서도 말이다. 호기심 때문에 우리는 책장을 계속해서 넘긴다. 이 살인자가 어떻게 잠긴 방 안에 들어갔나? 남자는 여자를 떠날까? 가면을 쓴 이는 대체 누굴까?

미스터리소설에서는 보통 주인공이 무슨 일이 벌어지고 있는지 모른다. 어떤 행동을 하고는 있지만 달리 다른 행동을 할 수 없어서 하는 것이지 딱히 이유가 없다. 이렇듯 주인공은 사건에 좌우되어 움직이기 때문에 동기부여가 되었든 안 되었든 문제될 게 없다. 하지만 무슨 일이 벌어지고 있는지 '아는' 인물들에게는 더욱 신중하게 동기를 부여해야 한다. 주인공을 곤경에 빠뜨리며 거대한 사기 행각과 음모를 획책하는 이들, '이들의' 동기는 무엇인가? 뭔가 중요한, 얻는 게 있어야 한다. 그렇지 않으면 이 모든 소란을 일으키고 수고를 감내할 이유가 없으니까. 결말에 가서 작가가 악당에게 실질적 동기를 부여하는 데 실패했다는 사실이 밝혀지면 이야기는 무너지고 만다. 독자는 속았다고 느낄 게 뻔하다.

동기부여를 비용과 수익의 관점에서 생각해보자. 인물의 욕구가 얼마나 납득하기 어렵고 별난 것이든 '인물 자신에게는' 그만한 비용을 감수할 만큼 가치 있는 일이라는 점을 증명할 수만 있다면, 인물이 그 욕구를 좇는 모습을 타당성 있게 그릴 수 있다.

보조적 인물인 A가 주인공인 B를 찾아와 "우리 좀 도와!"라고 말한다면, 거의 무조건 주인공을 잘못 설정했다는 신호로 받아들이면 된다. 첫째, 문제를 갖고 있는 사람도 A이고 문제를 해결해야 하는 사람도 A라면 도대체 B가 소설에서 하는 일이란 무엇인가? 둘째, '왜' B는 A를 도와야 하나, B에게 무슨 이익이 되나? 이에 대한 답이 '아무것도 없다'라면 동기도 없는 주인공을 내놓은 셈이다. B가 A를 돕고, 돕다가 문제에 휘말린다고 해서 독자에게 공감을 이끌어낼 수 있을 거라고는 꿈에도 기대하지 말자. 독자도 안다. B가 굳이 거기 있을 필요가 없다는 것을, 언제든 빠져나와 자기 일이나 신경 쓰면 그만이라는 것을(사람들은 다른 사람을 돕는다. 그 일이 곤란하고 위험한 일일지라도. 하지만 남을 돕는 데에는 언제나 이유가 있는 법이다).

이 내용은 만화나 텔레비전 드라마에는 적용되지 않는다.

주제:

무엇에 대한 이야기인가?

"무엇에 대한 이야기인가?" 사람들이 이 질문을 던지며 기대하는 답은 소설의 근본적이고 철학적인 주제(예를 들어 '사랑과 죽음')가 아니라 훨씬 가깝고 실제적으로 느껴지는 주제다. 예컨대 "중년의 위기를 겪는 남자에 관한 겁니다"(존 치버의 〈교외의 남편 The Country Husband〉《돼지가 우물에 빠졌던 날》, 문학동네, 2008), "매력적이고 싹싹한 여자에 관한 겁니다"(도

러시 파커Dorothy Parker의 〈금발 여인Big Blonde〉), "잔혹한 살인 사건입니다"(로버트 루이스 스티븐슨Robert Louis Stevenson의 〈마크하임Markheim〉《로버트 루이스 스티븐슨》, 현대문학, 2015), "기이한 결혼입니다"(제임스 조이스James Joyce의 〈하숙집The Boarding House〉《더블린 사람들》, 펭귄클래식코리아, 2015).

윌리엄 서머싯 몸의 〈비〉를 처음으로 펼쳐 읽기 시작했다면, 이 작품이 선교사와 매춘부의 다툼에 관한 이야기라는 점은 모를 테지만, 남태평양을 지나는 배 위 승객들에 관한 이야기라는 사실은 알 수 있다. 그리고 그것으로 충분하다(도입부에는 작품의 진짜 주제가 나오지도 않을뿐더러 갖가지 묘한 방식으로 이 주제가 환기되고 있다. 예를 들어 '기계식 피아노의 거슬리는 음률'이라는 표현이 나오는데, 이 소리는 나중에 더 큰 의미를 띤다).

소설의 도입부에서 '무엇에 대한 소설이지?'라는 물음에 대한 답이 '전혀' 드러나지 않는다면 독자가 책을 그대로 덮어버릴 공산이 크다.

장소:
어디에서 일어나는 이야기인가?

장소는 소설의 배경 중 눈에 보이는 부분을 가리킨다. 먼저, 무대 장치를 떠올려 보자. 커튼이 올라가고, 주인공이 사는 집의 거실이 등장한다. 다 해진 소파에는 과테말라산 작은 융단이 덮여 있고, 벽에는 여행 포스터가 붙어 있다. 한구석에 스테레오와 음반들이 놓여 있다. 바닥에는 〈선데이 타임스〉가 펼쳐져 있고, 창밖으로는 비상계단과 맨해튼 남부의 스카이라인이 흐릿하게 보인다. 아직 무대 위에 아무도 올라오지 않았지만, 우리는 벌써 이곳에 사는 사람에 대해 뭔가를 알게 되었다.

조금 더 넓은 관점에서 보자면, 장소는 지역을 의미한다. 세상에서 이야기가 펼쳐지고 있는 곳 말이다. 일부 작가들은 공간적 배경이 소설을 지배해야 한다고 진지하게 말하기도 한다. 소설은 공간적 배경 속에서 태어나야 하며, 다른 어느 곳도 아닌 바로 그곳에서만 벌어질 수 있는 내용을 담고 있어야 한다는 뜻이다.

존 오하라John O'Hara의 〈열망으로 보내는 나날I Spend My Days in Longing〉은 이야기 전체가 호텔 방 안에서 일어나는데, 그 호텔은 클리블랜드 아니면 시카고 아니면 신시내티에 있다. 바로 이 점이 핵심인데, 두 인물 중 한 명은 자신들이 지금 어느 도시에 있는지 기억을 못한다. 레프 톨스토이의 〈이반 일리치의 죽음〉은 세인트피터즈버그에서 벌어지는 이야기인데, 약간만 변화시키면 완전히 똑같은 내용으로 흘러가면서도 19세기 파리나 런던에서 일어나는 이야기가 될 수 있다. 분명한 것은, 장소나 공간이 이야기와 눈에 보이는 관련성을 지니고 있어야 하며, 소설과 적절히 어울려야 한다는 사실이다. 샌디에이고에서 일어나도 전혀 지장이 없는 일을 괜스레 색다른 배경(태평양 또는 달 식민지) 속에 집어넣으려고 하지 말자. 등장인물이나 이들이 겪는 문제가 우리에게 친숙한 것이라면 장소 역시 친숙해야 한다.

자신이 쓴 소설에 등장하는 인물을 한 명 고르자. 새로운 인물을 만들

어내도 된다. 그 인물이 살고 있는 집의 거실을 텅 빈 무대라고 가정하

고 묘사해보자. 이런 식으로 사는 곳을 둘러보는 것만으로도 인물에 대

해 많은 것을 파악할 수 있다. 단, 이 연습에서 인물에 대해 직접적으로

서술하는 것은 허용되지 않는다("그는 사치품을 좋아한다" 등). 눈으로 볼

수 있는 것만 써야 한다.

장소 외의 공간적 배경

소설의 배경은 전면과 중앙에 있지 않은 것, 즉 눈에 띄지 않는 것

모두를 아우른다. 풍경, 건축 양식, 기후뿐만 아니라 소설의 밑바탕이

되는 문화, 인물의 과거, 지역사회나 국가의 역사, 사회학, 기술, 철학,

예술, 관습 등 모든 사항을 포함한다.

현대소설의 작가와 독자 모두는 이러한 사항 대부분이 당연히 전

제되어 있다고 여기며, 이를 가정한다. 맨해튼이든 마이애미비치든 작

가가 그저 단어를 내뱉기만 하면 독자가 배경의 상당 부분을 스스로

채워 넣는 것이다. 물론 작가가 실수를 하면 독자가 바로 포착하기도

한다. 정확하고 설득력 있는 세부 정보를 제시해야만 독자는 작가가

묘사하고 있는 그곳을 정말로 알고 있다고, 방송이나 영화에서 얻은

일반적인 인상에 의존해 쓰고 있는 게 아니라고 신뢰할 수 있다.

앞에서 시점인물이 잘 알고 있는 인물들을 묘사하는 것에 대해

다룬 것을 기억하는가? 똑같은 원리가 여기에도 적용된다. 맨해튼에 오랫동안 거주한 사람이라면 수없이 많은 관광객을 매혹하는 맨해튼의 랜드마크를 봐도 보통은 그냥 지나칠 것이다. 당연하게 받아들이고 있기 때문이다. 세계무역센터나 자유의 여신상을 봐도 별 감흥을 못 느낀다. 차라리 매일 아침을 먹으러 갈 때마다 만나는 커피숍 계산대 점원에게 더욱 흥미를 느낄 것이다. 그 커피숍은 어떤 분위기인가? 앨버커키나 시애틀에 있는 커피숍과 뭐가 다른가? 그 점원은 느긋하고 굼뜬 사람인가, 아니면 재빠르고 성급한 사람인가? 커피숍 손님들은 무슨 신문을 읽고 있나? 조명이 밝은가?

　판타지소설이나 SF소설에서처럼 배경을 지어내야 하는 경우라면 작가가 할 일이 훨씬 더 많다. 그래도 신경 써야 할 점은 과학적(또는 마법적)으로 가능한지, 모순은 없는지에 대해서뿐이다. 외계행성이나 요정들의 땅에 가본 적이 없기로는 독자도 마찬가지이므로 논리적으로 타당하게 쓰기만 하면 독자가 거짓말쟁이라고 몰아세우는 일은 벌어지지 않는다.

　얼마나 동경해마지않든 간에 다른 작가의 소설 속 배경을 따라 쓰는 일은 없길 바란다. 그 작가는 수많은 다른 작품을 보고 또 보며 그와 같은 세부 사항들을 끌어낸 것이다. 그가 그린 배경이 생생하고 세밀한 것은 작가 자신이 소설 속에 쓴 것보다 훨씬 더 많은 사항을 알고 있기 때문이다. 특정 소설을 본보기로 삼아버리면 거기서 뭔가를 뽑아내서 쓸 테고, 그러면 결과는 거친 모조품밖에 나올 게 없다. 꼭 복사기로 복사한 사진처럼 말이다(복사할 때마다 일부 정보는 날아간다).

군더더기 설명을 넣지 않으려면

어떤 장면에서도 모든 것을 완전히 묘사할 순 없다. 일단 그만한 공간이 없다. 이때 배워야 할 게 바로 로빈 스콧 윌슨이 "한정된 예산에 맞춰 세상을 갖추어라"라고 말한 기술이다.

가능한 한 전체적 인상을 강렬하게 주고("아치형 천장에 지하실 같은 방 안은 메아리로 가득 차 있었다") 다음으로 핵심적 세부 사항을 약간 보여주어라("벽에 'ㅣ우리는 승리할 것이다!'라는 문구가 스프레이 래커로 쓰여 있고, 누군가 그 밑에 '악착같이'라고 갈겨썼다"). 제대로 골라서 내놓기만 하면 나머지는 독자가 알아서 채워 넣게 되어 있다. 인물도 마찬가지다. 화가가 읽어보고 초상화를 그릴 수 있을 지경까지 상세히 묘사하지 말자. 인물에 대한 정보가 너무 낱낱이 나와 있으면 사실 짜증을 느끼는 독자가 많다. 그 정보들이 독자 스스로 인물에 대한 이미지를 그리는 것을 방해하기 때문이다. 인물이 처음 등장할 때나 그 후 얼마 안 있어 재등장할 때 한두 문장 정도 덧붙이는 것으로 충분하다. 나이가 많은가 적은가? 키가 큰가 작은가, 뚱뚱한가 홀쭉한가? 머리카락은 금발인가 갈색인가? 이런 정보를 아껴두다가 20쪽을 넘긴 뒤에야 폭로하는 일이 없길 바란다. 독자가 읽으면서 내내 여주인공 머리는 갈색이라고 시각화해왔을지도 모르는데 갑자기 여주인공은 금발머리라고 밝히면 불쾌감을 안기고 만다.

위와 같은 이유로, 너무 늦게 동쪽과 서쪽, 좌우 등을 특별히 지정하지 않도록 조심하자. 주인공이 마지막 서너 쪽에 걸쳐 높은 산의 암벽을 등반하고 있다고 할 때, 갑자기 그가 오른쪽 아래를 내려다본다고 서술하면 독자는 부랴부랴 머릿속에서 주인공의 몸을 반대로 돌려놔야 할지도 모른다. 소설을 읽는 독자의 창조적 상상은 되도록 방해하지 않는 게 좋다.

보통은 장소를 그렇게까지 자세히 묘사할 필요도 없거니와 그렇게 하고 싶지도 않을 테지만, 그렇다고 해서 자세히 몰라도 된다고 단정하고 넘어간다면 그건 실수다. 작가는 부엌 찬장이 어디에 붙어 있고 그 안에 뭐가 들어 있는지 반드시 알고 있어야 한다. 집 구조를 알아두어야 한다는 말이다. 소설 속에 집 이야기가 직접적으로 거의 나오지 않더라도 말이다. 그래야 쓰는 데 자신감이 붙으며, 이 자신감은 독자도 느낄 수밖에 없다. 또한 난처한 실수도 방지할 수 있다. 예를 들어 10쪽에서는 인물이 부엌에서 식당으로 바로 들어갔는데, 32쪽에서는 복도를 거쳐 들어가는 따위의 실수 말이다.

물론 장소를 상세히 묘사해보고 싶다거나 인물의 약력을 써보고 싶으면 그렇게 하면 된다. 하지만 그 모든 것을 그대로 소설 속에 옮겨놔서는 곤란하다. 이야기 속에 온전히 녹아 들어갈 수 없는 이런 정보 덩어리가 바로 '군더더기 설명'이다. 이런 장애물을 애써 넘어가면서까지 글을 읽고 싶어 하는 독자는 없다. 작가가 배경을 철저히 꿰고 있으면 인물들이 행동하는 과정에서 그 내용이 저절로 조금씩 드러나게 되어 있다. 뉴욕의 지하철에 관한 소설을 쓴다고 치자. 처음 한 장을 내리 뉴욕 지하철 체계의 구축 과정, 역사, 운영 방식 등을 쓰는 경우가 있는데, 이게 바로 군더더기 설명이다. 이렇게 쓰는 대신 시점인물이 개찰구를 지나 플랫폼으로 내려가게 하면서 그가 보는 것들을 차례차례 묘사하면 어떨까? 2킬로미터 떨어진 곳에서 인물이 다시 지하철역을 빠져나올 때쯤엔 독자가 작품을 이해하는 데 필요한 지하철 관련 정보를 전부 알고 있을 것이다.

좋은 작가는 군더더기 해설을 장애물이 되지 않을 정도로만 집어넣을 줄 안다. 꼭 넣어야 한다면 말이다. 예컨대, 독자들의 이해가 필수인 어떤 과학적 발견을 중심으로 플롯이 전개되는 소설이 그러하다. 그러나 이보다는 작가가 게으르거나 기술이 모자라서 군더더기 설명을 집어넣는 경우가 훨씬 허다하다. 특히 습작생들이 쓴 글을 보면 이러한데, 정말 아무리 찾아봐도 '뾰족한 다른 수가 없을 때만' 독자 앞에서 구구절절 연설을 늘어놓길 바란다.

장면 밖에 있는 것

풍경이나 도시의 거리를 설득력 있게 그리려면 '장면 바깥에 뭐가 있는지' 우선 알아야 한다. 따라서 작품에 드러날 배경을 다 지어냈다고 해서 손을 놓으면 안 된다. 인물들의 행위가 방 안에서 벌어지고 있다면 그 방 바깥에는 뭐가 있나? 옆 건물은 어떻게 생겼나? 거리는 어떤 모습이고, 동네 사람들은 어떤가? 이런 것들을 알아두면 인물이 행동하는 방식에 반영이 된다. 예를 들어 사는 곳이 택시 기사가 승차 거부를 하는 슬럼가 근처라면 인물의 입에서 택시를 잡자는 말은 나오지 말아야 할 것이다.

치우고 자리를 만들자

현실 세계는 현실의 사람들과 현실의 물건들로 빽빽이 차 있어 가공의 인물과 가공의 물건이 들어갈 빈 공간이 없다. '현실적인' 소설을 쓰고 싶다면 반드시 여기를 치워서 소설을 위한 자리를 만들어야 한다. 대도시 한가운데이든 한적한 시골이든 장소를 정했으면 인물들이 서로 만나고 상대할 공간을 확보하자. 가차 없이 확보하자. 만약 실존하는 고층 건물이 등장하는데 2개 층에 근무하는 직원, 비서, 부사장 모두를 내보내야 한다면 그렇게 하자. 시장 집무실이 필요하면 차지하자. 실제 사무실이나 은행을 정확히 있는 그대로 활용하고 싶을 땐 그곳에서 일하는 사람들을 모두 치워버리고 소설 속 인물을 위한 공간을 확보하자. 나라 하나를 통째 떼어내 지도에서 없앤 후 그 자리를 가상의 나라로 대체해도 좋다. 윌리엄 포크너William Faulkner의 작품에 자주 나오는 '요크나파토파Yoknapatawpha County'가 바로 그가 이렇게 만든 허구의 지역이다. 실제하는 것들을 치웠다는 흔적을 조심스럽게 감춘 후, 그 빈자리를 포위하고, 그런 후 뭐든 마음대로 하면 된다.

배경:
언제 일어나는 이야기인가?

많은 작가가 반사적으로 '지금'이라고 대답할 것이다. 하지만 SF소설이나 역사소설을 쓰는 작가라면 다른 대답을 할 테고, 그 대답에 결부된 고유의 문제도 함께 등장할 것이다(역사소설에서는 조사하는 일이 주된 문제고, 판타지소설이나 SF소설에서는 지어내는 일이 주된 문제다). 소설의 배경이 뉴욕, 1940년대 후반인데 두 인물이 3번가에 있는 술집에서 술을 한잔하는 상황이라고 해보자. 고가 철도는 지금 거기에 있나 없나? 알아보자. 아니면 앞으로 30년 후 미래의 샌프란시스코가 배경이라고 해보자. 도시가 어떻게 변화했나? 실제 현재 시점에서 논의되고 있는 도시 계획은 무엇이 있나? 소설 속에서 이 계획은 성공했나 실패했나? 국가에는, 세계에는 어떤 일이 벌어졌나? 호황기인가 불황기인가? 기술적으로 어떤 중대한 변화가 있었나? 그 기술은 사람들의 생활 양식, 수송 체계, 정치에 어떤 영향을 미쳤는가?

오늘날의 샌프란시스코와 30년 전의 샌프란시스코를 대비해보자. 그리고 그 차이를 미래에 투영해보자. 지금과 30년 후의 샌프란시스코는, 적어도 지금과 30년 전만큼의 차이를 보여주어야 한다(실제로는 더 많은 차이가 나야 옳다. 변화하는 '속도'가 점점 더 빨라지고 있으니까).

- 인물은 한 장소에서 다른 장소로 어떻게 이동하나?
- 어떤 직업들이 있는가?
- 오락거리는?
- 옷차림은?

작가가 그린 미래의 샌프란시스코가 이리 봐도 저리 봐도 온통 지금의 샌프란시스코와 똑같다면 독자는 작가가 제대로 숙제를 하지 않고 소설을 썼다는 사실을 간파할 것이다. 우리는 우리 부모 세대가 먹었던 대로 먹지 않고, 입었던 대로 입지 않으며, 읽었던 식으로 읽지 않는다. 고작 20년 전까지만 해도 속속들이 알고 있던 마을이, 다시 찾아가 보면 너무 변해버려 그곳이 그곳인지 몰라보기 십상이다. 독자를 미래로 데려갈 작정이라면, 또는 다른 행성으로 데려가려 한다면 변화, 차이를 느끼도록 해야 한다.

3.

의식적이든 아니든, 누구나 소설을 쓰려면 첫 문단을 쓰기에 앞서 네 가지 선택을 하게 된다. 이야기의 시작점, 시점, 인칭(1인칭, 2인칭, 3인칭), 그리고 시제.

시작점

도입부를 쓰는 일은 다른 부분을 쓰는 것보다 중요하고 까다롭다 할 수 있다. 다른 모든 부분은 앞부분에 기댈 수 있는 반면, 도입부는 오롯이 자력으로 곧추서 있어야 하기 때문이다. 게다가 도입부에는 소설의 인물, 장소, 상황, 분위기와 어조 등도 확실히 드러나야 한다. 도입부는 독자의 흥미를 불러일으키고, 호기심을 자아내며, 갈등을 암시하고, 플롯을 처음으로 진전시켜야 하며, 이 모든 것이 첫 쪽 안에 이루어져야 한다.

어디에서 이야기를 시작하는 게 적절할까? 보통은 첫 번째 주요 사건이 발생하기 전, 단 너무 앞선 때여도 안 되고 그렇다고 아주 직전도 아닌, 그런 순간이 적절하다. 주인공의 유년시절에서 이야기를 시작하면서 주인공이 가지고 놀았던 모든 장난감, 좋아했던 선생님, 홍역과 볼거리와 백일홍에 걸렸던 일을 줄줄이 쓴다면 독자는 인내심의 한계를 느끼고 책장을 덮어버릴 것이다. 작가가 진짜 들려주려고 하는 러브스토리, 스파이 이야기 근처에는 가보지도 못하고 말이다. 반면 이제 막 책을 펼친 독자를 무리하게 인물들 행위 속으로 끌어들이려 한다면, 이때도 이유는 다르지만 마찬가지의 결과가 일어난다. 작가가 독자를 잃을 위험을 구태여 떠안는 거라고밖에는 볼 수 없다. 독자로서는 완전히 낯선 인물에게 그다지 흥미를 깊게 느끼기 어렵기 때문이다. 아무리 인물들이 서로를 미친 듯이 헐뜯고 있다고 해도.

첫 번째 주요 사건이 발생하기 전에 이야기가 시작되어야 하는 이유는 또 있다. 특히 그 사건이 주인공의 돌출 행동과 관련이 있는 경우에는 더 앞에서 시작되어야 하는데, 그래야 주인공이 보통 때는 어떻게 행동하는지 알려줌으로써 일종의 '기준점'을 제시할 수 있기 때문이다. 기준점이 없으면 압박감 속에서 인물이 취하는 행동을 뭐라고 해석해야 할지 독자가 곤란해할 수밖에 없다.

도입부에서 독자의 관심을 최대한 빨리 붙들어야 한다고 주장하는 이들도 있다. '내러티브 훅narrative hook'이 있어야 한다는 말인데, 이는 시선을 뗄 수 없는 첫 문장으로 독자가 글을 계속 읽을 수밖에 없게 만드는 것을 일컫는다.

"저거 봐!" 내가 소리쳤다. "천장을 뚫고 나온다!"

"저거 봐"라는 말에 우리는 자동적으로 주목하게 된다.

독자가 떠나가지 않도록 확실히 붙잡아 두기 위해서 내러티브 훅 다음에 주의를 끄는 문장 몇 개를 추가로 더 집어넣을 수도 있다.

그녀가 옷을 입긴 입고 있었는데, 옷이란 게 우표 하나가 봉투를 가리는 정도밖에 그녀를 가리고 있지 않았다.

고백하건대 나는 내러티브 훅을 좋아하지 않는다. 젊은 시절에는 그러지 않았지만, 요즘에는 소설 도입부에서 작가가 내 옷깃을 붙잡으려 애쓴다는 게 느껴지면 그가 나 말고 다른 독자를 움켜잡길 바라며 줄행랑을 쳐버리게 된다. 흥미로운 이야깃거리가 있다면 그냥 말을 함으로써 독자의 관심을 붙잡아도 될 것 같다. 나는 나를 천천히 조심스럽게 이야기 속으로 안내하는 도입부를 좋아한다. 그리고 나도 그런 식으로 쓰려고 노력하고 있다.

첫 문장을 주목을 끄는 도구로 이용하고자 한다면 그 문장에는 어떤 정보가 담겨 있어야 한다(위 첫 번째 예문을 보면 '뭔가'가 천장을 뚫고 나오려 한다는 것을 알 수 있다. 이 문장을 읽고 나면 우리는 이다음 문장들이 더욱 많은 정보를 알려주리라 기대한다. 그리고 정보가 진짜로 더 나오면, 더불어 상황이 계속해서 흥미진진하다면, 이제 우리는 계속해서 이 소설을 읽게 되는 것이다).

어떤 방식으로 시작하든 지금부터 쓰려는 소설이 어떤 '종류'의 소설인지 독자에게 알려주어야 한다는 사실을 잊지 말자. 첫 단락은 새로 나온 아이스크림의 처음 한 입과 똑같다. 자신이 좋아하는 글을 찾을 때까지 문학잡지나 단편집을 첫 단락만 맛보며 훑어보는 사람이 많다. 액션, 모험을 다루는 작품이라면 첫 단락에서 그 점이 드러나야 한다. 인간의 성격에 관한 흥미로운 연구를 다룬다면 마찬가지로 그 사실이 첫 단락에 드러나 있어야 한다.

어쨌든 시행착오를 겪다 보면 지금 도입부를 쓰는 데 어떤 문제를 겪고 있든 간에 그에 가장 걸맞은 해결책을 발견하게 되어 있다(도입부는 바로 이거라는 생각이 들 때까지 계속 버리고 다시 써라). 도입부는 소설 전체 길이에 줄잡아 비례하는 것이 좋다. 짧은 단편소설에서는 첫 번째 주요 사건이 처음 두세 쪽을 넘기기 전에 발생해야 한다. 다소 긴 중편소설에서는 어느 정도 늦춰져도 괜찮다. 그렇지만 극적인 사건과 긴장은 어느 경우라도 첫 쪽 안에 암시되어야 한다.

미스터리가 스토리텔링의 정수이기는 하지만, 의미도 없이 이상야릇하게 만든 이야기는 독자에게 골칫거리가 될 뿐이다(1인칭 화자로 등장하는 인물의 이름을 발음하기조차 어렵게 지어버리면? 독자가 5쪽에 가서야 이 인물이 남성이란 것을 알게 된다면 그건 어느 정도 이 이름 탓일 수밖에 없다. 또는 주인공이 밑바닥 생활을 하는 부랑아인데 시종일관 달라이 라마로 불린다면? 그는 정말 부랑아로 변장한 달라이 라마인가 아니면 그냥 스스로 달라이 라마라고 믿는 부랑아인가? 작가가 설명해주지 않으면 독자는 절대 알 수 없다).

자신이 쓴 소설의 첫 쪽을 펼쳐, 그 자체로는 독자가 이해할 수 없는데도 별다른 설명 없이 집어넣은 용어나 내용이 없는지 찬찬히 뜯어보자. 그런 부분은 하나만 있어도 너무 많은 것이다. 만약 대여섯 개 나온다면 난리가 난 상황이다. 생소한 인물과 장소로 독자를 압도하는 일이 없기를 바란다. 집주인이 손님을 정중히 대접하며 한 번에 한두 사람만 소개하듯이 그렇게 독자를 대하자.

말하는 사람이 누구이며, 누구에게 하는 말인지가 눈에 띄게 드러나 있지 않은 한 인용부호로 말을 전하며 도입부를 시작하지 말길. 그리고 대화문 첫 줄에 앞서 묘사나 설명을 하는 문장 한두 개를 두고 시작하는 편이 훨씬 낫다.

연습 10 도입부 쓰기

소설의 도입부를 두 가지로 쓰되, 각각의 분량은 대여섯 줄이 넘지 않도록 하자. 두 가지 다 잠재적 독자에게 매력적으로 다가갈 수 있게 쓴다. 이야기의 초점이 분명하며 물 흐르듯 부드럽게 읽히도록.
첫 번째 도입부를 쓸 때는 주목을 끄는 문장을 넣고 싶은 만큼 많이 집어넣는다. 독자의 호기심을 자극해 글을 계속 읽게 만들기 위해서다.
두 번째 도입부를 쓸 때는 장소, 인물, 상황 등을 발전시킴으로써 독자의 호기심을 자극하도록 해보자. 현란하고 두드러진 기교 없이 말이다.

이 연습을 할 때는 소설 전체를 완성할 수 있을지 없을지에 대해서는 신경 쓰지 말아야 한다.

시점

초보 작가 중에는 특히 시점을 어려워하는 이가 많다. 시점은 비교적 근래에 고안된 것이라 아직 우리 몸속에 깊이 새겨져 있지 않기 때문이다. 수천 년 동안 시점은 오직 하나, 바로 이야기하는 사람의 시점뿐이었다. 어떤 이야기꾼도 다른 사람이 무슨 생각을 하고 있는지 자신이 아는 척하지 않았다. 신들이 뭘 하는지 거리낌 없이 전하고, 인물의 행위를 두고 이유를 설명하기도 하고, 마음껏 그들을 찬양하거나 비난했지만 이야기 자체는 언제나 '일어난 일' 즉 인물이 무엇을 말하고, 무엇을 했는가에 머물러 있었다.

책이 인쇄되어 값싸게 보급되기 시작하자 이야기꾼들은 자신들이 점하고 있던 확실한 우위는 잃었지만 대신 다른 것을 얻었다. 더 이상 자신의 이야기를 전달하기 위해 물리적으로 청자 앞에 나설 필요가 없어진 것이다. 목소리의 힘과 하프의 리듬은 잃게 되었지만, 이제 내키는 대로 변장하고 척을 할 수 있었고 마음대로 이야기 앞에 나서거나 뒤로 물러날 수 있었으며 심지어 자신을 안 보이게 만들 수도 있었다.

그럼에도 책으로 만들어진 이야기들은 그 후로도 꽤 오랫동안 구전과 비슷한 모양새로 유지되었다. 심지어 작가가 대담하게 인물들이 무슨 생각을 하고 있는지 간략히 드러낼 때라도 이야기는 여전히 이야기꾼(화자)이 말하는 형태였고, 거기엔 다른 시점이 들어설 여지가 없었다. 셀마 라겔뢰프Selma Lagerlöf의 〈크리스마스 손님A Christmas Guest〉이 그 예다. 이 소설은 은퇴한 바이올리니스트 이야기로, 그는 크리스마스이브에 원치 않는 손님을 쫓아내고는 깊이 후회한다. 그때 그 손님이 돌아온다.

> 릴제크로나는 위층 자기 방에서 격렬하게 바이올린을 켜고 있었기 때문에 루스터가 온 줄 몰랐다. 루스터는 그동안 릴제크로나의 부인, 아이들과 함께 식당에 앉아 있었다. 크리스마스이브에는 으레 식탁 근처에 함께 있곤 했던 하인들은 여주인이 처해 있는 곤란한 상황을 피해 부엌으로 가 있었다.

여기 이 한 단락 안에서 우리는 바이올리니스트가 자신의 방에 있고 손님과 부인, 아이들은 식당에 있으며 하인들은 부엌에 있다는 사실을 알게 된다. 만약 작가가 지하실에 있는 청소부나 다락방에 있는 고양이도 집어넣고 싶었다면 그 내용들도 여기 함께 쓰였을 것이다.

그런데 이렇게 쓰는 방법은 정말 놀라울 만큼 경제적이긴 하지만 한마디로 장황하다. 일련의 내용을 하나로 묶어주는 장치라고는 서사 그 자체밖에 없으며, 이 말은 보통 소설이 상당히 단순할 수밖에 없다는 것을 뜻한다.

복잡한 소설을 쓰기 위해 작가들은 다른 시점을 도입하기 시작했다. 더욱 한정적이고 날카로운 시점을 말이다. '전지적 작가 시점'은 작가가 모든 인물의 마음속에 들어갈 수 있다. '제한된 전지적 작가 시점'은 작가가 인물 단 한 명의 마음속에만 들어갈 수 있다. '작가 관찰자 시점'은 작가가 어떤 인물의 마음속에도 들어가지 않는다. 그리고 마지막으로 '단수 인물 시점'은 인물 한 명의 시선을 통해 이야기 전체가 전개된다.

지금부터 마치 어떤 소설은 이 시점만으로, 또 다른 소설을 저 시점만으로 쓰여 있기라도 하듯 다양한 시점을 따로따로 논의함으로써 서로 구분을 해볼 텐데 실제 소설은 늘 이렇게 하나의 시점만으로 쓰이지 않는다는 점을 먼저 당부해둔다.

전지적 작가 시점

전지적 작가는 과거 이야기꾼과 같은 능력을 지니고 있다. 내용을 압축하고 간추릴 수 있으며 인물들 사이를 자유롭게 왔다 갔다 한다. 주인공의 마음속에 들어가 그의 생각과 감정을 드러내는 한편, 그에게서 멀리 떨어져 상당히 객관적으로, 심지어 흥미롭다는 듯이 그를 바라보기도 한다. 다른 인물들에 대해서도 마찬가지로 객관적으로 바라보기도 하고, 마음속에 살며시 들어가 있는 그대로 그들을 표현하기도 한다. 이때 그 내용은 주인공이 그들을 바라보는 내용과 다를 수도 있다.

취침 시간이 가까웠고, 다음 날 아침에 눈을 뜨면 땅이 시야에 들어와 있을 터였다. 의사 맥페일은 담배파이프에 불을 붙이며 난간에 기댔다. 그러곤 하늘을 쳐다보며 남십자자리를 찾았다. 최전방에서 2년을 보낸 후였고, 원래라면 벌써 나았어야 하는 상처가 있기 때문에 맥페일은 적어도 열두 달은 아피아에 정착할 수 있다는 사실이 좋았다. 게다가 여행 덕분에 벌써 몸이 많이 좋아졌다고 느끼고 있었다. 이튿날 파고파고에 당도하면 배에서 내릴 승객들이 있기 때문에 사람들은 이날 밤 춤추며 놀고 있었고, 그 덕분에 기계식 피아노의 거슬리는 음률이 맥페일의 귀를 두드리고 있었다. 그러나 갑판은 이내 조용해졌다. 맥페일은 조금 떨어진 데서 자신의 아내가 긴 의자에 앉아 데이비슨 부부와 이야기 나누는 모습을 보고 그녀에게로 천천히 걸어갔다. 맥페일이 불빛 아래 앉아 모자를 벗자, 아주 붉은 머리칼, 벗어진 정수리가 드러났다. 벌겋고 주근깨 있는 피부가 붉은 머리칼과 어울렸다. 그는 마흔 정도에 몸은 말랐으며 얼굴은 파리했고, 꼼꼼하다고 할까, 지나치게 아는 티를 내는 면이 있었다. 스코틀랜드 억양으로 말했고, 목소리는 낮고 조용했다.

윌리엄 서머싯 몸, 〈비〉

이 소설은 의사 맥페일에서 전지적 작가에 이르기까지 대체로 누구의 시점에서 쓰더라도 상관없었을 법한 일반적 서술로 시작한다. 다섯 번째 문장에서 시점은 맥페일의 마음속으로 슬며시 들어간다("여행 덕분에 벌써 몸이 많이 좋아졌다고 느끼고 있었다"). 그리고 나서 맥페일이 자신의 아내에게 다가가자, 시점은 맥페일을 바깥에서 살피기 위해 약간 뒤로 물러난다("아주 붉은 머리칼, 벗어진 정수리……"). 이렇게 시점이 계속 움직인다.

이야기가 진행되어가면서 시점은 맥페일의 마음속으로 자주 되돌아오는데 오래 머무르지는 않는다. 또한 다른 모든 주요 인물의 마음속에도 들어간다. 단, 데이비슨의 마음속에는 들어가지 않는다. 이렇게 시점이 빙빙 돌아다니며 움직이는 사이에 독자는 선교사 데이비슨과 매춘부 톰슨 간의 감춰진 다툼에 주목하게 된다. 만약 맥페일의 시점에서만 서술되었다면 맥페일이 어색하게 튀었을 것이다.

이렇듯 전지적 작가 시점은 인물들 사이를 돌아다니기 때문에 그 자체로 유쾌하고 우아하게 춤추는 듯한 분위기를 풍기며, 신이 내려다보듯 독자가 반쯤 떨어진 위치에서 호기심을 가지고 이야기에 관여할 수 있게 해준다. 이 인물 저 인물의 머릿속을 쉬지 않고 들락날락하기 때문에 독자는 어느 한 인물 속에 갇혀 있다고 느낄 새가 없다. 그런데 바로 이 점 때문에 전지적 작가 시점은 대개 단수 인물 시점이나 복수 인물 시점만큼 긴장감을 끌어올릴 수가 없다(따라서 긴장감을 최대한 고조시켜야 하는 공포소설을 쓴다면 전지적 작가 시점은 그리 좋은 선택이 아니다). 전지적 작가 시점은 차분하다. 천천히 움직이며, 관조적이다. 이런 여러 이유 때문에 장르소설에서는 전지적 작가 시점을 잘 사용하지 않는다.

제한된 전지적 작가 시점

서로 모순된 단어들의 조합처럼 보이는(실제로 모순이다) '제한된 전지적 작가 시점'은 전지적 작가 시점이 할 수 있는 모든 것을 다 하되 오직 한 인물의 마음속에만 들어갈 수 있는 시점을 일컫는다(앞서 살핀 서머싯 몸의 〈비〉에서 작가가 맥페일을 제외한 다른 인물들의 마음속에 들어가지 않았다면 그게 바로 제한된 전지적 작가 시점이다).

이 시점은 한 사람 이외의 마음속은 들여다보고 싶지 않을 때 유용하다. 하지만 보통은 주인공을 안팎에서 모두 그려내고 싶은 마음이 들기 마련이다. 처음 한두 단락을 이 시점으로 쓰고 나면 아마 이 시점을 통해 이루려던 목표를 모두 달성하게 될 것이다. 그럴 경우 눈에 안 띄게 조용히 단수 인물 시점으로 옮겨가 뒷부분은 이 바뀐 시점으로 계속 쓰면 된다.

작가 관찰자 시점

작가 관찰자 시점으로 소설을 쓸 때는 작가가 어떤 인물의 머릿속에도 들어가지 않는다. 그냥 떠다니는, 보이지 않는 관찰자가 되는 것이다.

존 오하라의 〈골프클럽 사기A Purchase of Some Golf Clubs〉를 보면 한 젊은 남자가 술집에 들어와 바텐더와 이야기를 나눈 후 골프클럽 한 세트를 팔려고 하는 젊은 여자와도 대화를 한다. 이와 같은 도입부를 보면 독자는 앞으로 이 남자의 시점에서 이야기가 전개될 거라고 기대하기 마련인데, 이 소설은 그렇게 흘러가지 않는다. 오하라는 단순히 이 세 명의 인물이 하는 말과 하는 행동을 기록한다.

이 시점이 앞서 본 전지적 작가 시점 같은 '서술자 시점narrator view-point'들과 다른 점은 바로 서술자 즉 화자가 사라졌다는 데 있다. 소설을 읽을 때 우리는 누군가 해주는 이야기를 듣고 있다고 느끼기보다 자신이 지금 일어나는 일을 직접 보고 듣고 있다고 느낀다. 꼭 자신도 그 방 안에 있지만 자신의 모습을 아무도 보지 못하는 것처럼 말이다.

작가 관찰자 시점을 '카메라 아이camera eye'라고 일컫는 사람이 많은데, 이 용어는 오히려 혼란을 일으킬 뿐이다. '카메라 아이'는 독자가 카메라로 보이는 것만 보고 마이크로 들리는 것만 들을 수 있다는 것을 의미한다. 과연 그럴까? 아래 대실 해밋의 작품을 살펴보자.

> 원덜리는 잿빛 파편이 실룩이며 기어가는 것을 쳐다봤다. 눈빛이 불안정했다. 그녀는 의자 끄트머리에 앉아 있었다. 발바닥을 바닥에 딱 붙이고 있었다. 꼭 금방이라도 일어설 사람처럼.
>
> 대실 해밋, 《몰타의 매》

"눈빛이 불안정했다", "꼭 금방이라도 일어설 사람처럼"을 보자. 이는 논평이고 해석이다. 카메라는 논평이며 해석을 할 수가 없다. 심지어 "그녀"나 "쳐다봤다" 같은 단어조차 카메라에게는 아무런 의미가 없다. 해밋은 탁월한 방법으로 독자가 인물들과 같은 방 안에 있으면서 자신은 보이지 않은 채 그들을 관찰하고 있는 것처럼 느끼게 만들었다.

작가 관찰자 시점으로 쓴 소설은 연극 공연과 흡사하다. 우리는 일어나는 모든 것을 보고 듣는다. 하지만 그 어느 인물의 머릿속에도 들어갈 수 없다. 이런 가혹한 제약 때문에 작가 관찰자 시점으로 쓴 소설은 어떠한 순수성을 지니고 있으며, 나는 이 점에 특히 마음이 끌리곤 한다.

갈수록 한정적이고 날카로운 시점에 대한 논의로 옮겨가고 있다는 점에 주목해주길. 어떤 시점을 선택할지 여부는 독자가 얼마나 많이, 그리고 얼마나 상세히 보길 원하는가에 관한 선택에 달려 있다. 시점을 고르는 과정은 사진작가가 특정 사진을 찍기 위해 어떤 렌즈를 고르는가 하는 문제와 똑같다. 전지적 작가 시점이라면 광각렌즈, 작가 관찰자 시점이라면 망원렌즈(예리하게 포착할 수 있지만, 대상과 거리가 떨어져 있어야 한다), 단수 인물 시점 또는 복수 인물 시점은 인물 촬영용 렌즈에 비유할 수 있다.

단수 인물 시점

단수 인물 시점은 작가에게 극단적인 제약을 가한다. 즉 작가는 '오로지' 시점인물이 생각하고, 느끼고, 인식하는 것들만을 전할 수 있다. 물론 이러한 제약을 보상할 이점도 그만큼 있다. 우선 전지적 작가 시점이나 제한된 전지적 작가 시점에 비해 훨씬 장황하지가 않다. 또한 특정 한 인물에 집중하기 때문에 독자가 그 인물에 강력하게 동일시를 하도록 이끌 수 있다.

시점인물이 이야기 속의 이야기로 독자를 데려가기 위해 만들어진 화자인 경우가 있다. 또한 1인칭으로 독자에게 직접 말을 걸기도 하고, 때로는 회고록처럼 이야기를 서술하기도 한다. 이런 장치들은 소설을 그다지 발전시키지 못하면서 복잡하게만 만들기도 한다. 그렇지만 주인공과 독자 사이의 거리를 일정하게 떨어뜨리고자 할 때는 유용하다(주인공이《위대한 개츠비 The Great Gatsby》에서처럼 수수께끼의 인물일 경우).

상업소설을 읽는 독자들은 정말로 간절히 자신을 주인공과 동일시하고 싶어 한다. 로맨스소설을 읽는 독자는 자신을 주인공으로 상상하며, 주인공이 겪는 모험을 대리 체험하고 싶어 한다. 웨스턴소설을 읽는 독자는 말안장에 당당히 앉아 있는 자신의 모습을 상상한다. 이런 식으로 독자가 주인공과 자신을 동일시하려 할 때, 소설이 단수 인물 시점으로 쓰여 있지 않으면 곤란하다. 그래서 소위 '순수문학'에서는 전지적 작가 시점이 훨씬 자주 발견되는 반면, 상업 단편소설은 대부분 단수 인물 시점이다.

3인칭에서는 단수 인물 시점이 주관적일 수도 있고 객관적일 수도 있다(1인칭과 2인칭에서도 마찬가지다. 하지만 1인칭이나 2인칭으로 쓰면서 엄격한 객관성을 관철시키는 경우는 드물다). 주관적으로 서술할 때는 시점인물이 무엇을 보고 듣는지는 물론, 무엇을 생각하고 느끼고 기억하는지에 대해 써도 된다. 다만 시점인물의 겉모습이 어떤지 말할 수 없고, 그가 모르는 것 역시 말할 수 없다. 객관적으로 서술할 때는 시점인물의 겉모습을 말할 수 있고, 그가 보고 듣는 모든 것을 서술할 수 있다. 하지만 그의 감정, 내적 감각, 생각에 관해서는 '직접적으로' 그 무엇도 언급할 수 없다.

이해를 돕기 위해 주관적 3인칭 시점으로 쓴 짧은 글을 잠시 살펴 보자.

제임스 맥스웰은 차가운 철문을 열고 걸어 들어가, 문을 닫았 다. 작은 길 양쪽에 하얀 꽃이 풍성하고 아름답게 드리워져 있는 데 굉장한 양이었다. 석조주택은 고요했고, 블라인드가 눈꺼풀처 럼 닫혀 있다. 맥스웰은 입에서 시큼한 맛을 느꼈다. 뱃속은 꾸르 륵거렸다. 호텔 커피숍에서 나온 형편없는 싸구려 음식. 맥스웰이 병원에 입원하고 고소한다면 응당한 보복을 할 수 있을 것이다. 귀를 기울이자, 오른쪽으로 떨어진 어딘가에서 잔디 살수기의 '윕, 윕, 윕' 소리가 들렸다. 줄리아는 지금 뭘 하고 있을지 불안했다. 아침식사를 하는 방에서 청구서를 들여다보고 있을까? 줄리아가 마지막으로 했던 말이 아직도 머릿속을 맴돌았다. "악감정 따위 무시해. 그냥 다신 돌아오지 말라고."

맥스웰은 목이 바싹 말랐다. 길을 걷기 시작하자, 판석에 탁 탁 부딪히는 자신의 발소리가 불쾌하게 들렸다.

이번에는 똑같은 내용을 객관적 3인칭 시점에서 쓴 글이다. 장면 과 주인공의 행위가 똑같은데도 두 글에서 주어지는 정보량이 얼마나 다른지 눈여겨보자.

제임스 맥스웰은 정교한 철문을 열고 걸어 들어가, 문을 닫았다. 그는 40대 남성으로, 얼굴이 벌겋고 살집이 있다. 금발 콧수염은 들쑥날쑥하고, 노란 머리칼은 형편없이 손질되어서 파나마모자 챙 아래로 축축하게 삐져나와 있었다. 시어서커 재킷의 옷깃은 주름이 가 있다. 그가 서 있는 데서 보면 꽃이 흐드러진 키 큰 고광나무 덤불 사이로, 판석길이 회색 석조주택 입구까지 이어져 있다. 블라인드는 닫혀 있다.

맥스웰은 귀를 기울이는 듯한 자세로 섰다. 그의 오른쪽으로 어딘가 멀리에서 오는 잔디 살수기 '윕, 윕, 윕' 소음 말고는 아무 소리도 없었다. 그가 집을 올려다보는데, 통방울눈 속에 희미한 뭔가가 있다. 아마 약간의 두려움. 마른 입술을 침으로 축이고, 느릿느릿 걸어가기 시작했다.

여러 차이점이 있지만 특별히 더 뚜렷한 몇 가지를 살펴보자면, 먼저 주관적 3인칭 시점의 글에서는 맥스웰의 머릿속(그리고 뱃속)에 들어감으로써 그를 파악할 수 있다. 하지만 맥스웰의 신체적 특징은 알 수 없다. 객관적 3인칭 시점의 글에서는 관목의 품종(고광나무)을 알 수 있지만 주관적 글에서는 알 수 없다는 점도 생각해보자. 이는 맥스웰이 관목을 하나하나 구별할 수 있는 인물이 아니기 때문이다.

이 중 어느 방식이 더 적당한 걸까? 그건 작가가 소설에서 바라는 바가 무엇인지에 달려 있다. 맥스웰에게 주관적 시점을 적용하면 그가 줄리아보다 눈에 더욱 띌 것이다. 이건 원하는 사항인가, 아닌가?

맥스웰의 얼굴 표정을 아는 것과 그의 생각을 아는 것 중 어느 쪽이 더 활용도가 높을까? 줄리아의 집에서 뭘 발견하게 될까? 이에 대해 맥스웰의 머릿속에서 묘사하는 게 쉬울까, 아니면 바깥에서? 맥스웰이 자신이 의도한 행위를 할 때 무슨 생각으로 그러는지 독자에게 설명해야 할까? 맥스웰의 동기를 분명히 밝히기 위해? 이런 결정은 작가의 직감과 취향에 따라 이루어지는 법이지만, 소설을 다 쓴 후 돌이켜 봤을 때 비로소 왜 그런 결정을 했는지 알게 되기도 한다.

복수 인물 시점

복수 인물 시점은 언뜻 복잡하게 보일 수 있는데, 모두 다른 시점 인물을 내세워 쓴 단수 인물 시점 에피소드를 여러 개 엮은 것일 뿐이다. 사건이 벌어지는 모든 장소에 언제나 있을 수 있는 인물이 없어서 단수 인물 시점으로 글을 쓰기가 곤란할 때 유용하다. 복수 인물 시점이 전지적 작가 시점과 다른 점은 인물 각각의 에피소드 길이가 꽤 길다는 것이다. 즉, 전지적 작가 시점으로 쓴 소설에서처럼 시점이 한 단락 건너 이 시점 저 시점으로 왔다 갔다 하지 않는다.

나는 자연스럽게 복수 인물 시점으로 글을 쓰곤 한다. 전지적 작가 시점이나 제한된 전지적 작가 시점보다 선호하는데, 복수 인물 시점이 단수 인물 시점의 날카롭고 섬세한 묘사적 특성을 온전히 지녔을 뿐 아니라, 전지적 작가 시점과 엇비슷한 만큼 이야기를 파노라마식으로 폭넓게 서술할 수 있기 때문이다. 하나의 시점에서 전달할 수 있는 이야기라면 단수 인물 시점을 써도 좋다. 하지만 그게 안 되면 복수 인물 시점을 써야 한다. 시점 선택은 부분적으로 작가의 기질에 따른 문제라고 할 수 있다. 내 경우 이야기가 허락하는 한 주인공에게 가까이 다가가고 싶어 하지만, 다른 누군가는 뒤에 물러나 앉아 이리저리 돌아다니는 것을 선호할 수 있는 것이다.

어느 시점이 최선일까

산속 오두막에 있는 젊은 여성 이야기를 다시 꺼내보자. 이 여성이 시점인물인 게 확실해 보인다. 그런데 지금보다 긴장감을 훨씬 더 끌어올릴 (그래서 독자를 깜짝 놀라게 할) 방법이 있다. 그게 누구든 오두막 밖에서 창문으로 그녀를 쳐다보고 있는 인물을 시점인물로 활용하는 것이다.

일단 시점인물을 정했다면, 어떤 '인칭'을 써야 할까? 3인칭을 쓰는 게 가장 명확해 보인다("수상한 사람이 살금살금 오두막으로 다가왔다. 그의 눈이 달빛에 반짝였다"). 하지만 1인칭으로 쓰면 비밀스러움을 고조할 수 있다. 왜냐하면 1인칭에서는 시점인물 자신에 대해 거의 아무것도 서술하지 않으니까("오늘밤 나는 그녀가 책을 읽는 모습을 한 시간 동안 관찰했다"). 아니면 2인칭을 골라 독자를 더욱더 놀랠 수도 있다("저녁 식사 후, 너는 설거지를 하고 물기가 빠지게 그릇을 놨다. 너는 책을 펼쳤다가 엎어두곤, 창문으로 갔다. 하지만 넌 아무것도 보지 못했지"). 여기서 오두막 밖에 있는 수상한 사람의 존재는 암시될 뿐 서술되지 않았다. 이 사실은 그를 더욱 위협적인 존재로 부각한다.

어떤 글쓰기 문제든 간에 '확실한' 해결책이라는 것은 늘 의심해봐야 한다. 작가가 보기에 확실하고 빤한 것은 독자가 보기에도 빤할 테니까.

시점 바꾸기

초보 작가가 맞닥뜨리는 일반적인 문제 중 하나로 시점 바꾸기를 빼놓을 수 없다. 초보 작가들은 갑자기 쓸데없이 이 시점에서 저 시점으로 바꿔댄다. 심지어 자신도 모르는 사이에.

데이비드는 뭘 시킬지 고민하며 메뉴를 훑어봤다. 양이 많은 음식은 먹고 싶지 않았다. "클럽샌드위치 주세요." 그가 말했다.

"음료도 주문하시겠어요?" 웨이트리스가 물었다. 그녀는 감탄하며 데이비드를 쳐다봤다. 세상에, 너무 잘생겼다, 그녀는 생각했다.

위 장면은 어느 초보 작가가 쓴 소설의 3쪽에서 발췌한 부분이다. 글쓴이는 이 글 앞에서 내내 데이비드의 시점에서 이야기가 진행하다가 갑자기, 여기에서, 별 이유도 없이, 독자를 웨이트리스의 머릿속에 집어넣어 버린다. 그러다 뒤에 가서 데이비드가 점심을 함께 먹는 마크와 대화를 나눌 때는 셔틀콕처럼 이 두 사람의 시점 사이를 왔다 갔다 한다. 이때도 특별한 이유 없이 말이다.

그런데 여기서 이런 의문이 자연스레 떠오른다. '전지적 작가 시점으로 썼다면 모두 허용되었을 변동인데 도대체 이번엔 뭐가 다르다고 안 된다는 거지?'

1 전지적 작가 시점의 소설은 언제나 처음 몇 쪽 안에 적어도 한 인물의 겉과 속을 모두 드러낸다. 그럼으로써 이 소설이 전지적 작가 시점이라는 데 못을 박는다(서머싯 몸의 〈비〉가 그렇다). 위에 발췌한 초보 작가의 소설은 그렇지 않았다. 단수 인물 시점인 것처럼 시작해놓고(데이비드만의 시점 말이다) 후에 다른 인물들의 머릿속을 자유롭게 들어갔다 나왔다 하는 바람에 독자의 신경을 건드린다.

2 전지적 작가 시점을 잘 이용한 소설을 보면 시점을 바꾼 지점에 모두 뚜렷한 이유가 있다. 위에 발췌된 장면을 보면 웨이트리스의 속마음은 이야기와 하등의 관련이 없다. 이 부분이 알려주는 것은 데이비드가 잘생겼고 여성들이 볼 때 매력적이라는 사실인데, 작가가 제대로 전지적 작가 시점을 채택했더라면 독자에게 직접 말해줄 수도 있었을 내용이다.

단수 인물 시점으로 소설을 시작했으면 그 시점을 계속 유지해야 한다. 이는 규칙이다. 이 규칙은 복수 인물 시점 소설에서도 마찬가지다. 각 에피소드나 장면은 한 인물의 시점에만 머물러 있어야 한다. 그렇지 않으면 전지적 시점도 아니고, 단수 인물 시점도 아니고, 그렇다고 복수 인물 시점도 아닌, 그냥 실수의 집합체를 만들어내게 될 따름이다.

단수 인물 시점, 특히 주관적 3인칭 시점으로 글을 쓴다고 상상해보자. 시점인물로 A를 선택했다. 이야기 속에 A가 아닌 다른 인물에

대한 내용을 집어넣는다고 할 때, 아래 목록 중 포함할 수 있는 내용은 무엇일까?(답은 아래에 있다)

① 그녀의 얼굴에 미소가 떠올랐다.

② 그녀의 눈빛이 흔들렸다.

③ 그녀의 손이 떨렸다.

④ 그녀의 두 뺨은 뜨겁게 달아올랐다.

⑤ 그는 손을 대기가 두려웠다.

⑥ 그는 어색하게 손을 내밀었다.

⑦ 그가 내민 손은 떨고 있었다.

정답은 1, 2, 3, 6, 7이다. 1번과 2번은 누가 봐도 분명히 객관적이다. 3번은 주관적일 수도 있고 객관적일 수도 있는 서술이며, 6번과 7번도 마찬가지다. 4번과 5번은 완전히 주관적이다. 이 두 서술은 바깥에서 관찰할 수 있는 내용이 아니기 때문이다. 따라서 시점인물이 아니라 다른 인물에 관해 이렇게 쓰여 있다면 시점이 바뀐 것이라고 판단할 수 있다.

단수 인물 시점으로 글을 쓸 때에는 상대 인물의 입장에서만 알 수 있는 사실을 작가가 말해서는 안 된다는 점을 기억하자(예를 들어, 시점인물은 상대의 뺨이 빨개지는 것을 볼 수는 있다. 하지만 상대의 뺨을 어루만질 수 있을 만큼 가까운 사이가 아니라면 뺨이 달아올랐다는 사실은 알 수가 없다. 그럼에도 이 내용을 알리고 싶어 독자를 이 인물의 마음속으로 무심결에 획 집어넣으면 시점이 바뀌고 만다).

랜돌프와 신시아라는 두 인물이 있다고 하자. 랜돌프는 시점인물이다. 작가는 신시아 외면에서 일어나는 일과 랜돌프 내면에서 일어나는 일은 뭐든 말할 수 있지만, 반대로는 할 수 없다.

"뭐라고?" 랜돌프의 눈빛이 충격으로 흐릿해졌다.

(이 눈빛을 누가 보고 있는 걸까? 랜돌프는 볼 수 없다.)

"방금 내 말 들었잖아." 신시아는 시간을 번다.

(랜돌프는 이 사실을 모른다. 신시아도 알고, 작가도 알지만, 둘 다 입 밖으로 낼 수는 없다.)

시점인물의 마음속에서 벗어나지 않으면서 똑같은 정보를 전달하려고 하면, 아래와 같은 글이 나올 것이다.

"뭐라고?" 충격이 랜돌프의 몸을 관통했다.

"방금 내 말 들었잖아." 신시아가 희미하게 미소 지으며 테이블로 시선을 내리깔았다. 시간을 벌려고 이러는군, 랜돌프는 갑자기 그런 생각이 들었다.

아래는 다양한 시점의 차이를 정리한 도표다. 이 도표를 통해, 예컨대 전지적 작가 시점에서는 주인공을 비롯한 모든 인물을 내부와 외부에서 묘사할 수 있지만, 객관적 단수 인물 시점에서는 주인공이

든 아니든 모든 인물에 관해 오직 외부에서만 그릴 수 있다는 사실 등을 알 수 있다.

	주인공		그 외 인물들		인칭		
	보는 위치						
	내부	외부	내부	외부	1인칭	2인칭	3인칭
전지적 작가 시점	■	■	■		*		
제한된 전지적 작가 시점	■	■		■			■
작가 관찰자 시점		■		■			■
주관적 단수 인물 시점	■			■			■
객관적 단수 인물 시점		■	■		*	*	■
복수 인물 시점	■		■	■			■

* 거의 쓰이지 않는다.

어떤 부분에서만큼은 주관적 단수 인물 시점이 가장 탄력적이라는 사실을 알아차렸는가? 주관적 단수 인물 시점은 1인칭, 2인칭, 3인칭 모두에 적용할 수 있다.

객관적 단수 인물 시점은 1인칭, 2인칭으로는 거의 쓰이지 않는다. 산속 오두막 이야기를 2인칭으로 쓴다면 객관적 2인칭 시점이 될 것이다. 해밋의 빛나는 역작《그림자 없는 남자 The Thin Man》황금가지, 2012는 객관적 1인칭 시점으로 쓰여 있다. 즉, 시점인물이 서사를 이끌어 나가는데 그는 절대 자신이 무슨 생각을 하고 무슨 감정을 느끼는지 말하지 않는다. 오직 자기 자신과 다른 사람들의 말과 행동을 전할 뿐이다.

혼합 시점

이 책의 목표는 소설을 쓸 때 실제로 일어나는 일이 무엇인지 독자에게 실명하는 것이다. 글쓰기 교사들이 시점은 이러이러해야 한다고 말하는 것과 별개로 말이다. 그리고 비록 내가 개발한 것이긴 해도, 나는 사실 여기에 쓴 이 모든 시점 구분에 관한 내용을 신뢰하지 않는다. 내용 자체에 문제가 있다는 말이 아니라, 구분이 너무 자로 잰 듯하고 단순하다는 뜻이다. 소설 속에서 실제로 일어나는 일은 훨씬 더 복잡하고, 까다롭고, 미묘하다.

내가 쓴 〈마스크〉는 사이보그를 다루고 있는데, 이 사이보그는 신체 전부를 인공 장치로 교체한 남자다. 그에겐 비밀이 하나 있다. 그런데 이 비밀은 작품 끝에 가서야 밝혀지기 때문에, 나는 작품 전체를 그의 주관적 시점에서 쓰고 싶지가 않았다. 처음에는 작가 관찰자 시점으로 시작했다. 독자는 어떤 한 인물과도 연결되지 않은 채 그저 그곳에 있게 된다. 보이지 않는 목격자로서 말이다. 첫 장면에 등장하는 인물은 세 명이다. 로버츠, 기술자로 앞으로 다시는 나올 일이 없다. 배브콕, 프로젝트 디렉터로 중요한 인물이다. 시네스큐, 워싱턴에서 온 방문객으로 몇 쪽 뒤에 워싱턴에 돌아가면서 사라진다. 나는 작가 관찰자 시점, 즉 일부 비평가들이 '카메라 아이'(대체 사람들 얼굴을 볼 수조차 없는 카메라는 무슨 카메라일까?)라고 부르는 시점으로 배브콕과 시네스큐가 엘리베이터를 타러 가는 길을 따라간다. 이때 독자는 순간 배브콕의 시점으로 들어가고, 배브콕은 피로로 인한 어지럼증 때문에 시네스큐가 건네는 말 중 마지막 일부밖에 듣지 못한다.

사이보그가 거주하는 지역 안에서는 분명한 것이 하나뿐이다. 우리가 계속 작가 관찰자 시점으로 이들을 보고 있다는 것이다. 그리고 다음에 열거하는 부분에 이르러서야 우리는 확실하게 시네스큐의 눈으로 보고 시네스큐의 손으로 느끼고 있다는 것을 알게 된다. "내 손을 잡은 그의 손은 단단하고 따뜻했다." "…… 시네스큐는 더 가까이서 바라보았고, 그러자 확실하진 않지만 오른쪽 색이 약간 다른 게 보였다."(이보다 앞의 "시네스큐가 지나가며 신기한 듯 손으로 더듬어본 책장"은 작가 관찰자 시점에서도, 시네스큐의 시점에서도 서술할 수 있는 내용이다) 이 대목의 나머지 부분, 즉 시네스큐가 떠나기 전까지의 내용은 전부 시네스큐의 시점으로 쓰였고, 그다음은 배브콕의 시점으로 넘어가며, 마지막 부분에서 사이보그의 시점으로 변경된다.

오하라의 〈열망으로 보내는 나날〉을 통해 다시 한번 살펴보자.

자신의 문제가 무엇인지 아는 것만으로도 기분이 엉망이었는데 그가 만난 의사들은 죄다 이상한 점을 발견하지 못했다. 최소한, 기질적으로라도 말이다. 폐? 괜찮아요. 심장? 이상 없어요. 담배나 커피는 좀 덜 하시고요, 의사들이 말했다. 물론 그가 브랜디를 좀 덜 마시면 훨씬 나아질 거다. 하지만 의사들은 그냥 무책임하게 말하는 것뿐으로, 그들도 알고, 그도 알았다.

우리는 아직 이 인물의 이름은 모르지만 우리가 누구의 시점에서 이야기를 보고 있는지는 알 수 있다. 그 후 인물이 기억하고 있는 의사와의 대화가 나오고, 그런 뒤 똑같은 방식으로 이번에는 친구와 나눈 대화가 나온다. 이렇게 반쪽 정도 읽다 보면 두 가지 사실이 분명해지는데 우리가 이야기 속 현재에 있다는 것과 더 이상 주인공의 시점에 있지 않다는 것이다. 우리는 이제 작가 관찰자 시점을 타고 돌아다니고 있다. 또는 이 용어로 설명이 안 된다고 할 수도 있는데, 이제 지어내지 않는 한 우리가 아무것도 '보고' 있지 않기 때문이다. 우리는 오직 두 인물이 하는 말을 들을 수만 있다. 이를 뭐라고 불러야 할까, 시점 말고 청점?

위 두 작품 모두에 어떤 시점인지 '구별할 수 없는' 부분이 존재한다는 사실을 알아차렸나? 모호한 부분이 있는 데는 다 이유가 있다. 즉, 이 부분들은 독자가 미처 알아차리기 전에 시점을 미묘하게 바꾸기 위해 존재한다(《열망으로 보내는 나날》은 모호한 대목을 통해 시간까지 바꾼다).

자, 이쯤에서 누군가는 시점 구분 따위 알게 뭐냐며, 시점을 버리고도 뭐든 할 수 있겠다고 생각할 텐데, 그렇다, 해도 된다. 단, 자신이 뭘 하는지 알 때의 이야기다. 시점의 범주를 이해하지 못한 채 글을 쓰면 이 색깔 저 색깔 마구잡이로 가져다 바르는 아마추어 화가가 될 뿐이다. 그럼 그 원고는 창고에 처박아 숨기거나 제일 싫어하는 친척에게 선심 쓰듯 줘버리거나 둘 중 하나밖에 할 수 없다.

인칭

'인칭'이란 소설의 주인공이 '나'(1인칭), '너'(2인칭), '그' 또는 '그녀'(3인칭) 중 어떻게 호칭되는가 하는 사항을 가리킨다. 3인칭에서만 주인공의 성별이 대명사에 의해 분명해진다는 점을 주목하자. 1인칭, 2인칭일 때는 성별을 알리고 싶으면 다른 방식으로 밝혀야 한다.

1인칭은 가장 친밀하고 직접적인 인칭이며, 많은 작가가 자연스럽게 쓸 수 있다고 여긴다. 하지만 초보 작가들은 1인칭의 함정에 빠지지 않도록 주의해야 한다. 무의식중에 1인칭이 인물 창작을 쉽게 해준다고 생각해서 1인칭을 고르는 경우가 많기 때문이다. 이는 절대 사실이 아니다. 시점인물의 겉모습을 무슨 수로 묘사할 것인가? 거울을 보게 만들어서? 어쩌다가 받아들여질 수는 있어도 그건 자주 있는 일이 아니다. 시점인물의 본성을 어떻게 독자에게 알려줄 것인가? 그 인물이 자신을 어떻게 봐주길 원하는지와는 별개로 말이다. 이 모든 정보는 3인칭으로 쓸 경우 요란하지 않게 직접적으로 전달할 수 있다. 하지만 1인칭으로 쓰면 에둘러 전할 수밖에 없다.

1인칭에서는 소설 속의 '나'와 작가 자신으로서의 '나'를 구분하는 문제 또한 초보 작가들을 지독히 괴롭힌다. 그리고 이로써 새로운 문제가 줄줄이 탄생한다. 30대 이전에는 많은 사람이 자신에게도 결점이 있다는 사실을 스스로 인정하기 굉장히 어려워하는데, 이러한 경향을 1인칭 인물에게 그대로 옮긴다고 해보자. 얻을 수 있는 게 자만에 빠진 위선자밖에 더 있을까? 반면 자기 자신에 대한 애정이 부족한 초보 작가들은 자기비하, 자기혐오에만 미친 듯이 몰두하는 인물들을 만들어낼 게 뻔하다.

끝으로, 1인칭 인물은 소설의 작자 역할을 하는데 여기서 세 번째 문제가 나타난다. 왜 독자는 이 인물을 작자라고 믿어야 할까?(만약 믿을 수 없다면 독자는 어떻게 행간의 의미를 읽어 인물이 진짜 어떤 사람이고 소설 속에서 벌어지는 일이 진실로 무엇인지 알아낼 수 있을까?)

다음과 같은 상황일 때는 1인칭으로 쓰는 게 가장 좋다.

- 화자가 독자에게 직접적으로 말을 걸게 만들고 싶을 때
  《모비딕Moby Dick》작가정신, 2011을 보자("날 이스마엘이라고 부르게").
- 소설에 회고록 같은 분위기를 더하고 싶을 때
  로버트 루이스 스티븐슨의 《보물섬Treasure Island》열린책들, 2010을 참고하자.
- 화자가 진실을 일부 숨기거나 심지어 거짓을 말하게 만들고 싶을 때
  포드 매독스 포드Ford Madox Ford의 《훌륭한 군인The Good Soldier》문예

출판사, 2013이 그 예다. 이 소설에서 화자는 "내 사랑하는 플로렌스"라는 식으로 이야기를 이어나가다가 100쪽쯤 이르자 "나는 플로렌스가 밉다"라며 말을 바꾼다(1인칭 화자는 거짓말을 해도 무사히 넘어갈 수 있다. 하지만 3인칭 화자가 거짓말을 한다면 그 거짓말을 하는 사람은 결국 작가이기 때문에 독자의 분노를 산다. 한편 1인칭 화자가 거짓말을 하거나 진실을 숨길 경우 끝내 독자들에게 이 사실을 알려줘야 한다는 점을 명심하자).

습관적으로 1인칭을 쓴다면 자신이 쓴 소설 한 편을 골라 3인칭 소설로 바꾸어보자. 해봤더니 인물이 사라질 것 같다면? 인물을 창조하지 않고 1인칭에 의존했다는 증거다.

1인칭 소설들은 거의 표준어로 쓰여 있으며, 문자로 된 기록과 말로써 발화되는 이야기 사이를 서성이는 모양새를 띤다(이쪽 또는 저쪽으로 확실하게 기울어져 있는 소설도 가끔 있기는 있다). 주인공의 말투가 거칠거나 사투리를 쓸 경우 소설을 표준어로 전달하는 방법은 3인칭으로 서술하는 것뿐이다.

2인칭 서술 방식으로 진행할 경우 주인공은 '나, 그, 그녀'가 아니라 '너'로 지칭된다. "너는 17살이었다. 어느 날 아침에 일어난 너는 방문 앞에서 부모님이 남겨둔 편지를 발견했다" 등등. 이야기를 전달하는 데 2인칭 서술 방식은 다소 부자연스럽기 때문에 실상 거의 사용하지 않는다. 한 가지 이점이 있긴 한데 바로 '그'나 '그녀'보다 '너'라는 단어를 쓰면 이야기를 하고 있는 '나'의 존재가 더욱 강력히 부각되기 때문에 사실상 하나의 시점으로 두 개의 시점을 얻는 효과를 누릴 수 있다는 것이다.

연습11 시점 및 인칭

어느 날 집에 돌아와 보니 가족 중 누군가가 오려 가고 난 뒤라 신문 1면 기사가 일부만 남아 있다고 치자. 남아 있는 부분을 읽고 누군가가 원자력 발전소에 폭탄을 심었다는 것을 알았다. 누가, 왜, 어디서 그랬는지는 모른다. 폭탄이 터졌는지 아닌지, 제시간에 발견되었는지 아닌지도 모른다.

이를 원재료로 삼아 소설을 써보자. 그렇지만 무슨 이야기일까? 누구에 관한 이야기가 되어야 할까? 누구의 시점에서 서술되어야 할까? 시점인물은 폭파범일 수도 있고, 기술자, 발전소 안전관리 요원일 수도 있다. 다른 선택지도 여럿 있지만 이 세 사람만 놓고 보면 이들 중 시점인물을 누구로 하느냐에 따라 서로 다른 세 가지 이야기가 나온다는 것을 알 것이다.

누군가를 시점인물로 선택한다는 것은 무슨 이야기를 할지 결정을 내린다는 뜻이나 마찬가지다. 반대로 무슨 이야기를 하고 싶은지 선택한다면 누구를 시점인물로 할지 자동으로 결정된다.

절대적이진 않지만, 우리가 쓰려는 소설은 인물뿐 아니라 우리가 선택하는 시점과 인칭에도 큰 영향을 받는다. 전지적 작가 시점으로 쓸까? 아니면 제한된 전지적 작가 시점, 작가 관찰자 시점, 단수 인물 시점,

복수 인물 시점? 1인칭으로 쓸까? 아니면 2인칭, 3인칭? 주관적 시점으로 쓸까 아니면 객관적 시점으로 쓸까?

세 인물(폭파범, 기술자, 발전소 안전관리 요원) 중 한 명을 시점인물로 선택하자. 그런 후 이 세 명이 모두 등장하는 장면을 고르고, 아래에 제시된 '각각의' 시점에 따라 그 장면을 간략히 써보자.

- 제한된 전지적 작가 시점
- 주관적 1인칭 시점
- 주관적 3인칭 시점
- 객관적 3인칭 시점

이번에는 다른 인물을 선택해 다시 한번 써보자(이 연습으로 무엇을 알게 될지 미리 말해줄 수도 있지만, 발견의 즐거움을 빼앗고 싶지 않으니 참도록 하겠다).

시제

'시제'는 어떤 일들이 일어난 시점 즉 과거, 현재, 또는 미래를 보여주기 위해 동사가 변화하는 방식을 가리킨다. 대다수의 글은 소설이든 논픽션이든 산문이든 시든 과거시제로 쓰여 있다. 정말이다. 비록 지금 이 단락은 현재시제로 쓰여 있지만, 그리고 많은 사람이 자신의 경험을 친구에게 이야기할 때 자연스레 현재시제로 빠져들지만 말이다. "내가 어제 이것저것 생각하느라 정신없이 그냥 막 걸어가고 있는데, 그 미친놈이 나한테 오더니……." 이처럼 현재시제는 이야기를 하는 데 드는 시간과 노력을 미미하게나마 아끼게 해준다. 현재시제 동사는 발음하기도 조금 더 쉬우니까. 하지만 글로 쓸 때는 이런 이점이 따르지 않는다.

반드시 현재시제로 서사되어야 하거나 현재시제로 쓰는 게 더 나은 이야기가 종종 있다. 즉시성이나 무시간성 효과가 필요한 경우, 또는 말미에 세상이 끝장난다는 플롯을 취하고 있는 경우 등을 그 예로 들 수 있다.

2인칭 서술에서처럼, 보이지 않는 관찰자의 존재는 3인칭 과거시제보다 3인칭 현재시제에서 조금 더 강하게 존재한다. "마틴은 집과 울타리 사이로 나 있는 자갈길을 걸어간다. 그는 우편함을 열고, 안을 들여다보고, 다시 닫는다." 여기서 독자는 마틴의 머릿속에 있지 않다. 그보다는 약간 떨어진 곳에서 마틴을 보는 듯하다. 과거시제라면 마틴의 머릿속에 독자가 있을 공산이 크다("마틴은 자갈길을 걸어갔다……").

다음 사항을 명심하길 바란다. 과거시제로 소설을 쓸 때("제인은 길을 걸어갔다"), 그 과거시제 동사는 소설 속 '현재'에 일어나고 있는 일을 나타낸다. 따라서 그보다 전에 일어난 일을 설명하려면 무조건 과거완료시제(과거시제에 보조어간 '-었-'을 더한 형태)를 써야 한다("제인은 길을 걸어갔다. 어제 사고를 '목격했던' 길이다").

글을 쓰다 보면 소설 속 시간보다 앞선 때에 일어난 일을 묘사하고 싶을 때가 있는데, 그 내용이 너무 길어서 전부 과거완료시제로 서술하기에는 어색할 때가 흔히 있다. 이런 경우에는 한두 문장을 과거완료시제로 시작한 후 드러나지 않게 살짝 과거시제로 옮겨가도 괜찮다.

> 그는 30분 정도 기다렸었다. 추위 속에서 발을 동동 구르고 줄담배를 피우며. 마침내 그녀가 다가오는 게 보였다.
> '미안해, 늦었어.' 그녀가 말했다.

이렇게 계속 이어나간다. 이 부분의 나머지 문장은 전부 과거시제지만 대다수 독자는 눈치 채지 못한다.

작가와 독자는 언제나 현재에 존재한다. 그러므로 과거시제로 내내 흘러가다가 갑자기 현재시제로 된 서술이 튀어나오면 독자는 그 부분을 인물의 말이나 생각이 아닌 작가의 논평으로 간주한다(이런 논평을 '작가 개입'이라고 부른다).

> 샐리는 완두콩을 창가로 가지고 가서 껍질을 벗겼다. 말 상대가 없어서 해가 길다.

작가는 샐리의 생각을 드러내려는 의도로 두 번째 문장을 넣었겠지만 독자로서는 그렇게 받아들여지지 않는다. 과거시제로 썼으면 샐리의 생각이라는 점이 확실했을 것이다.

소설을

통제하다

4

1.

관심 끌기

작가는 무대에서 공연을 벌이는 마술사와 똑같다. 작가가 벌이는 것도 전부 환영이고 계략이며 속임수다. 그럼에도 이 모든 연극적 환영의 심장에는 진짜 마법이 있다.

진짜 마법은 재능이다. 불확실한 상태로, 서서히, 오랜 노력 끝에 찾아오는 재능이다. 어떻게 오게 할 수 있는지 알려줄 수 있는 사람은 아무도 없다. 하지만 무대에서 벌어지는 마술은 누구나 배울 수 있다. 그렇기 때문에 (진짜 마법이 가장 중요하긴 하지만) 이 책은 소설을 쓰는 '기술'에 초점을 맞추고 있는 것이다. 계략과 속임수로 환영을 만드는 기술 말이다.

눈치 채든 못 채든 간에 우리는 마술사의 무대 공연을 관람할 때 수동적인 구경꾼이 아니라 공연의 일부로 존재한다. 마술사는 우리의 반응을 통제한다. 그는 우리를 기대하게 만들고, 긴장을 하거나 누그러뜨리게 만들며, 웃게 만든다. 심지어 무엇을 보고 무엇을 믿을지도 통제한다.

뛰어난 작가가 쓴 소설을 읽을 때면 이와 똑같은 일이 벌어진다. 반응을 통제당하는 것이다. 우리는 소설의 일부가 된다.

무대에서 공연을 벌이는 마술사는 기술적 도구(교묘한 손재주와 기계 장치)를 활용하고 일종의 몽환적 상태를 유도함으로써 환영을 창조한다. 방법은 네 가지다.

1 '지배당할 거라는 기대감'을 이용한다.
2 '위풍당당한 태도'를 과시한다.
3 '주의를 집중할 초점'을 제공한다.
4 '말과 동작의 리듬'을 포함한 온갖 수단으로 관객의 집중을 유지한다.

작가 역시 이 네 가지 방법을 똑같이 활용해 독자를 붙잡고, 독자를 수용적 상태로 만들 줄 알아야 한다. 목록을 다시 살펴보자.

1 지배당할 거라는 기대감
마술의 관객이 그러하듯 소설의 독자도 작가에게 지배당할 것이라는 기대를 갖고 책을 펼친다. 작가가 유명한 사람일 경우 이러한 기대감은 더욱 크다. 신인 작가라 해도 책을 냈거나 유명 잡지에 글이 실린 것만으로 어느 정도는 이러한 기대의 대상이 된다. 더욱이 원고 형태의 소설보다 책으로 인쇄된 소설이 훨씬 멋지게 느껴지는 건 결코 우연이 아니다. 출판인들이 서체를 고르고 내지를 디자인하고 삽화가 있는 경우 이를 심혈을 기울여 선택하는 등 소설을 매력적으로 전달하기 위해 할 수 있는 모든 일을 다 하기 때문이다.

2 위풍당당한 태도

작가는 독자의 눈에 보이지 않기 때문에, 위풍당당한 태도는 '추정할 수 있는 권위'의 형태를 취한다. 이는 작가가 독자에게 다가가는 방식 그 자체에서 드러나는데, 그렇기 때문에 작가는 퇴짜 맞을까 봐 겁내며 우물쭈물하거나 전전긍긍하지 말고 확신에 찬 과단성 있는 태도로 독자에게 접근해야 한다. 동시에 작가 자신이 능숙하다는 사실을 드러내는 또 다른 직접적 표지들을 제공한다면 독자는 작가에게 자신을 맡기고 안심해도 된다는 안정을 얻게 된다. 결과적으로 긴장을 풀고 저항감을 낮춘다.

3 주의를 집중할 초점

생생한 심상, 묘사, 대화문 등 소설을 구성하는 거의 모든 것이 초점이 될 수 있다. 단, 소설의 첫머리는 이 중 단 하나에 초점을 맞춰야 한다.

4 말과 동작의 리듬

첫째, 문장이 술술 흘러가야 한다. 즉 한 문장에서 다음 문장으로 부드럽게 이어져야 한다(이음매가 어지러우면 독자는 주의가 흩어지면서 흥미를 잃고 말 것이다). 둘째, 소설 속에서 묘사되는 물리적 동작, 가상의 카메라 움직임 또한 능수능란하고 부드럽게 이어져야 한다.

소설에 빠져든 독자는 실제로 일종의 몽환적 상태에 놓이는데, 그 속에서는 시간이 멈추고 자신을 둘러싸고 있는 물리적 환경에 대한 인식을 잃는다. 이렇게들 말할 때가 있지 않나? "도저히 책을 내려놓을 수가 없었어." "완전히 사로잡혔었다니까."

작가가 의도적으로 독자를 최면과 유사한 상태에 빠뜨린 것인데, 물론 그럴 만한 이유가 있어서 그런 것이다. 첫째, 이런 상태에 빠진 독자는 평소보다 훨씬 수용적인 태도를 취하기 때문에 생생한 이미지를 훨씬 많이 전달할 수 있다. 둘째, 마찬가지로 수용적인 태도 때문에 작가로서는 독자가 책을 덮지 않도록 만들 수 있다(독자가 읽기를 중단한다는 것은 소설이 실패했다는 뜻이다).

작가가 서투르면 독자를 유사 최면 상태에 빠뜨릴 수 없는 게 당연하다. 혹 빠뜨리는 데 성공하더라도 갑자기 독자를 흔들어 깨워 그 상태에서 빠져나오게 만들고 만다. 무대 위에서 공연을 벌이는 마술사가 카드를 떨어뜨리거나 토끼를 모자에서 꺼내지 못할 때처럼 말이다. 작가가 독자를 계속해서 흥미롭고 즐거운 경험 세계로 데려가지 않으면 독자가 몽환적 상태에 있기를 거부하고 주문을 깨버리는 것 또한 당연하다. 그러나 작가가 이를 잘 해낸다면 독자는 가만히 앉아 다음에는 또 어떤 놀라운 일이 벌어질지 간절히 기다리며, 자신이 어디에 있는지 누구인지조차 잊어버리고, 일과 주변 사람 심지어 육체적 통증이나 고통까지 잊은 채 작가가 원하는 바로 그곳에 주의를 집중한다.

훌륭한 작가들이 쓴 산문은 거의가 마음을 달래고 어루만져 주는 특징이 있다는 사실, 의식해본 적이 있는가? 독자의 주의를 붙드는 긴 리듬과 반복되는 음. 그게 바로 최면을 일으키는 기술이다. 미숙한 작가들은 갑작스럽고 극단적인 문장으로 독자의 주의를 얻으려 한다. "거기서 손 떼!" 이런 문장 또한 최면을 걸 수 있는 것은 맞다(초기 최면술사 아베 파리아Abbé Faria는 피실험자를 몽환적 상태에 빠뜨리기 위해 소리를 지르는 방법을 썼다. "잠들어라!").

어떤 방식으로 시도하든 간에, 중요한 것은 독자를 소설 속으로 끌어들이고 독자가 자신에게 무슨 일이 일어난 건지 깨닫기 전에 소설 속에 깊숙이 빠져들어 있도록 만드는 것이다. 처음에 독자는 스스로 소설 속 세계로 들어가고 있다는 느낌을 받는다. 그리고 작가가 탁월할 경우 독자가 들어온 문은 이내 닫힌다. 이제 독자는 벌레잡이풀 속에 갇힌 파리처럼 소설 안에 있다. 여기서부터 문제는 하나다. 괜한 충격을 주어서 독자가 미루어둔 불신감을 다시금 떠올리게 하지 말고 독자의 흥미를 꽉 붙드는 것.

자신이 쓴 소설을 친구들에게 보여주거나 운 좋게 괜찮은 소설 쓰기 모임에 들어 합평을 하게 된다면 알 수 있을 것이다. 어떤 글도 만장일치로 똑같은 반응을 얻는 경우는 거의 절대 없다는 사실을. 평가를 듣게 되면 처음에는 친구들이나 동료들이 무뎌서 그렇다고 해명하려 들 것이다(특히 악평을 하거나 내용을 이해하지 못하는 사람들을 들먹이며). 그런데 사실, 의견이 갈리는 이유는 따로 있다. '하나의' 이야기란 존재하지 않기 때문이다. 종이에 쓰여 있는 단어들은 독자들 각자가 이야기를 창조하는 데 활용하는 지침이 될 뿐이다. 이야기는 독자의 마음속에만 있을 뿐 그 밖의 어느 곳에도 존재하지 않는다. 그리고 이야기는 각각의 독자에게 모두 다른 모습으로 존재한다. 세상에 완전히 똑같은 경험, 똑같은 배경, 똑같은 교육, 똑같은 흥미를 지닌 사람들은 없으니까.

어린아이의 애완견이 죽은 사건을 다룬 소설이 있다고 해보자. 독자가 개를 키운 적이 있나? 키우던 개가 죽은 적은? 독자가 개를 좋아하나? 아니면 유달리 싫어하나? 독자가 아이들은 좋아하나? 이 모든 사항이 소설에 대한 독자 반응에 영향을 준다.

그녀는 문을 밀어 열었다. 종이 딸랑 울리는 소리를 들으며 어둑어둑한 가게 안으로 들어갔다. 머리가 잿빛인 남자가 계산대 뒤에 있었다.

언젠가 시골 잡화점에 들른 적이 있는 독자라면, 이 짧은 구절에 자극을 받아 어떤 기억을 떠올릴 것이다. 그런데 어떤 기억일까? 즐거운 기억, 아니면 불쾌한 기억? 기억 속 장소는 어디일까?

그가 얼굴을 너무 가까이 들이대는 바람에 그녀는 그의 핏발 선 한쪽 눈을 쳐다보지 않을 수가 없었고, 그의 숨결에 섞여 있는 지독한 술 냄새도 맡지 않을 수가 없었다.

만취해서 난폭하게 구는 사람 옆에 자신의 의사와 상관없이 있었던 경험이 있는 독자라면, 그 기억은 이 내용에 자극을 받을 것이다. 그리고 특정 감정도 함께 되살아날 것이다. 그 감정은 사람마다 모두 다르다. 단순한 반감? 혐오감? 불안? 공포? 이러한 감정 역시 이야기를 채색하게 된다는 점은 두말 하면 잔소리다.

- 먼지투성이 거리
- 비에 젖은 밤 골목길
- 북적이는 대합실

이는 독자가 자신의 기억 속 색감, 냄새, 감정을 채워 넣어야 할 윤곽들이다. 소설이란 모두가 이런 윤곽일 뿐이다. 누구나 이해할 수 있는 것을 호소하는 작가가 왜 인기가 높은지, 이를 보면 설명이 가능하다. 누구에게나 예외 없이 칭송받는 소설 작품이 없는 이유도 해명된다. 윌리엄 셰익스피어를 싫어하는 독자가 있듯, 스티븐 킹Stephen King을 싫어하는 독자도 있다.

여기서 중요한 점은 작가가 어떤 이야깃거리를 고르거나 태도를 드러내는 순간, 어떤 독자는 더욱 흥미를 느끼지만 어떤 독자는 관심을 거둔다는 사실이다. 예를 들어, 1세기 영국에 관한 소설이 신뢰할 만한 상세 정보로 빽빽이 채워져 있다면? 일부 독자들은 그야말로 '폭발적인' 지지를 보여줄 것이다. 그러나 그 외의 다른 모든 독자는 지루한 이야기라고 외면할 것이다.

기술적으로 상세한 내용이나 지금은 쓰이지 않는 옛말을 집어넣지 않으면 훨씬 많은 독자가 쉽게 집어들 수 있는 작품이 나온다. 하지만 동시에 일단의 소수 독자들에게는 실망을 주게 된다. 어느 독자를 위해 글을 쓰고 싶은지 먼저 결정해야 한다. 소수의 독자를 선택했다면 자신의 소설을 찾는 사람이 얼마 안 된다고 불평해봤자 어불성설이다.

중요한 점이 하나 더 있다. 편집자들은 독자의 취향과 견해를 대표하는 대가로 월급을 받는다. 그리고 종종 굉장히 성공적으로 이 일을 해낸다. 하지만 편집자들도 다른 모든 독자와 마찬가지로 개인적 취향, 선호, 그리고 맹점을 갖고 있다. 따라서 편집자에게 원고를 보냈는데 냉담한 거절을 받았다면 그건 소설이 형편없기 때문일 수도 있지만, 편집자가 그 원고의 진가를 알아볼 준비가 안 되었기 때문일 수도 있다. 그러니 또다시 보내자.

2.

소설은 자고로 흥미로워야 한다고들 말한다. 그런데 누가 보기에? 텔레비전 드라마 〈신혼부부들The Honeymooners〉은 수백만 명의 시청자들로부터 호평을 받았지만, 내 친구 한 명은 싫어했다. 집에서 마르고 닳도록 하는 부부싸움을 텔레비전에서까지 볼 이유가 없다면서. 영화 〈에일리언Alien〉도 또 다른 친구 한 명은 별로라고 했다. 베트남전에 참전해 유혈이 낭자한 폭력이란 폭력은 모두 목격한 군인 출신이었기 때문이다.

초보 작가들은 특정 인물이 '직업 특성상' 남들보다 흥미로울 거라고 추측하는 경향이 있다. 선장, 스파이, 영화배우는 흥미롭지만 가정주부는 흥미롭지 않다는 식이다. 그 결과 인물을 흥미롭게 만들 뭔가를 그 인물 속에 넣질 않는다. 그 자체로 재미있다고 생각하니까. 하지만 흥미로운 요소를 집어넣으면 재고관리 담당자라도 재미있는 인물이 되고, 집어넣지 않으면 아무리 외교관이라도 재미없는 인물이 되고 만다.

'누군가' 자신이 쓴 소설을 흥미롭게 봐주길 바란다면 먼저 스스로 자신의 소설이 흥미롭게 느껴져야 한다. 학창 시절을 떠올려 보자. 자신이 가르치는 주제를 깊이 알고 있고, 그에 대한 열정 또한 그만큼 대단해서 그 열정이 학생들에게 고스란히 전해졌던 선생님이 한두 분쯤 있지 않았나? 나는 그런 선생님을 만나진 못했지만 그런 선생님들이 분명 존재한다고 믿고 있다. 존 맥피John McPhee(논픽션 작가로 풀리처상을 수상했다. _옮긴이)의 저작들을 읽으며 열렬한 관심과 박식한 소양을 지닌 작가는 어떤 주제라도 매력적으로 만들 수 있다는 사실을 깨달았다. 다른 예를 찾고 싶으면 윌리엄 워턴William Wharton의《버디 Birdy》를 읽어보자. 이 책은 카나리아를 비중 있게 다루는데, 나는 그 부분들을 몰두해서 읽었다. 덕분에 그때까지 단순하고 따분하다고 여겼던 우주의 복잡함과 질서에 눈뜨게 되었고 지금도 워턴에게 고마움을 느끼고 있다.

관심을 가지고 있거나 많이 아는 것, 이 둘 중 하나만 있어서는 충분하지 않다. 탐구 중인 주제에 상당히 열정적이지만 아는 게 별로 없다면, 독자의 호기심을 자극하기만 하고 충족을 시켜줄 수가 없다. 반대로 아는 것은 차고 넘치도록 많지만 열정은 그다지 없다면 (일부 과학자나 교사처럼) 독자에게 수면제를 먹이는 꼴이 되고 만다.

처음 조사할 때는 거의 모든 주제가 재미없어 보인다. 체계도 없고 구별되지도 않는 정보들의 뒤범벅으로 보일 뿐이라 별 의미가 없다고 느껴지기 때문이다. 충분히 알고 난 다음에야 그 속에 담겨 있는 형식이 눈에 들어오기 시작하고 그 주제가 얼마나 매력적인지 깨닫게 된다. 그 형식이 크면 클수록 그 속에 담겨 있는 정보의 양도 많고, 다른 정보들을 집어넣어 어우러지게 만들기도 쉽다.

의미란 내가 지금껏 이 단어를 사용해온 맥락처럼 형식이 있는 조직화된 정보다. 깊숙이 파고들어 그 참모습을 알아낼 만큼 열정을 품고 있는 주제라면, 우리는 그게 무엇이든 다른 사람들에게도 흥미롭게 제시할 수 있다. 초보 작가라면 대개가 지니고 있는 악조건이 하나 있다. 그건 바로 이들에게는 제대로 알고 있거나 이해하고 있는 주제가 '단 하나도' 없다는 것이다. 기술 부족은 차치하고서라도 말이다. 자신이 만약 로켓 실험이나 양봉 등등, 뭐든 상관없다, 그냥 야구나 록 음악에라도 푹 빠져본 적이 있다면 정말 다행이라 할 수 있다. 방심하지 말고 준비를 하고 있다가 새로운 주제에 약간이라도 관심이 생기면 그 찰나를 놓치지 말고 그 주제로 들어가 보자. 쓰고자 하는 소설의 내용과 직접적인 관련이 전혀 없어 보이더라도 탐구할 가치가 없다고 단정 짓지 말자. 열정적으로 몰두했는데 보답이 돌아오지 않는 경우는 좀처럼 없으니까.

나는 30대의 일부를 융에 대한 책이란 책은 모조리 찾아 읽고 신화나 상징을 다룬 문학을 숱하게 읽으며 보냈다. 이 중 일부는 내 소설 속에 명백하게 모습을 드러냈는데, 〈죽어가는 인간〉이 그 한 예다. 이 시기가 없었다면 쓸 수 없었을 소설이다. 하지만 내가 이 시기를 소중하게 여기는 가장 중요한 까닭은 따로 있다. 바로 그 덕분에 세상과 인간에 대한 이해의 깊이를 한결 더할 수 있었다는 점, 그래서 이 시기가 소중하다.

최근 초기 기독교 교회에 관한 책을 의자 옆에 무더기로 쌓아놓고 지냈더니 한 친구가 묻기를, 흥미가 있어서 읽는 건지 아니면 그저 소설을 쓰는 데 필요해서 읽는 건지 궁금하다고 했다. "둘 다지." 내 대답이었다. 그리고 나는 둘 다여야 한다고 믿는다. 읽고 싶은 책을 죄책감 없이 마음껏 읽을 수 있는 것, 작가로 살아가기에 얻을 수 있는 가장 근사한 보상이 아닐까?

3.

아래에 열거한 서술들을 한번 보자.

미국의 수도는 워싱턴 D.C.다. 지구는 태양을 중심으로 돈다. 2 더하기 2는 4다. 질병으로 인한 증상은 세균 때문이 아니라 인체의 방어체계 때문에 일어나는 경우가 많다. 수많은 젊은이가 할리우드에 가서 스타가 되고 싶어 한다. 소고기는 비싸다. 벤저민 스폭Benjamin Spock(1946년에 내놓은 육아도서를 통해 미국인들의 육아방식에 일대 변화를 불러일으킨 소아과 의사_옮긴이)의 어머니는 바나나가 아이들에게 좋지 않다고 믿었다. A는 알파벳 첫 글자다.

내가 아는 한 이 서술들은 모두 진실이다. 그렇지만 전부 똑같이 흥미롭지는 않다. 읽으면서 한 문장, 또는 두 문장에서는 눈이 커졌지만 그 중간에서는 눈이 감기는 것 같은 기분이 들진 않았는지? 그 이유는 자신에게 새로운 뭔가를 알려주는 서술은 '정보'지만, 새로운 것을 전혀 알려주지 않는 서술은 정보가 아니고 '잡음'이라는 데 있다. 독자가 모르는 내용이 하나도 없는 소설은 잡음으로 취급받을 뿐이다. 그러므로 인물을 묘사할 때 일반적인 사항은 넣지 않는 게 좋다. 그게 진실이라면 독자가 이미 알고 있는 내용일 테니까. 그 대신 새로이 창조한 인물이 다른 비슷비슷한 인물들과 뚜렷이 구별되도록 개성을 부여하는 특정 사항을 넣어주어야 한다. 그래야 독자에게 새로우며, 그게 바로 정보이기 때문이다. 마찬가지 이유에서 같은 말을 불필요하게 반복하지도 말아야 한다. 한 번 말했으면 독자도 알 거고, 두 번째 말할 땐 더 이상 정보가 아니다('불필요하게'라고 한정한 점을 유념하길 바란다. 예를 들어 갈등과 해결이 있는 플롯에서처럼 처음에는 누가 봐도 안 중요하지만 나중에 중요한 역할을 하는 정보의 경우, 적어도 두 번은 언급해야 한다. 그렇지 않으면 독자는 보고도 잊어버려서, 또는 전혀 주목하지 않고 넘긴 탓에 결말을 이해하지 못할 수도 있다).

독자의 머릿속에 들어 있는 자동계산기가 소설 한 쪽을 읽는 동안 '이거 모르던 거야, 이거도 모르던 거야'라며 몇 번이고 울려댄다면, 이 소설의 작가는 독자의 주의를 사로잡는 데 성공할 것이다. 이 자동계산기가 전혀 미동도 없다면 애초에 독자의 주의를 얻기란 요원한 일이다.

어떤 직업이나 실제 장소 등에 관해 진짜 같아 보이는 세부 사항을 많이 집어넣으면 글의 정보 밀도를 끌어올리는 데 도움이 된다. 격벽이나 아딧줄에 관한 정보가 잔뜩 나오는 해양소설, 꺾꽂잇법이나 화분 모양에 따라 뿌리의 형태가 바뀌는 내용이 나오는 묘목장 이야기처럼 말이다. 상상 속의 사건이나 인물에 관해 쓰기를 좋아한다면 이렇게 사실에 근거한 정보는 그다지 고려해본 적이 없을 수도 있다. 하지만 이런 식으로 사실과 허구를 섞으면 좋은 점이 몇 가지 있다. 사실에 근거한 정보는 그 자체로 독자의 호기심을 만족시킨다. 그리고 소설 속 내용이 현실 세계에서 실제로 벌어지고 있다는 환상을 불러일으키는 데도 도움이 된다. 그뿐만 아니라 작가가 그 내용을 잘 알고 썼다고 신뢰할 수 있게 해준다(내용상 분명히 들어가 있어야 하는 정보가 없으면, 작가가 제대로 알지도 못하고 쓴 게 아닌지 의구심이 들 수밖에 없다).

4.

초점 맞추기

역설적으로 들리겠지만 소설의 초점을 예리하게 맞추고 싶다면 관심 범위를 '넓히는' 게 먼저다. 대부분의 사람이 그러하듯, 혹시 당신도 최근 몇 번이고 주변에 뭐가 있는지 전혀 의식하지 못한 채 길거리를 걷지는 않았나? 보도, 가로등, 인도 가장자리, 걷다가 부딪칠 뻔한 행인을 제외하고는 말이다. 이 역시 아마 희미하게 전반적인 모양새 정도만 인식하고 지나쳤을 것이다. 그러니 스쳐 지난 사람, 가게 진열창, 그 밖의 시야에 있던 무엇이든 묘사하기가 어려울 것이다. 이는 어떤 걱정이나 문제, 또는 흔한 불평불만에 골몰해 자신의 내면에 너무 단단히 초점을 맞춘 나머지 그 외 다른 것들은 하나도 바라볼 수 없었기 때문이다.

주의하지 않으면 소설을 쓸 때도 이와 똑같은 일이 벌어질 수 있다. 예컨대 주인공이 젊은 남자고, 최근에 결혼했으며, 아내는 싸우기나 좋아하고 이 인물을 이해해주지 않는 성격이라고 정했다 치자. 당신은 여기서 만족해한다. 그래서 곧장 소설을 쓰기 시작하는데, 그러면서 왜 이 인물들이 살아 움직이지 않는지, 왜 배경이 뚜렷해지지 않는지 모르겠다고 속상해한다는 말이다.

관심 범위를 넓히자. 이 젊은 남자는 어떻게 생겼나? 방 안 어디에 있나? 방은 어떤 모습인가? 아내는 어떻게 생겼나? 이 순간 그녀는 어디에 있나? 지금은 몇 년도이며, 하루 중 어느 때인가?

자신을 공중에 떠다니는 카메라라고 상상해보자. 그래서 도시를 한눈에 내려다볼 수 있는 높은 곳으로 날아오를 수 있고, 휙 내려와 거리를 따라가며 훑을 수 있으며, 창문을 들여다볼 수 있고, 집 안과 방 안으로 들어갈 수도 있으며……. 거기에 당신이 창조한 인물이 있는 것을 다시금 보자. 지금은 그를 조금 더 이해하고 있다고 말할 수 있지 않을까? 이제 어디에 있는지는 아니까.

이번에는 같은 방식으로 시간을 거슬러 올라가 보자. 이 남자가 다섯 살 때 살았던 곳은 어디인가? 학교에 처음 갔던 날에 대해선 어떻게 기억하고 있나? 의사나 병원에 관한 첫 경험을 간직하고 있는가? 성에 대해서는 언제, 어떻게 눈을 떴나? 지금 아내와 결혼하기 전 연애나 이혼 경험은 몇 번이나 있나? 어떤 일들을 해왔나? 야망이 있는가, 있다면 뭔가? 좋아하는 것, 싫어하는 것, 편견 등은 무엇인가? 호감 가는 면이 있다면? 그의 아내는 어떤 사람인가? '그녀'는 다섯 살 때 어디에 살았나? 그리고 기타 등등.

위 질문들에 대한 답변을 마치고 나면 주인공 남자와 아내 모두를 더욱 잘 아는 상태에서 그들의 방 안으로 돌아갈 수 있다. 이제 좀 더 밀착해서 자세히 들여다보면 그들은 각자 개성에 따라 말과 행동을 할 것이다. 이때 드디어 우리는 초점이 날카롭다고 말할 수 있다. 좁아서가 아니라 '특정하기' 때문에 초점이 예리한 것이다.

5.

제르맨 네케르 스탈Germaine Necker Staël(프랑스 낭만주의 문학의 선구자_옮긴이)은 "시간이 있었더라면 편지를 더 짧게 써서 보내드렸을 텐데 아쉽네요"라고 썼다. 하고 싶은 말을 정리한 후에 간략히 쓰지 못했다는 뜻이 아니라, 편지를 쓰는 중에 하고 싶은 말을 생각해내며 쓸 수밖에 없었기 때문에 아쉽다는 뜻이다. 단편소설을 이런 식으로 쓰면 분량이 너무 길어져서 편집자가 원고를 그대로 돌려보낼 가능성이 높아진다. 압축은 계획과 체계의 문제다. 여행 가방에 짐을 쌀 때도 되는대로 던져 넣는 대신 고심해서 꾸려 넣지 않는가? 마찬가지다.

한 아파트에서 같이 사는 두 여자의 이야기를 소설로 쓴다고 해보자. 이들과 이들의 관계를 그리면서 도입부를 쓰기 시작한다. 이 내용을 다 쓰자 여섯 쪽이나 흘러갔는데 발생한 사건이 없다는 것을 깨닫는다. 인물 창작을 끝낸 후 집필에 착수한 게 아니라 쓰는 와중에 인물을 만들고 탐구했던 것이다. 하지만 그렇다고 노력이 헛되이 낭비되었다고 할 수만은 없다. 이제 인물을 이해하게 되었으니, 뭔가 중대한 사건이나 행위에 초점을 맞춰 도입부를 다시 새로 쓰면 된다. 첫 번째 도입부를 쓰며 인물들을 정말 이해하게 된 게 맞으면 여기서 중요하게 다루었던 모든 내용이 두 번째 도입부에도 나오게 되는데 이때는 압축된 형태로 등장한다. 두 인물 간의 긴 대화를 비롯해 세세하게 썼던 많은 부분이 사실은 요점만 서사적으로 풀어놓아도 충분하다는 사실을 깨닫게 되는 것이다. "어느 날 밤 두 사람은 토마토가 과일인지 채소인지를 두고 족히 한 시간 동안 말다툼을 벌였다." 이 문장처럼 말이다.

단편소설을 집필하기에 앞서 집어넣을 장면과 사건을 목록으로 정리한 후 각각에 할당해야 할 쪽수를 적어보자. 이렇게 하면 이야기를 꾸려 넣을 칸칸들이 한눈에 들어온다. 쪽수 합계를 보고 분량이 길다 싶으면 다시 목록을 살펴보고 필요한 쪽수를 줄일 수 있는 데서 줄인다. 첫 번째 장면이나 사건을 다 쓰고 보니 할당한 쪽수를 넘겼다면, 다시 훑으며 내용을 빼든지 다른 부분에 할당한 쪽수를 가져와 분량을 확보하든지 해야 한다.

소설을 구성하는 장면과 사건 들을 살펴보자. 불필요한 내용이 눈에 띄는가? 빼자. 필요한데 누락된 부분은 없나?(예를 들어 결말을 타당하게 만드는 데 꼭 있어야 하는 사실관계를 구축하지 않았다거나) 각 부분에 담긴 의도는 무엇인가? 그 부분에 별다른 역할 없이 들어가 있는 내용은 없나? 저해되는 내용은?(너무 많은 내용을 설명하는 바람에 긴장감을 조성해야 하는 도입부가 오히려 긴장감을 떨어뜨리고 있지는 않나?)

단편소설에서는 모든 장면이 양식 구축에 기여해야 한다. 어떤 장면이나 사건, 나아가 하나의 단어나 문장조차도 담당하는 기능이 없으면 빼야 한다. 사실 단편소설에서는 압축이 상당히 중대한 문제라 구절 하나하나가 반드시 서너 가지 기능을 한꺼번에 완수할 수 있어야 한다. 플롯을 진전시키고, 인물 창작에 보탬이 되고, 배경 정보를 내놓고 등등. 마치 저글링을 하는 사람이 공 서너 개를 한 번에 공중에 띄우듯 말이다.

어렵게 느껴진다면 각 장면에서 달성하고 싶은 전부를 목록으로 작성해보자. 먼저 장면의 주요 목적이 무엇인지 결정하자(떠오르는 목적이 없다면 그 장면은 지금 쓰는 소설에 필요치 않은 것이다). 그런 후 그 장면을 '또' 어떤 목적으로 활용할 수 있는지 곰곰이 생각해보자. 장면의 위치를 바꾸거나 다른 인물을 추가하면 더 많은 정보를 전달할 수 있을까? 플롯을 강화하거나 배경을 더하거나 인물에 대해 폭로할 수 있는 또 다른 사건을 집어넣을까?

실제로 해보면 생각하는 것보다 한결 쉽다는 것을 알게 될 것이다. 장담한다. 우선 직접 쓴 장면을 보자. 어떤 일이 일어나는 데서 내용이 시작되고 있을 것이다. 어떤 일이 일어나려고 하는 데서 시작되고 있다면 더 나은 경우다. 장면 속의 인물들은 일어나고 있거나 일어나려고 하는 일에 반응한다. 이 모습에서 독자는 인물들을 조금씩 파악하게 된다(인물 창조). 사건은 특정 장소에서 일어나며 독자는 이를 보게 된다(장소). 인물들의 대화를 통해 독자는 그들이 출신과 지금에 이르기까지 어떤 일들을 겪어왔는지 알게 된다(배경). 압축적으로 여러 기능을 달성할 수 있는 모든 기회가 이미 우리가 쓴 글 속에 있다. 비법이 있다면 그냥 지나치지 말고 활용하는 것뿐이다.

연습 12 압축

좋아하는 소설 작품 하나를 골라 여러 색연필을 챙겨두고 한 쪽 정도 읽어보자. 인물에 관해 알려주는 부분을 첫 번째 색으로 표시한다. 플롯을 진전시키는 부분은 두 번째 색으로 표시한다. 그리고 장소를 구축하는 부분은 세 번째 색으로……. 두 가지 색 이상이 겹쳐지는 부분이 얼마나 많은지 확인한다.

이제 직접 쓴 소설을 꺼내 똑같이 해보자. 그리고 비교해보자. 좋아하는 소설 작품을 놓고 연습했을 때만큼 자신의 글에서도 표시한 색이 많이 겹치는가? 아니라면 어디가 문제인지 눈에 들어올 것이다. 오로지 한 가지 기능만 하고 있는 문장들을 하나씩 다시 뜯어보자. 혹시 독자에게 뭔가를 '말하고' 있는 문장이 아닌지? 말하는 대신 '보여주도록' 고치자.

6.

놀라움의 힘

놀라움은 소설에서 정말 중요해서, 아무리 중요하다고 강조한들 절대 과대평가라고 할 수 없다. 어떻게 보면 소설의 결말이란 거의 언제나 뜻밖의 놀라움이고 시작 역시 놀라움일 때가 많다. 다음은 내가 읽으면서 정말 기분 좋게 놀랄 수밖에 없었던 존 콜리어의 소설 〈위대한 가능성Great Possibilities〉의 도입부다.

오십을 훨씬 넘기기 전까지는 만개하지 못하는 사람들이 있다. 이름이 머치슨인 남자는 전부 다 이렇다.

소설에서는 인물들의 말과 행동 방식을 통해 놀라움을 줄 수 있다. 나아가 개별 문장 안에서는 단어로 놀라움을 안길 수 있다.

자신이 쓴 글에서 두 사람이 그야말로 빤한 말만 주고받고 있는 장면을 하나 고른다. 이 인물들이 무슨 말을 하면 '놀라울까' 궁리하며 다시 쓴다.

상관도 없는 괴상한 말을 집어넣으며 쉽게 해치우려 하지 않길 바란다. 인물이 하는 말은 모두 독자에게 인물에 관해 알려주는 것이어야 한다. 물론 가급적 독자가 이전에 몰랐던 새로운 내용인 게 좋다.

〈유쾌한 유령〉을 예로 들어보자. 찰스 콘도민과 그의 아내는 새 하녀를 맞아들였는데 영 미숙하다. 원래 있던 하녀는 임신을 하는 바람에 떠난 후다. 그는 새 하녀에 대해 이렇게 말한다. "더 가둬놔야 할 것 같군." 이 말은 놀랍다. 위트도 있고 꽤 잔인한데, 그러면서 그의 성격과도 꼭 맞다.

7.

즐거움의 연속

요전에 공립도서관 책상에 앉아 있다가, 열두 살쯤 되어 보이는 빼빼 마른 남자아이가 진지한 표정으로 책을 한 무더기 안아 들고 지나가는 게 눈에 띄었다. 그 높이가 얼마나 되었는가 하면 아이의 턱이 겨우겨우 맨 위의 책 너머로 올라와 있을 정도였다. 일순간 나는 다시 열두 살이 된 듯했다. 그런 식으로 손에 책을 한 아름 안고 있으면 어떤 느낌인지 선명히 떠올랐다. 내 가슴을 기대어 누르는 책의 무게감, 콧속을 찌르는 근사한 책 먼지 냄새.

어릴 때 나는 배좀벌레조개처럼 공립도서관 책장에 굴을 내고 다녔다. 좋아하는 내용의 책이나 좋아하는 작가의 책을 발견하면 그 책장에 있는 같은 분야 책이나 그 작가의 책을 몽땅 꺼내 읽었다. 갑옷 입은 기사 이야기, 해적 이야기, 미스터리 이야기를 읽어댔다. 메리 로버츠 라인하트Mary Roberts Rinehart, 라파엘 사바티니Rafael Sabatini, 찰스

디킨스Charles Dickens, 알렉상드르 뒤마Alexandre Dumas, 에드거 앨런 포 Edgar Allan Poe, 휴 월폴Hugh Walpole을 읽었다. 그러다 끝이 보이기 시작하면 아무 책장에서 잡히는 대로 책을 뽑아 들추어 보았고, 이런 식으로 새로운 발견을 이어갔다. 오로지 즐거움을 위해서 읽었다. 더 정확히 말하자면, 기쁨을 위해. 책을 읽으라는 잔소리 때문에 읽었던 적은 한 번도 없다.

진지하게 작가가 되고 싶다고 생각하는 사람이라면 누구나 책에 관한 이런 경험을 가지고 있을 것이다. 그럼에도 초보 작가들은 종종 책읽기가 즐거워야 한다는 점을 잊어버리는 것 같다. 그래서 가끔 시시한 것들을 쓰기 시작한다. 그러다 서점에서 팔리는 소설들은 그렇지 않다는 것을 깨닫는다. 그러고는 갈수록 더 무겁고 엄숙한 소설만 쓰는 길로 들어서는 것이다.

소설을 읽는다는 건, 아무리 비극적인 이야기라도 달콤한 즐거움이 계속되는 과정이어야 한다. 생생한 심상과 흥분, 기대, 놀라움 등이 마치 줄줄이 꿰인 구슬처럼. '진지하다'는 것은 음울해야 한다는 의미가 아니다. '그야말로' 음울한 소설조차 '처음부터 끝까지 전부' 음울한 내용으로 채울 필요는 없다.

거의 모든 초보 작가의 소설에서 공통적으로 발견되는 패인이 하나 있다. 바로 '대비'가 없다는 것. 사진을 공부하는 학생이나 초보 음악가라면 누구든 대비라는 단어가 의미하는 바가 무엇인지 대번에 알아챈다. 그러나 초보 작가들 중에는 어떤 느낌을 주고, 또 주고, 또 주면 그 느낌이 굉장히 강해지긴 하지만 소설은 여전히 단조로울 뿐이라는 이치를 자각하고 있는 사람이 드물다.

　자신이 좋아하는 것, 보기만 하거나 냄새만 맡거나 맛을 살짝 보기만 해도 아주 즐거운 것들의 목록을 만들어본다. 이제 자신이 쓴 음울한 소설을 꺼내 본다. 읽을 때 앞의 좋아하는 것들 목록 중 몇 가지나 떠오르는가? 적어도 하나는 떠올라야 한다(알렉산드르 솔제니친Aleksandr Solzhenitsyn의 《이반 데니소비치의 하루One Day in the Life of Ivan Denisovich》문예출판사, 1999, 제롬 데이비드 샐린저Jerome David Salinger의 〈바나나피시를 위한 완벽한 날A Perfect Day for Bananafish〉《아홉 가지 이야기》, 문학동네, 2004을 읽어보자).

8.

목소리와 페르소나

'목소리'란 어떤 작가의 작품임을 식별할 수 있게 해주는 독특한 양식으로, 대체로 그 작가가 말을 할 때 보여주는 양식과는 다른 모습으로 나타난다. 똑같을 것이라고 생각하기 쉽지만, 그보다는 작가가 지닌 페르소나 특유의 목소리일 때가 훨씬 많다.

마흔쯤에 나는 자신감과 역량에서 일종의 도약을 경험했다. 훨씬 자유롭고 생산적으로 글을 썼는데, 나오는 글 자체도 그 어느 때보다 훨씬 좋았다. 얼마쯤 지나자 내가 어떻게 했는지가 자각되었다. 나를 위해 내 작품을 써주는 가상의 작가를 지어냈던 것이다. 나보다 원숙하고 노련하고 독창적이고 아는 것도 많은 어떤 이를. 몇 년 후에야 다른 사람들도 이러한 존재에 대해 알고 있고, 이름도 있다는 사실을 알았다. 바로 '페르소나persona'로, '가면'을 뜻하는 그리스어다. 즉 고대 그리스 배우들이 모습을 꾸미고 배역을 가장하기 위해 썼던 게 페르소나다.

그 후 여러 번 새로운 페르소나를 골라 썼다. 평론을 쓸 때도 그랬고, 이 책을 쓰면서도. 특정 구절을 예시로 보여주기 위해 만든 가공의 소설들(예컨대 앞서 시점을 논의하며 제시한 두 가지 제임스 맥스웰 이야기)은 또 다른 페르소나로서 썼다. 이 글들은 내가 실제로 쓰는 소설들과 전혀 다르다.

아마 이 책을 읽는 당신은 당연히 이런 질문을 하고 싶을 것이다. "저보다 글을 잘 쓰는 작가를 어떻게 창조할 수 있을까요?" 여기에 내가 또 다른 질문으로 답변을 하면 궤변을 늘어놓는 꼴이 될지도 모르겠다. 예를 들어 이런 질문. "당신은 당신이 한 번도 한 적이 없는 일을 하는 인물을 대체 어떻게 창조합니까?"

좀 더 괜찮은 답변이 되는지 모르겠지만 나는 우리가 페르소나를 이용하는 것이 우리가 훨씬 나중에 발전시키게 될 능력을 가져다 쓰는 게 아닐까, 즉 미래에 획득할 능력을 담보로 빌려 쓰는 재주가 아닐까 하고 한편으로 확신하고 있다. 하지만 또 다른 한편으로는 이 확신은 말도 안 되는 소리인 것 같고, 그냥 자신의 무의식으로부터 창조력을 끌어다 쓰는 과정 중 페르소나를 불러들이고 글을 쓰도록 하는 형태로 발현되는 것이 아닌가 싶기도 하다.

다음 내용을 상상해 페르소나를 데려오는 일을 또 다른 방식으로 한 번 더 분석해보자. 자, 장편소설을 쓰고 있는데 인물 중 한 명이 쓴 가상의 글 한 토막을 써넣어야 하는 상황이다. 이 한 토막이 다른 페르소나에 의해 쓰여야 한다는 사실은 명백하다. 그 인물은 작가인 당

신이 아니니까. 알겠는가? 짧은 인용구에서 페르소나의 목소리를 낼
수 있다면 소설 전체라고 해서 못 할 이유가 없다.

연습 14 목소리와 페르소나

젊은 여자와 남자가 서로를 팔로 감싸고 걸어가고 있다. 그러다 여자
가 무심결에 남자의 엉덩이에 손을 얹는다.

이 장면을 건전하고 천진난만하다고 생각하는 페르소나 작가를 창조
해, 소설 속에 이 장면을 집어넣듯 한번 묘사해보라고 한다.

이 장면을 부도덕하고 혐오스럽다고 생각하는 다른 페르소나 작가를
창조해, 다시 한번 소설 속 장면을 써보라고 한다. 두 글 모두 작가 관
찰자 시점을 활용한다.

위에 제시된 남녀의 상황은 분명히 객관적 서술에 불과하다. 가공의
페르소나 작가가 각각 어떤 태도로 이 내용을 썼는지 뚜렷이 드러나
는 글 두 가지가 완성되었다면 연습에 성공한 것이다. 이제 당신은 자
신이 소설 한 편을 이 두 페르소나 중 한 명인 '척을 하며' 쓸 수 있다는
점을 실감할 것이다. 당신은 방금 막 두 가지 페르소나를 창조하는 데
성공했다.

9.

소설에서 말하는 '어조'란 이야기꾼이 내는 목소리의 어조와 비슷한 의미다. 장난기가 넘치나, 아니면 진지한가, 또는 구슬픈가, 섬뜩한가?(이 중 어떤 어조든 간에 목소리는 똑같은 목소리일 수 있다)

'분위기'는 작가보다 독자가 덜 직접적으로 느끼게 하는 감정과 연관이 있다. 분위기는 작가가 쓰는 단어에서 전해지는 음, 문장의 길이와 리듬, 작가가 선택하는 심상, 그 심상들이 일으키는 연상 작용 등을 통해 만들어진다.

때로는 어조와 분위기가 서로 부조화를 이룰 때 가장 효과적인 결과가 빚어지기도 한다. 다음 첫 번째 예문은 어조는 엄숙하지만 분위기는 우습다. 두 번째 예문은 어조는 사무적인 반면 분위기는 공포로 가득 차 있다.

30분쯤 지나자, 한 노신사가 걸어 들어와 앉았다. 내 청으로 방문한 것으로, 턱수염은 풍성하게 늘어져 있었고 얼굴은 반듯한데 조금 근엄한 표정이었다. 뭔가 생각하고 있는 게 있어 보였다. 모자를 벗어 바닥에 놓더니, 붉은색 실크 손수건과 우리 신문사 신문 한 부를 꺼냈다.

신사는 신문을 무릎에 놓은 후 손수건으로 안경을 닦으며 말했다. "자네가 그 새로 온 편집인이오?"

나는 그렇다고 대답했다.

"이전에도 농업신문 편집 일 해본 적 있어요?"

"아니요. 이번이 처음입니다."

"그렇겠지요, 그럼 농사 지어본 적 있어요?"

"아니요. 전혀 없습니다."

"어쩐지 느낌이 그럴 것 같더라고." 노신사가 안경을 끼며 말했다. 그러더니 신문을 착착 돌려 접으면서 나를 안경 너머로 퉁명스럽게 쳐다봤다.

"내가 뭣 때문에 그런 느낌이 들 수밖에 없었는지 읽어드리고 싶군. 이 사설 말이오. 들어봐요, 쓴 사람이 본인이 맞나 한번 보라고."

"순무는 절대 잡아당기면 안 된다. 그러면 손상이 간다. 차라리 사내아이를 보내서 순무 나무를 흔들라고 시키는 게 낫다."

"어떤 것 같소? 본인에 쓴 게 맞아요?"

"어떤 것 같냐고요? 어, 좋은 내용이잖습니까? 상식 수준이라고 생각합니다. 반쯤 익었는데 따는 바람에 못 쓰게 되는 순무 나무가 이 지역에서만 쳐도 그 수를 가늠할 수 없을 만큼 어마어마하게 많다고 확신합니다. 반대로 사내아이들을 보내서 나무를 흔들면……."

"차라리 집에 가서 할머니를 붙잡고 흔들어요! 순무는 나무에서 나는 게 아니야!"

"오, 그렇죠, 아니죠! 글쎄, 누가 나무에서 난다고 했습니까? 이 말은 비유적인 의도였어요, 순전히 비유적인 표현이죠. 좀 아는 사람들은 전부 이 말이 애가 순무 덩굴을 흔들어야 한다는 뜻인 줄 알 거라고요."

마크 트웨인, 〈농업신문 편집 경험담 How I Edited an Agricultural Paper〉

자정이고, 내 일도 끝나갔다. 여덟 번째, 아홉 번째, 열 번째 층을 마쳤다. 마지막 열한 번째 층도 어느 정도 끝냈다. 돌 하나를 더 맞춰 올리고 회반죽을 바르면 끝이었다. 무거워서 잘 안 되었다. 자리에 겨우 조금 올린 참에 벽감 속에서 가라앉은 웃음소리가 새어나왔다. 나는 머리카락이 모조리 곤두섰다. 곧이어 서글픈 목소리. 그 고귀한 포르투나토의 목소리가 맞는지 분간이 안 되었다. 그 목소리가 말하기를…….

"하하하! 히히! 아주 재미있군. 아주 탁월한 장난이야. 집에 돌아가서도 계속, 계속 웃을 수 있겠어. 히히히! 와인 한잔하면서 말이야, 히히히!"

"아몬틸라도!" 내가 말했다.

"히! 히! 히! …… 히히히! 맞아, 아몬틸라도. 근데 너무 늦지 않겠나? 집에서 기다리지 않겠어? 아내나 다들. 이제 가세!"

"그래. 이제 가세."

"제발, 몬트레소르!"

"그래, 제발!"

귀를 기울였지만 대답이 돌아오지 않았다.

에드거 앨런 포, 〈아몬틸라도 술통 The Cask of Amontillado〉

연습 15 분위기를 좌우하는 장소

지금 방 안에 어떤 인물이 있다고 상상해보자. 인물은 한 명이고, 앉아 있어도 좋고 서 있어도 좋다. 그 인물의 눈으로 보며 방을 있는 그대로 한 쪽가량 묘사한다. 인물에 관한 내용을 쓰거나 어떤 식으로든 그를 가리켜 말해서는 안 된다. 그런데 그가 방금 막 자신이 승진되었고 봉급도 인상된다는 전화를 받은 직후라는 사실을 염두에 두고 쓰자(지금 있는 방에 이 인물이 산다고 가정한다. 또는 그의 일이 이 방과 어떤 연관이 있다고 가정한다). 인물의 감정이 그의 지각에 어떤 영향을 끼치나? 인물을 가리켜 쓸 수 없다는 규칙을 명심하자. 대명사로 칭하는 것도 안 된다("나는 가구를 쳐다봤다" 이렇게 쓰면 안 된다는 뜻이다). 그가 보는 것만 쓴다.

다시 한번 어떤 인물이 보는 같은 방을 묘사하는데, 이번에는 그가 정신 나간 살인광으로부터 걸려온 전화를 받은 직후라고 가정한다. "지금 죽이러 가니까 기다려." 앞에서와 같은 규칙으로 쓴다.

10.

'문체'는 작가가 문제를 풀어나가며 남긴, 우리 눈에 보이는 흔적이다. 좋은 문체란 이 문제를 효율적으로 우아하게 해결한 흔적과 더불어 개인적 표식이 드러나 있는 것이라고 할 수 있다.

문체를 장식과 혼동하지 않길 바란다. 또한 자신만의 개성적 문체를 발전시키는 일에 대해서는 걱정할 필요가 없다. 소설 쓰는 법을 터득하기도 훨씬 전에 자신만의 고유한 문체를 갖게 될 것이다. 좋은 문체인지 아닌지는 별개의 문제지만. 특정 시점을 넘기고 나면 좋든 싫든 써내는 모든 글에 개성을 새겨 넣는 자신을 발견하게 된다. 그러니 우리가 할 일은 자신만의 문체를 찾는 게 아니라 기술을 배우는 것이다.

좋은 산문의 문체는 쉽고 간단명료한 제품사용설명서의 문체와 어떤 감정, 기억, 분위기를 연상시키는 감성적인 시의 문체 사이에서 균형을 잡고 있다. 초보 작가들이 문체에서 어려움을 겪는 것은 이 사실을 몰라서가 아니라 좋지 않은 시를 본보기로 삼고 있기 때문인 듯하다. 고등학생들에게 시란 대개 특별한 날에 주고받은 카드에 쓰여 있던 시구 한 줄에 지나지 않으니까.

앞서 소설을 폭넓게 읽어야 한다고 말했다. 소설이 어떻게 쓰여왔으며 따라야 할 전통이 무엇인지 이해하기 위해서 말이다. 시도 읽어야 한다. 이유는 똑같다. 눈치가 빠르다면 시를 써봐야겠다는 생각이 들 것이다. 처음에는 자유시가 아니라 압운, 율격을 갖춘 시를 쓰자. 소네트sonnet(대표적인 정형시, 14행시), 트리올레triolet(프랑스 정형시, 8행시), 나아가 리머릭limerick(유희적인 5행시)도 좋다. 이들 정형시가 요구하는 제약 속에서 글 쓰는 연습을 하다 보면 산문에 대한 이해도 깊어질 수 있다.

문체에 관한 여섯 가지 생각할 거리

다양성

문체에서 다양성이란 소리, 리듬, 문장의 길이 및 구조의 다양성을 뜻한다. 초보 작가가 문체에서 저지르는 대표적 실수가 바로 같은 문장 구조를 쓰고, 쓰고, 또 쓰는 것이다. 그것도 주로 단순한 평서문만. "잭은 일어났다. 잭은 옷을 입었다. 잭은 커피를 끓였다" 등등.

자신이 쓴 글에서 주어의 위치가 똑같은 문장이 대여섯 번 연속해 나오는 부분을 찾는다. 주어 위치가 문장 맨 앞이든 중간이든 상관없다. "아무리 그가 노력하든, 그는 빚더미에서 벗어날 수 없을 것 같았다. 최대한 그가 절약을 하고 저축을 해도, 그들은 월말에 항상 돈에 쪼들렸다. 아버지가 늘 말한 것처럼, '멍청한 사람은 돈이 금방 없어지나 보다.'" 세 문장 이상 연속해서 주어를 같은 자리에 넣지 않도록 유의하며 이 대목을 고쳐 써보자.

유창성

잘못 들어간 단어, 뜻이 틀린 단어, 듣기 싫게 반복되는 음, 불필요하게 복잡한 문장, 이 모두가 서사의 '흐름'을 방해하며 독서를 가로막는다. 유창성은 이어서 나올 '경제성', '명확성'과도 겹치는 내용으로, 해당 항목에 실린 예문을 보면 어색하고 술술 읽히지 않는다는 점을 알 수 있을 것이다. 유창성은 심미적 관점에서 중요할 뿐 아니라 독자를 소설로 끌어들이는 장치로도 중요하다.

연속성

연속성도 유창성과 유사한 장치 중 하나다. 유창하고 연속적인 글, 즉 문장이 자연스럽게 다음 문장으로 흘러가도록 글을 쓰면 독자가 멈추지 않고 책장을 넘기도록 붙잡아 둘 수 있다. 여기까지만 읽고 그만 읽어야지 하고 쉽게 정할 수 있는 부분이 나타나질 않으니까.

이해를 돕기 위해 아래의 예문을 살펴보자. 이 단락 속의 구나 문장은 자연스러운 순서에서 벗어나 있다.

에그몬트는 오리나무 숲과 목초지 사이에 있는 모래땅을 파헤쳤다. 그는 흐린 눈을 한 번 깜빡이지도 않으며 뒤엎어 놓은 땅을 쳐다봤다. 땅을 판 지 45분이 지났고, 피부는 땀으로 젖어 있었다. 그의 멋진 노랑머리는 산들바람에 물결쳤다.

이 단락을 읽으며 우리는 처음에는 모래땅, 그다음에는 에그몬트의 흐린 눈, 그린 후 그가 땅을 판 시간에 대한 요약, 그의 땀 흘린 피부에 집중하고, 마지막으로 그의 노랑머리를 본다.

이를 자연스러운 순서로 고친 후 차이를 살펴보자.

에그몬트는 오리나무 숲과 목초지 사이에 있는 모래땅을 파헤쳤다. 그의 멋진 노랑머리는 산들바람에 물결쳤고, 피부는 땀으로 젖어 있었다. 그는 흐린 눈을 한 번 깜빡이지도 않으며 뒤엎어 놓은 땅을 쳐다봤다. 땅을 판 지 45분이 지났다.

고친 글에서는 시점이 마치 영화를 찍는 카메라 같다. 맨 먼저 장면을 전체적으로 조망한 후 가장 두드러지는 세부 사항(에그몬트의 노랑머리)에 초점을 맞추고, 그런 다음 그의 땀에 젖은 피부, 다음으로

(계속해서 더 가까이 다가간다) 흐린 눈, 그런 후 마침내 요약 서술이 나오는데 이 서술은 시점을 에그몬트의 시점으로 바꾸기 위한 축으로도 기능할 수 있다.

연습 17 유창성, 연속성

여기 문장의 순서가 뒤섞인 구절이 하나 있다. 이를 흩어서 다시 하나의 글로 짜 맞추어보자.

바깥에서 보면 낡은 회색 집은 아주 오래된 데다 버려진 것처럼 보였다. 방은 모두 천장이 높았고, 방마다 조지 왕조 풍의 벽난로 장식이 있는데 벽난로는 벽돌로 막혀 있었다. 손님들이 도착했을 땐 약하게 비가 내리고 있었다. 벽판 뒤로 총총거리고 다니는 쥐새끼 소리가 들렸다. 내부는, 복도에서 퀴퀴한 냄새가 나긴 했지만 바닥에 카펫이 깔려 있고, 카펫도 그렇게 케케묵은 건 아니었다. 석판이 무너져 생긴 구멍으로 당까마귀들이 들락날락거렸고, 지붕창 사이로 나뭇가지도 뻗어 들어와 있었다.

정확성

다음 짧은 예문 속에는 잘못 쓴 단어가 여섯 개 들어 있다.

에드가는 로버트의 지시를 부인하며 일부러 화초에 다가가 신선한 꽃의 눈부신 색을 감탄하며 바라보았다. 로버트는 그런 에드가의 음침한 표정을 바라보며 무관심한 듯 하품을 했다. 로버트는 심지어 에드가에게 여행 중 무슨 일이 생겼는지 물어보지도 않았다. 그건 에드가가 살아오면서 겪은 일 중 가장 운이 많은 일이었다. 그게 무슨 의미인지 깨달았을 때 에드가는 한 방 먹은 것 같다는 속담처럼 큰 충격을 받았다. 그레고리의 잘라낸 머리가 바닥에 구르며 나오는 걸 본 순간…….

'부인하다'는 사실을 인정하지 않는다는 뜻이지 무시한다, 거절한다는 뜻이 아니다. '신선하다'는 표현은 싱싱한 채소, 과일 등에 쓴다. '무관심하다'는 흥미가 없다는 뜻이지 아무 생각이 없다는 의미가 아니다. '운'은 많다, 적다가 아니라 좋다, 나쁘다로 표현한다. '한 방 먹었다'는 표현은 속담이 아니라 관용구다. '머리를 잘라낸' 게 아니라 '머리를 잘린' 것이다.

연습 18 정확성

지금 여기서 정확성에 대한 논의를 접하기 전에 이러한 잘못에 대해 인지하고 있었는가? 못 했다면 아마 단어를 잘못 사용하고 있을 가능성이 높다. 자신이 쓴 글 중 긴 단어나 흔히 쓰지 않는 단어가 많이 들어 있는 단락을 하나 고르자. 이제 그 단락에 있는 '모든 단어'를 사전에서 찾아본다. 이 실험을 해보면 자기 자신이 단어를 정확하게 구사하는 데 문제가 있는지 없는지 알 수 있다. 문제가 있다고 판명되면 해결 방법은 단 하나다. 책을 읽을 때도 사전을 찾아보고, 첫 번째 초안을 고칠 때도 사전을 들추어본다. 이 단어와 저 단어의 차이를 모호하게 파악하고 있다는 것은, 코르크스크루와 드라이버의 차이를 모호하게만 알고 있는 목수와 똑같다.

경제성

최대한 적은 수의 단어를 이용해 자신이 의도하는 바를 정확히 전달하자. 불필요한 단어를 어수선하게 집어넣으면 넣을수록 글은 강렬한 감정이나 직관을 불러일으킬 힘을 점점 더 잃는다.

명확성

자신의 의도를 정확히 표현할 수 있는 가장 단순한 단어를 선택하자. 단지 길다는 이유만으로 어떤 단어를 선택하곤 했다면 그런 자신과 이별하자. 모호함을 경계해야 한다. 예컨대 '그'라는 단어가 이 사람을 가리키는 것도 같고 저 사람을 가리키는 것도 같아선 안 된다.

연습 19 경제성, 명확성

여기에 경제성도 떨어지고 명확하지도 않은 예문이 두 개 있다. 첫 번째 예문은 원문과 교정문을 함께 실어두었다. 이를 본보기로 삼아 두 번째 예문의 원문을 고쳐보자.

예문 1 **원문**

그들은 보트에 올라 자리에 앉았고, 그런 후 노를 이용하기 시작했고, 아무런 소리를 내지 않으며 물결을 가르며 미끄러져 갔다. 몇 분 동안 맥은 짐에게 아무 말도 건네지 않았다. 그는 코로 숨결을 내보내며 휘파람 소리를 냈고, 이를 통해 짐에게 화가 났지만 참고 있다는 눈치를 내비쳤다. 짐은 전혀 편안함을 느낄 수가 없었다. 그는 대장 역할을 하며 자신에게 종속된 이를 돌봐야 마땅한데, 지금 이렇게 행동하고 있는 것이다.

예문 1 **교정문**

그들은 보트에 올라 노를 젓기 시작했다. 보트가 조용히 물살을 가르며 미끄러져 갔다. 얼마간 맥은 말을 하지 않았다. 그냥 휘파람을 불었는데, 그건 자신이 화를 참고 있다는 뜻이었다. 짐은 마음이 불편했다. 짐을 챙기고 돌봐주기로 해놓고 맥이 대체 왜 이렇게 행동하는 걸까?

예문 2 **원문**

역에서 그들은 그에게 아무도 살아 돌아오지 않았다고 말했다. 그들은 싸우기에 몸집이 너무 거대하고, 사납고, 육식성이 강했다. "그들은 너도 다른 사람들처럼 죽일 거야." 하워드는 그들의 믿음을 거부했다. 그는 자존심이 엄청나 다른 사람들의 명령을 고분고분 듣는 게 용

납되지 않았던 것이다.

(참고로 두 번째 예문을 고치기 위해서는 글쓴이가 누락한 정보를 추가해야

한다. 예를 들어 첫 번째 문장의 '그들'은 누구인가? 두 번째 문장의 '그들'은?)

불편한 반복

단어와 음을 반복하는 일은 알게 모르게 일어나서 처음에는 집어내는 게 어려울 수 있다. 자주 큰 소리로 읽어보면 도움이 된다.

> 그는 쏟아지는 햇살에 몸을 쓰르르 떨며 해변에 팔다리를 쭉 뻗고 누워 있었다. 그의 숱 많은 새까만 머리카락이 모래사장에 대비되어 더욱 새까맣게 얼룩처럼 보인다. 바다 끄트머리에서 쑥 들어온 쪽에서는 사초들이 세찬 바람과 싸우며 크고 있다. 습지는 시꺼먼 새 떼의 우짖는 소리가 시끌시끌하다. 파리 떼가 습기 찬 축축한 공중에 떠 있다.

여기서 같은 음이 반복적으로 나오는 것은 경솔하게 쓴 탓도 있고, 무의식이 한 단어의 음에서 다른 단어를 연상한 탓도 있다. '쏟아지다', '쓰르르', '쭉', '숱', '새까만', '새까맣게' 등등 줄줄이 'ㅆ', 'ㅅ'이 한꺼번에 나온다.

고쳐보면 아래와 같은 글이 된다.

그는 햇살에 가볍게 몸을 떨며 바닷가에 누워 있었다. 그의 머리카락이 모래사장에 대비되어 까만 얼룩처럼 보인다. 바다 경계에서 쑥 들어온 곳에는 사초들이 혹독한 바람에 맞서 자라고 있다. 늪지대는 새 떼의 울음소리로 가득하다. 파리 떼가 눅눅한 공중을 맴돌고 있다.

같은 음을 반복해 사용하는 것은 시와 같은 특유의 분위기를 내려 할 때 산문에서도 흔히 쓰인다. 의식적으로 이런 장치를 활용한다면 작가의 기술에 따라 좋은 글이 되기도 하고 나쁜 글이 되기도 한다. 하지만 그저 우연히 같은 음이 반복적으로 나왔다면 십중팔구 나쁜 글이다.

위 예문들에서 고친 글은 읽기도 훨씬 쉬울 뿐 아니라 길이도 짧다는 점을 눈여겨보자. 거의 똑같은 이야기를 전달하면서 단어는 적게 썼다.

부정 연습

지금까지 논의한 습관적인 잘못들을 없애기 위해서는 먼저 자신이 쓴 초고를 꺼내 잘못한 부분들을 찾아보고 바로잡으면 된다. 그런데 이 방법으로 잘 고쳐지지 않을 땐, 심리학자들이 '부정 연습'이라고 지칭하는 훌륭한 속임수를 시도해보면 좋다. 문제가 무엇이든 글을 쓸 때 그 문제를 반복하지 않으려고 노력하는 대신 의도적으로 그 문제를 저지르는 것이다. 그것도 가능한 한 많이. 희한하게 들리겠지만, 이 연습의 목적은 자신이 무의식적으로 저지르는 문제를 스스로 의식하는 것으로 그 결과 통제할 수 있는 문제로 바꾸는 데 있다.

대화

"흠, 로드, 우리가 드디어 국제연합의 중요한 임무를 완수하기 위해 지구에서 출발한 지 10개월 만에 긴긴 비행을 끝내고 화성에 도착했네."

"그래, 돈, 우리의 첫 번째 임무는 이곳에 착륙하기 위해 접근하는 동안 부딪힌 운석 때문에 로켓선이 심각한 손상을 입진 않았는지 확인하는 것이네."

"어, 너도 알다시피, 음, 내가 보기에는……. 그러니까, 질문을 하면서 말이지, 어, 예를 들어, 음, 대충 이야기를 해주면, 근데 내 말은, 야, 내가 어떻게 알아?"

좋은 대화문은 양극단에 놓인 위 두 예문 사이의 어딘가에 있어야 한다. 첫 번째 예문은 경직되어 있고 부자연스럽다. 인물들이 꼭 대본을 보고 읽고 있는 것처럼 느껴질 지경이다. 두 번째 예문은 뚝 부러지게 말하지 못하거나 그다지 명석하지 않은 사람이 하는 말을 그대로 받아 적은 것 같다.

소설 속에서 벌어지는 대화는 실제 대화와 비슷해야 하지만 말을 더듬거나, 되풀이해 말하는 등 여러 소소한 문제는 걸러내야 한다. 사람들이 대화하는 소리를 들어보자. 누구든 똑같이 말하는 사람은 없다. 어떤 말투를 쓰고 어떤 단어를 선택하고 어떤 내용을 말하고 어떤 태도로 말하는지를 보면, 그가 어디서 자랐는지 어떤 교육을 받았는지 무슨 일을 하며 어떤 사회적 계급에 속해 있는지 등등을 전부 알 수 있다. 자신이 지어낸 인물이 누군지, 어디 출신인지, 어떤 사람인지 안다면, 그 인물이 무슨 말을 해야 하고 어떤 식으로 말해야 하는지를 당연히 직관적으로 알 수 있다. 소설 속 인물들이 '자신의 배역에 맞게' 말하지 않는다면 그건 작가가 그들을 충분히 이해하지 못하고 있거나, 사람들이 실제로 말하는 양식을 일상 속에서 귀 기울여 들어본 적이 많지 않은 것이다.

연습 20 대화

1. 주변 사람 중 자신만의 아주 독특한 말투를 구사하는 사람을 한 명 떠올려 보자. 그 사람이 가공의 상황 속에서 당신이 지어낸 인물과 대화를 나눈다고 상상하자. 그를 아는 사람이 읽으면 누구나 대번에 그를 떠올릴 수 있을 만큼 그 사람 말투의 특징적 부분을 잘 살려서 써넣자. 처음에 잘 안 되면 그 사람을 다시 만날 때까지 일단 연습을 보류해둔

다. 그러다 만났을 때에 평소보다 주의해서 말투를 들어본다. 특이 사항을 알아챌 때마다 유념해두었다가 헤어진 다음에 메모를 한다. 그리고 연습을 다시 해보자.

2. 방 안에 네 사람이 있는데 모두들 느긋하고 편안하게 대화를 나누고 있다. 최대한 자세히 이들을 상상해보자. 내키면 각 인물에 대해 간략한 이력도 쓴다. 자신과 반대되는 성별로 이들을 그린다. 이들 각각의 성격이 확실하게 정해졌고, 자신이 이들 네 명을 수월하게 분간할 수 있다는 확신이 들면 대화문을 한 쪽 이상 써본다. 단, 누구의 말인지 표시하지 않으면서 쓴다. 녹취록을 쓰듯 말만 쭉 받아쓰는 것이다. 다른 이에게 말을 건넬 때마다 그의 이름을 부르게 하거나 사투리를 쓰게 만드는 등 분간하기 쉽게 만들려는 요령을 부리지 않길 바란다. 누가 어느 순간에 말하든 그 사람이 네 명 중 누구인지 바로 알 수 있을 때까지 이 연습을 계속해보자.

말 꼬리표

대화문이 나올 때 누가 한 말인지 독자가 알 수 있도록 말에 따라 붙는 구를 가리켜 말 꼬리표라고 한다. "그가 말했다"나 "그녀가 말했다"가 모든 대화에 꼬박꼬박 붙어 있으면 읽는 사람은 짜증이 나게 마련이다. 적당히 대체할 수 있는 단어도, 우아하게 피해갈 방법도 몇 가지 있다. '말했다' 대신 '중얼거렸다', '속삭였다', '소리 질렀다', '악을 썼다', '헐떡거렸다' 등등을 써보자. 하지만 이런 표현들도 너무 연달아 쓰면 꼭 동물원 먹이 주기 시간 같은 분위기를 풍긴다. '대답했다', '반대했다', '지적했다' 같은 단어들도 적당히만 쓰면 괜찮다. 말 꼬리표를 아예 쓰지 않는 솜씨도 가끔 필요하다.

　　그녀가 "커피 마실래?"라고 물었다.
　　"아니, 괜찮아."

　　방 안에 그녀 말고 단 한 사람만 더 있다면 독자는 말 꼬리표가 없어도 누구의 말인지 바로 알 수 있다. 하지만 아무리 인물이 둘뿐이라도, 대화를 길게 쓰면서 누구의 말인지 전혀 표시해주지 않으면 곤란하다. 예닐곱 번 대사를 계속 주고받으면 독자는 이번 말이 누구 말인지 놓쳐버리기 쉽다. 그럼 결국 대화문의 처음으로 돌아가 대사를 하나하나 헤아리게 된다.
　　초보 작가들이 흔히 저지르는 실수 중 하나는, 매번 새로운 말 꼬리표를 붙이려 궁리하며 "그가 말했다"를 아예 쓰지 않으려 한다는 것이다. 그럴 필요 없다. 그리고 인물의 말과 전혀 관련이 없는 말 꼬리표를 붙이지 않도록 주의하자.

　　"들어와." 그녀가 부탁했다.

　　우리는 "들어와"라고 말하거나 속삭이거나 내지르지만, 부탁하거나 제안하거나 언짢아하거나 제안하지는 않는다. 한편 말하는 상황이 아닌 내용을 말 꼬리표로 달아서도 안 된다.

"들어와." 그는 토스트에 버터를 발랐다.

사투리

자신이 직접 쓸 정도로 정통한 수준이 아닌 한 사투리를 소설에 집어넣지 말자. 만일 넣을 경우에는 발음 그대로 쓰지 말자.

"워어어매에, 이 자아스윽, 나아가 니가 그랄 주른 몰랐당께에."

그 대신 지방색을 풍기는 표현을 시도하자.

"워매, 이 자슥, 나는 니가 그럴 줄은 몰랐당께."

생각

① '내가 안 가는 게 나아', 그는 생각했다.
② 내가 안 가는 게 나아, 그는 생각했다.
③ 그는 안 가는 게 낫다, 생각했다.

④ 그는 안 가는 게 낫다고 생각했다.

위 네 가지 모두 현재 관습적으로 통용되고 있는 표현 방식이다. 그렇지만 뒤의 두 가지 표현이 더욱 권장된다고 할 수 있다. 간소하며, 서사의 흐름을 깰 가능성도 훨씬 적기 때문이다.

11.

그리고 몇 가지 충고

당신이 만약 눈이 밝거나 파고들기 좋아하는 성격이라면, 지금까지 논의한 문제점들을 출간된 소설 작품 속에서도 몽땅 찾아볼 수 있을 것이다. 그러곤 이렇게 생각할지도 모르겠다. '질 나쁜 소설이 이렇게나 많이 출간되어 팔리고 있다니. 내 소설도 좋진 않지만 출간될 수 있는 거 아니겠어?' 물론 아무도 모른다. 아마 출간 '가능'할 것이다. 나쁜 소설들(내가 보기에)도 그 소설들을 유통시키기 위한 전문적인 출판 시장이 존재하고 있으며, 그 규모 또한 엄청나니까. 그런데 그보다 큰돈이 오가는 출판 시장은 좋은 소설들(역시 내가 보기에 잘 썼다고 생각되는)이 차지하고 있다. 소설 출판 시장에서는 좋은 소설을 구하지 못해 나쁜 소설을 파는가 하면, 그냥 잘 팔리니까 적극적으로 나쁜 소설을 내놓기도 한다(나는 지금 문학예술적 관점에서 나쁘다, 좋다를 말하는 것이지 상업적 관점에서 말하는 게 아니다. 상업적 관점에서 보자면 뭐든 잘 팔리는 소설이 좋은 소설이다).

취향의 문제를 한번 생각해보자. 특정 문학잡지가 싣는 어떤 부류의 소설을 좋아하지 않는다면 그곳 편집자가 '좋아하는' 소설과 거들떠보지도 않는 나쁜 소설을 구별하기란 요원한 일이다.

자신이 세운 목표를 성취하느냐 못 하느냐 하는 문제도 생각해봐야 한다. 자신이 쓸 수 있는 최고의 작품을 쓰기 위해 노력하는 사람이라면 아마 꽤 좋은 소설을 내놓을 수 있을 것이다. 그저 그런 소설을 쓰려고 마음먹은 사람이라면 그저 그렇다는 말도 언감생심, 소설이라고 부를 수도 없는 것밖에는 보여줄 게 없을 것이다.

편집자로 일하며 읽었던 산더미 같은 원고 중에 표본을 몇 편 간직해두지 않은 게 아쉽다. 초보 작가들이 쓴 그 원고들은 대부분 상상 이상으로 고약했다. 그에 비하면 이 책에서 소개한 나쁜 예들은 양반이다. 그 원고를 쓴 작가들이 무슨 생각으로 그런 글들을 썼는지는 알 길이 없지만, 아마 스스로 이런 말을 되뇌며 썼던 건 아닐까? '이 잡지에 실리는 소설은 다 별로야. 그러니까 내 글이 형편없어도 실어주겠지.'

소설을

끝마치다

5

1.

글이 막혔을 때

소설을 반쯤 빠르고 만족스럽게 잘 풀어나가고 있었는데 뾰족한 이유도 없이 도저히 쓸 수 없는 상황에 맞닥뜨릴 때가 있다. 마치 엄지손가락이 양쪽 다 꽁꽁 묶인 것 같은 느낌이 들면서.

쓸 수 없는 부분에 맞닥뜨렸을 때 당혹스럽고 좌절감이 느껴진다면, 문제는 그 부분에 대해 무의식과 제대로 상의하지 않았다는 데 있다. 그 부분을 잘못 구상했거나 충분히 이해하지 못했기 때문에 못 쓰는 것이다.

그다음에 일어날 주요 사건을 생각해내지 못했기 때문에 글이 안 나오는 것일 수도 있다. 한쪽 끝만 가지고 다리를 놓으려 한 셈이다. 아니면 마지막으로 쓴 문장이 막다른 골목으로 이어지는 문장인지도 모른다. 여기 해당하는 것 같으면 그 마지막 문장을 일단 지워보자.

인물이 이야기를 따라가길 거부하는 바람에 글이 안 나오는 경우라면, 그 인물에 관해 자신이 필요한 만큼 모르고 있다는 뜻이다. 보통은 그렇다. 처음 구상했던 때보다 인물에 대해 더욱 많은 사실을 알게 되었음에도 구상 단계에 마련해두었던 작은 상자 안에 인물을 쑤셔 넣으려 한 탓에 문제가 빚어진 것일 수도 있다. 이때 그냥 밀고 나가면 글이 타당성을 잃게 되는데, 바로 이 점을 무의식이 알려주려 하는 것이다. 돌파구는 두 가지뿐이다. 인물이 하고 싶은 일을 자유롭게 하도록 허용하거나, 인물이 처한 환경에 변화를 주어 그가 자발적으로 '작가'가 원하는 길로 가게 하거나.

쓸 수 없는 부분에 맞닥뜨렸을 때 따분함이 느껴진다면 무의식이 그 부분을 대폭 줄이거나 아예 없애라는 신호를 보내는 것일 수도 있다. 이때는 문제인 부분을 건너뛰었다가 나중에 되돌아와서 쓰는 게 한 방법이다. 그렇게 해보니 애초에 필요 없는 부분이었다는 사실이 드러난다면 복잡하게 궁리할 것 없이 빼버리자. 그게 안 된다면, 그 부분이 아무래도 꼭 있어야겠다면, 최대한 간략하게 쓰고 넘어가자. 몇 단락이면 충분한 내용을 서너 쪽 꽉 차게 써야 할 내용이라고 잘못 헤아려왔을 수도 있다. 그러니 따분한 것도 무리가 아니었던 것이다.

이름이나 장소, 날짜 등 뭐든 간에 이처럼 사소한 문제 때문에 글이 막혔다면 그냥 건너뛰어 버리고 계속 쓰자. 나중에 수정할 때 그 부분이 눈에 띄도록 사선 두 개(//)와 같은 부호로 표시해두자. 단어가 떠오르긴 떠올랐는데 그다지 어울리지 않는다는 느낌이 들 때도 일단은 표시를 하고 넘어가도록 하자. 30분 내내 고민하게 만든 문제일지라도 나중에 보면 십중팔구 몇 분 안에 저절로 해결된다.

2.

결말에서는 어떤 식으로든 이야기를 마무리 지으면서 독자에게 완성되었다는 느낌을 주어야 한다. 결말은 작가가 독자에게 소설의 의미를 온전히 전달할 수 있는 기회이기도 하다. 또한 소설 속 인물들의 삶은 (대체로) 이야기가 끝나도 계속되기 때문에 완결되었다고 분명하게 서술하기보다는 암시적으로 표현하는 경우가 많다.

여하간 결말은 독자를 만족시키는 게 중요하다. 미스터리를 밝히든 추리를 풀든 해서 말이다. 작가가 글에 대한 통제력을 잃거나 이야기를 막다른 골목으로 몰아간 게 아닌 한 결말을 쓰는 것은 도입부를 쓰는 것보다 쉬울 수밖에 없다. 결말에 이르기까지 소설 전체를 써온 기세에 기대어 쓸 수 있기 때문이다.

3.

마지막 쪽을 다 쓰고 나면 그때까지 무진장 애쓴 결과로 웬만해선 진이 쭉 빠져버릴 것이다. 또한 소설과 너무 밀착된 상태이기도 해서 이때는 보통 자신의 작품을 비판적으로 들여다보기를 어려워한다. 그러니 작품을 치워놓고 하루나 일주일 정도는 쳐다보지도 말자. 시간이 흐른 후 다시 꺼내 마치 다른 사람이 쓴 소설을 보듯 읽자.

읽어보니 내용이 이해가 되는지? 어떤 의미가 전해지는지? 말도 안 되고 의미도 없다면 이제 그 글을 쓰레기통에 던져버릴지 처음부터 다시 쓸지 둘 중 하나를 선택해야 하는 갈림길에 서게 된다.

구조적으로 잘 이어져 있나? 빠뜨린 조각은 없나? 필요 없는데 들어가 있는 조각은? 도입부를, 특히 첫 문장을 유심히 살펴보자. 이해가 되는가? 뭔가 정보를 담고 있나? '누가, 어디서, 무엇을, 언제' 이 네 질문에 대해 답을 할 수 있나? 최소한 다섯 번째 질문인 '왜'에 대한 답은 알고 있나? 그리고 도입부는 이 답들과 일치하나? 일치하지 않는다면 다시 써야 한다. 이번에는 결말을 보자. 정말 결말이 맞나? 혹, 페이드아웃에 불과한 건 아닌가? 결말을 못 지어내서 소설을 결말 없이 끝낸 상태라면 다시 궁리해보자(결말의 실마리를 제공했을 수도 있는데 앞에서 빠뜨린 내용은 뭘까?).

인물도 살펴보자. 타당성과 일관성을 지녔나? 이야기에 맞는 최선의 시점, 인칭, 시제를 선택했나? 아니라면 작품을 버릴지 완전히 다시 쓸지 또다시 선택해야 한다.

이제 위에서 말한 장애물을 모두 넘는 데 성공했다고 가정하고, 작품의 표면을 보자. 일단 단어나 구절이 모두 옳게 쓰여 있는지 검증한다. 단어나 구절 하나만 집중해서 보기가 어려우면 종이를 L자 모양으로 두 개 잘라서, 보려고 하는 단어나 구절 하나만 남기고 해당 쪽을 모두 가린다. 어떤 문장이 어색하게 느껴지면 그 속의 단어를 다시 배열해본다. 그 과정에서 문장을 줄이거나 더욱 명확하게 만들 수도 있다.

무심코 시점을 변경한 부분은 없는지 검토해보고 옳게 고치자. 대화문을 큰 소리로 읽어보자. 특별한 노력 없이도 자연스럽게 읽히는가? 읽을 때의 음과 리듬으로 대화와 서술을 구별할 수 있나? 안 되면 대화문을 다시 써야 한다.

뻔한 클리셰는 빼버리자. 철자나 문법이 틀린 곳은 바로잡자. 이쯤되었을 때 원고에 표시한 수정 사항이 빼곡하다면 모두 고쳐서 깨끗하게 다시 인쇄하자. 그러고 나서 또 면밀하게 검토해본다. 원고가 꼴보기도 싫어질 때까지 몇 번이고 반복해서 검토하자.

4.

소설 작가의 부류는 동인지에만 작품을 내는 헌신적인 유미주의자에서 돈을 벌기 위해 편집자가 찾는 것이라면 뭐든 흔쾌히 써내는 사람에 이르기까지 다양하다. 대부분의 작가는 이 중간 어디쯤에 있다. 만약 소설 장르에서 최고를 추구하는 데 일생을 헌신하고 싶다면, 그리고 소수 독자층이 구독하는 작은 규모의 잡지를 통해 소설을 발표하는 것 말고는 어떠한 보상도 바라지 않는다면, 그렇게 하면 된다. 반면글을 쓰려는 이유가 다른 사람들이 읽고 싶어 할 만한 책을 써서 남부럽지 않은 생활을 하고 싶다는 게 전부라면, 그것 또한 안 될 이유가어디 있을까?

어느 작가가 결국 명성을 떨칠지는 미리 알 수 없는 법이다. 제임스조이스의 초기 작품은 동인지를 통해서만 발표되었고 발행부수도 적었다. 한편으로 조르주 심농Georges Simenon은 문학성을 갖춘 예술가라고 인정받기 전까지 상업성 짙은 추리소설을 30년 동안이나 내놨다. 나는 모든 정직하게 일하는 작가를 존경한다. 어떤 작가를 보면서, 그러한 유형의 작가가 될 수 없다는 것도 뻔히 알고 사실은 진짜 그렇게 되고 싶다고 열망하는 것도 아니면서, '나는 왜 안 저럴까' 하고 걱정하는 것은 정말이지 어리석은 일이다.

소설을 써서 출간하고 싶다면 우선 염두에 두는 시장이 있어야 하고 그 시장에 대해 어느 정도 알아야 한다. 모든 단편소설 시장은 저마다 보이지 않는 경계를 가지고 있다. 이 경계를 분명히 드러내는 경우는 극히 드물다. 가장 품위가 떨어지며 오로지 이익을 추구하는 잡지들만이 대놓고 알려줄 뿐이다(예를 들자면, "저희 잡지는 다음의 요건을 충족하는 작품만 투고 받습니다. 주인공이 스무 살에서 서른다섯 살 사이의 여성으로, 직장에서 성공 가도를 달리며 행복한 생활을 영위하는 인물일 것"). 모든 편집자는 참신하고 색다르면서도 자신이 특별히 정해놓은 경계 '안에' 있는 소설을 원한다. 이 사실을 모른 채 참신하고 색다르지만 그 잡지의 경계 안에 들지 못하는 원고를 투고하면 편집자는 당연히 거절할 테고 거절하는 이유가 무엇인지 설명해주려 하지도 않는다. 편집자들은 작가들이 그 경계를 마땅히 알고 있기를 바란다. 경계를 알아보려는 노력도 하지 않은 사람에게 자신의 시간을 낭비할 편집자는 없다.

경계를 찾는 최선의 방법이자 유일한 방법은 자신의 작품을 신고 싶은 잡지를 찾아 거기 실리고 있는 소설을 그저 많이 읽는 것이다. 건성건성 몇 편 골라 읽어서는 어림도 없다. 거기 실리는 소설들에 완전히 몰입해야 하고, 그 이야기들을 좋아해야 한다. 그렇지 않으면 계속 읽는 게 고역일 테니까.

상업소설 시장은 유행이나 출판 순환 주기에 큰 영향을 받는다. 게다가 1920년대 후반 이래로 상업소설 시장은 다양한 장르로 분화되는 과정도 겪고 있다. 단편 서부극은 한때 가장 인기 있는 대중소설 범주였지만 지금은 거의 전멸했다. 미스터리, 호러, 오컬트, 서스펜스, 스파이, 이들 장르는 인기가 있다가 사그라졌다가 한다. 좌우간 출간에 도움이 되는 정보를 뭐라도 찾으려면 꼭 스스로 시장 조사를 해야 한다.

초보 작가가 가장 쉽게 뚫고 들어갈 수 있는 상업 단편소설 시장은 SF소설 잡지다. 상대적으로 원고료는 적지만 작품을 많이 받아들이고, 문체나 여타 문학적 자질을 갖췄는지 까다롭게 따지지 않기 때문이다. SF소설 잡지가 좋은 원고를 싣지 않는다는 뜻이 아니다. 그저 작품이 서투르고 깊이가 없다 할지라도 좋은 아이디어를 재미있게 담고 있다면 이 시장에 팔릴 수 있다는 뜻이다.

상업소설 시장 말고도, 자주 생겼다 없어졌다 하는 수많은 문학 계간지와 동인지도 있다. 이 중에는 원고료로 돈을 지급하는 곳도 있지만, 원고가 실린 잡지를 몇 부 공짜로 주기만 하는 곳도 있다. 작품을 팔아서 먹고살겠다고 마음먹은 작가를 위한 시장은 아니라고 할 수 있다. 하지만 광고 효과를 노린다면 가치가 있는 잡지들도 있다. 이 잡지들을 검토하는 편집자도 있기 때문이다.

작품으로 생활을 꾸려나가는 대부분의 소설가는 보통 장편소설을 쓴다. 일반적으로 단편소설보다 장편소설이 투자한 시간에 대해 더 많은 수익을 가져다주며 작품을 쓸 때에도 좀 더 자유롭다. 그렇지만 대부분의 작가가 단편소설로 작품 활동을 시작한다. 단편소설을 쓰며 글쓰기 기술을 갈고닦을 수도 있고 더 긴 소설을 쓸 준비를 할 수 있기 때문이다. 게다가 감수해야 하는 위험도 장편소설에 비해 적다(단편소설이 실패하면 일주일 정도가 날아가지만 장편소설이 실패하면 1년, 또는 그 이상의 시간이 헛수고로 돌아간다).

장편소설을 집필하고자 한다면 이때도 단편소설과 마찬가지로 먼저 시장 조사를 해야 한다. 비슷한 부류의 작품을 출간하는 출판사를 알아내 그곳으로 소설을 투고하자.

작가들을 위한 다양한 잡지를 보면 최신 정보를 얻을 수 있다. 이들 자료를 통해 편집자 이름을 찾아내고 써먹자. 누구 앞으로 원고를 보내야 할지 모르겠다면(예를 들어 어떤 출판사에 미스터리 장편소설을 보내고 싶은데, 그 출판사는 미스터리 말고도 다양한 장르를 취급하는 경우) 출판사에 전화를 걸어서 물어보자. 받는 사람이 '편집자들께'라고 되어 있으면 혹시 누가 검토한다 하더라도 말단직원일 확률이 높다.

실패에 대한 두려움에 압도되어 아무것도 못 하는 초보 작가가 많다. 괜히 출판사에 원고를 보내서 거절당하는 동시에 자신의 실력이 모자라다는 사실을 절감하게 되니, 차라리 작품을 서랍 속에 숨겨둔 채 계속 꿈꾸는 길을 택하겠다는 것이다. 한편 성공에 대한 두려움 때문에 아무것도 못 하는 사람도 있다. 이 경우는 작품이 출간되면 자신의 인생이 바뀔 거라는 사실을 예감하기 때문이다. 예를 들어 결혼

생활이 지속되지 못할 수도 있다는 걸.

　결국 하나의 질문으로 귀결되는 문제다. '나는 작가가 되기를 얼마나 간절히 원하는가?' 다른 사람이 절대 대신 답해줄 수 없다. 하지만 내가 하나 말해줄 수 있는 것은 있다. 이 세상에 당신 집에 쳐들어가 서랍 속에 잠들어 있는 원고를 꺼내 책으로 만들고, 그래서 그 책을 판 돈을 당신에게 보내줄 사람은 아무도 없다.

　처음으로 원고를 출판사에 보내려 한다면 먼저 출판사 열 군데를 선정해 목록을 만들자. 첫 번째 출판사로부터 거절당하면 그다음, 그다음, 그리고 그다음 출판사로 다시 보내자. 보내는 날짜를 각각 기록해두자. 출판사에서 당신이 보낸 단편소설을 6주, 장편소설을 3개월 정도 가지고 있다면 그때는 공손하게 출간 가능 여부를 문의해본다. 시간이 오래 걸리는 과정이기는 하지만 당신이 쓴 단편소설 또는 장편소설이 출간할 만한 작품이라면 세상에 이를 선보여 줄 누군가를 만나게 될 것이다.

해서는 안 될 세 가지 실수

　1 자신의 흥미와 전혀 상관이 없는데도 다른 사람들이 좋아할 것 같다는 이유로 작품을 쓰는 일
　그렇게 써봤자 작품 속에 허위와 태만의 흔적이 가득할 것이고, 출판사에 원고를 보내면 "그래서 뭐 어쨌다는 거죠?"라는 말만이 돌

아올 게 뻔하다. 자신이 겨냥하는 시장이 가족 관계에 대해 관심이 많다는 사실을 알아냈다고 치자. 이것만으로는 충분하지 않다. 가족 관계에 관심이 없다면 그 화두를 소설 속에 다룬들, 즉 관심이 있는 '척'을 해봤자 그 누구도 속일 수 없다. 어떤 시장이라도 그 경계 안 어딘가에는 분명 자신이 관심을 가지고 있는 주제가 있게 마련이다. 열정적으로 매달려서 쓸 수 있는 주제 말이다. 아무리 찾아봐도 정말 없다면 다른 시장을 알아봐야 한다.

2 졸렬한 모방

편집자들이 제시하는 요구 조건이 제한적인 것 같아도, 사실 편집자들은 그 요건에 부합하면서도 기존의 뻔한 소설이 아닌 새로운 소설을 바란다. 나의 친구 중에 대단히 뛰어난 SF소설 작가가 있는데, 한번은 두 달 동안 스파이소설을 읽고 분석해서 스파이소설 시장이 어떤 이야기 구조를 요구하는지 알아냈다(예를 들자면 주인공의 단짝친구는 7장에서 반드시 죽어야 한다는 사실을 발견했다). 그 친구는 파악한 모든 요소를 포함시켜 충실히 개요를 짰다. 그러나 이 소설이 책으로 나온다면 아무도 사지 않을 게 뻔하다. 그야 너무 흔해빠진 이야기니까.

3 '스스로' 뭘 하는 건지 별생각 없이 그저 기계적으로 움직이는 인물을 집어넣는 것

인물이 따분해하고, 심드렁해하고, 자기연민에 빠져 있고, 수동적으로 행동하고…… 작가가 시장의 요구에 맞추려고 어쩔 수 없이 자신이 보기에 지루한 인물과 사건에 대해 쓰다 보니 그 짜증을 이런 식으로 표출하는 게 아닌가 싶다. 그러나 그렇게 표출할 필요도 없고, 애초에 판단이 틀렸다. 작가가 진부한 이야기를 하든 비열한 총잡이, 무능한 탐정, 불륜을 저지르면서도 행복해하는 사람 등등 시장의 우상을 무례하게 다루든 거의 모든 시장은 상관하지 않을 것이기 때문이다.

5.

대부분의 작가는 편집지가 형식적인 거절이 아니라 개인적으로 쓴 메모를 줄 때 전환점을 맞이한다. 처음에는 유익하다곤 말할 수 없는 메모를 받을 것이다. "조금 더 노력해주셔야 할 것 같아요." "다시 한번 써 보세요." 그러다 조금 더 명확한 내용의 메모를 받게 될 텐데, 그것도 그리 충분한 내용은 아니라서 편집자 마음에 안 든 부분이 무엇인지 알아내려고 애를 쓰게 된다(설령 편집자도 무엇이 문제인지 파악을 못 한 상황이었다고 해도). 메모 내용이 예컨대 "오히려 이 부분이 좋았고 결말은 실망스러웠어요"라고 한다면, 결말에 진짜 뭔가 문제가 있는지, 그리고 문제가 있다면 어떤 식으로 개선해야 할지는 작가가 스스로 결정할 문제다(결말 자체는 괜찮은데 그 결말에 대한 준비가 앞에서 미흡했기 때문에 문제가 생긴 것일 수 있다. 이때는 결말이 아니라 시작 부분을 손봐야 한다).

메모를 계속해서 받다 보면 가물에 콩 나듯 한 번씩 이런 말을 들을 수도 있다. "좀 짧으면 계약도 생각해볼 수 있는데요." 이럴 땐 편집자가 요청하는 대로 줄이자. 반 토막 내달라면 반 토막 내야 한다. 분량을 줄이기 위해서는 어떤 부분이 없어도 이야기가 되는지 파악하기 위해 처음에 모든 장면을 검토하고, 그다음 모든 단락, 그다음 모든 문장, 그다음 모든 구절, 그리고 마지막으로 모든 단어를 검토해야 한다. 속은 좀 많이 쓰리겠지만 소설 쓰기 강의를 열 번 듣는 것보다 값진 경험이 될 것이다.

연습21 잘라내기

편집자가 분량을 줄이면 좋겠다고 말할 때까지 기다리지 말자. 자신이 쓴 원고를 한 편 고르되 가급적 길이가 긴 단편소설 원고를 골라 위에 나온 방법으로 4분의 1을 잘라내 보자.

작가가

되다

6

1.

필명은 최대한 신중히 고르고 골라야 한다. 한번 그 필명으로 작품을 출간하고 나면 쭉 써야 할 가능성이 높기 때문이다. 별명이나 반려동물의 이름처럼 보이는 필명은 뭐든 간에 피하는 게 좋다. 실제론 아니더라도 마찬가지다. 자신의 본명이 아마도 최고의 필명이 아닐까 생각한다. 그리고 본명을 쓰면서도 약간 변형할 수 있다.

- 데보라 마틴
- 데보라 A. 마틴
- D. A. 마틴
- D. 앤 마틴

눈에 잘 띄고 기억하기 쉬운 이름이 좋은 필명이라고 여기는 사람이 많을 것이다. 아니면 커티스 세인트 존 같은 우아한 아호를 하나 지어야겠다고 생각할 수도 있다. 이렇게 필명을 짓는 것은 추천하고 싶지 않다. 자신의 신원을 감춰야 할 도저히 어쩔 수 없는 이유가 있지 않은 한 굳이 필명을 따로 써야 할 이유는 없다고 본다. 예지 코진스키Jerzy Kosinski처럼 이국적인 이름이든 제임스 존스James Jones처럼 평범한 이름이든 간에 필명은 결국 그 필명으로 쓴 작품이 얼마나 우수한가에 따라 가치를 띠는 법이다.

2.

작업 습관

뭐든 자신에게 효과가 있는 게 좋은 작업 습관이다. 다른 작가들은 어떤 습관의 도움을 받고 있는지 한번 살펴보자.

　나만 이용할 수 있고 나도 글을 쓸 때만 이용하는 나만의 장소를 갖는다. 일정 시간을 소설 쓰기에 할당한다. 시간은 여건에 따라 정하면 되고, 토요일이나 일요일 두 시간에 불과할지라도 좋다. 그리고 그 시간은 절대 다른 일에 쓰지 않는다. 뭘 쓸지 미리 계획해두었다가 곧장 쓸 준비가 갖춰진 상태로 자판 앞에 앉는다. 그럼으로써 언제든 자판 앞에만 앉으면 글을 쓰도록 자신을 훈련시킬 수 있다. 어떤 까닭이든 간에 1~2분 이상 글이 안 나올 때는 당장 일어나 자판 앞을 떠나고 문제를 해결한 후 다시 소설 쓰기에 착수한다. 떠오르는 생각을 놓치지 않고 적어둘 수 있도록 공책을 항상 가까이 비치해놓거나 아예 들고 다닌다.

적어도 몇 년 동안, 또는 작가로 살아가는 내내 겸업 작가로 활동할 공산이 있다. 유명 작가들 중 상당수도 겸업 작가로 글을 써왔다. 즉, 직업을 따로 가지고 있으면서 남는 시간에 글을 쓴 것이다. 이들 중 가장 성공한 부류를 보면 조각조각 남는 시간을 모두 모아 체계적으로 활용한 것 같다. 통근 시간에 전철 안에서 쓰고, 아침식사 전에 짬을 내서 쓰는 등 잠깐이라도 마음대로 쓸 수 있는 시간이 생기면 모두 소설 쓰기에 쏟아부은 것이다.

자신이 통제할 수 없는 많은 일에 생활이 휘둘릴 것이다. 특별히 좋아하지도 않는 일을 하며 수년을 보내야 할 수도 있다. 이혼을 할지도 모른다. 자녀나 다른 가족 구성원들 때문에 시간과 감정을 무리하게 소모해야 할 수도 있다. 이상적으로 말해 이 모든 일에 자신이 해당 사항이 없다고 해보자. 근데 그렇다고 하면, 과연 쓸 말이 그렇게 많을까? 인생의 모든 경험은 우리를 성숙하게 만들고 세상을 이해하는 눈을 기르는 데 도움을 주는 법이다. 심지어 지루하게 보내는 시간조차도 작가에게는 어떤 가치가 있다.

직업 특성상 머리를 계속 써야 하는 일이 아니라면, 나중에 자판 앞에 앉아 바로 타자를 칠 수 있도록 업무 시간에 그날 쓸 글을 계획할 수도 있다. 그리고 자판 앞에서 보내는 시간이 다소 실망스럽게 흘러가더라도 너무 속상해할 필요는 없다. 글 쓰는 것밖에 할 일이 없는 작가들도 종종 연필을 깎거나 보푸라기를 뜯으며 시간을 때우니까.

이 책에서 말하는 바는 대체로 나의 개인적 의견인데, 이 내용들을 무력하게 만드는 대가의 사례도 많다. 조지프 콘래드는 한 글자도 쓸 수 없을 때조차 매일 일정 시간 책상 앞에 앉아 있는 것을 규칙으로 삼았다. 존 스타인벡John Steinbeck은 마음속에 떠오른 주제를 한 문장으로 표현할 수 있기 전에는 작품을 쓸 준비가 되지 않은 거라고 믿었다. 나도 나의 규칙을 지킨다. 나는 콘래드처럼 자신을 괴롭히는 방식은 필요가 없다고 느낀다. 만약 그가 글을 쓸 때만 책상에 앉기로 습관을 들였더라면 더욱더 위대한 문학적 성취를 이루었을지도 모른다고 생각한다. 스타인벡 역시 정해둔 주제에 맞춰 인물들을 조종하지 않았더라면 지금보다도 더 뛰어난 작품을 남겼을지 모른다(《의심스러운 싸움In Dubious Battle》열린책들, 2009을 보면 무슨 말인지 알 것이다).

이 책을 읽는 당신은 내가 솔직히 어떻게 생각하는지 알 권리가 있다. 동의하느냐는 별개의 문제다. 만약 당신이 당근보다는 채찍으로 훈련하는 편이 낫다고 생각하거나 반드시 집필을 시작하기 전에 주제를 서술할 수 있어야 한다고 믿는다면, 내 말에 일절 괘념치 말고 자신의 방식대로 하면 된다(그래야만 한다).

3.

<hr>

창작의 기쁨 그리고 고통

'창조적 글쓰기(문예 창작)'를 (창조적이지 않은 글쓰기가 어디 있겠나?) 가르치는 고등학교, 대학교 교사들은 대개 학생을 아주아주 부드럽게 대한다. 글을 쓰도록 북돋아 주는 게 무엇보다 최우선이라고 믿기 때문에 그런 것 같다. 처음에는 글을 쓰는 일이 기쁨으로 넘친다. 자신의 글이 얼마나 형편없는지 모르니까. 그러다 깨닫는 순간, 기쁨이고 뭐고 사라지고 글쓰기가 고통스러운 일로 전락한다. 그런데도 학생들은 보통 자신의 글이 뭐가 문제인지 정말, 정말 알고 싶어 한다. 따라서 뭘 어떻게 써 와도 잘했다고 머리를 쓰다듬어주기만 하는 것은 잘못이다. 학생들도 이미 자신의 글이 제자리걸음만 하고 있다는 사실을 감지하고 있는 상황에서 그래봤자 그들을 좌절시키기밖에 더 할까?

글쓰기를 배우는 건 고통스러운 일이다. 발레를 배우는 것도 고통스러운 일이다. 피아노를 배우는 것도 고통스러운 일이다. 사람들은 의도적으로 이런 고통을 감내하려고 한다. 심지어 스스로 더 큰 고통을 가한다. 통달하게 되었을 때의 환희를 맛보기를 고대해서다.

한번은 이런 말을 들은 적이 있다. "글쓰기 좋아하는 사람이요? 나와 보라고 해요, 순 쓸 줄도 모르는 사람들이나 그렇지." 사실이 아니다. 통제력을 발휘하며 편안하게 쓸 수 있는 수준에 도달하고 나면 글쓰기가 다시금 기쁨으로 넘칠 거라고 장담한다.

지금까지 이런 말들을 꺼낸 까닭은 기술에 몰두하다 보면 애당초 자신이 쓰고 싶은 게 무엇인지 잊어버리는 시기를 겪을 수도 있다고 경고하기 위해서다. 기술에 몰두하다 보면 글을 쓰는 기쁨도 사라져 버린다. 기술을 배우는 게 어렵고 힘들다 보니 그렇기도 하지만, 스스로 글을 쓰는 과정에서 기쁨을 버리기 때문이기도 하다. 부디 기억하길 바란다. 하고 싶은 말이 없으면 세상 어떤 기술을 익히더라도 소용이 없다. 마음속 깊은 곳에서 울림이 있는 중요한 것들을 쓰자. 그리고 그것을 더 잘 표현하고 싶다는 이유로 기술을 배우자.

전업 작가가 되면 언제 작업을 시작하고 언제 그만둘지, 아침에 언제 일어나고 저녁에 언제 잠들지 혼자 결정한다. 시간이 온전히 자신만의 것이 된다. 무슨 활동을 할지 스스로 선택하고 마음껏 그 활동에 시간을 쏟아부을 수 있다. 여행을 하고 싶고 그럴 여유가 있으면 누구의 허락을 구할 필요 없이 그냥 떠나면 된다. 옷도 내키는 대로 입을 수 있다. 해고당할까 봐, 승진하지 못할까 봐 걱정할 필요도 없다. 심지어 마음에 안 드는 사람들은 '일절' 안 만나도 된다. 하고 싶은 일을 하고 그 일의 대가로 돈을 번다.

이는 모두 한쪽 면이다. 그럼 이제 그 반대쪽 면을 살펴보자. 전업 작가가 모든 시간을 온전히 자신의 시간으로 누린다는 말은 맞다. 하지만 그 시간을 건설적으로 쓰지 않으면 샌드위치 한 쪽, 신발 한 켤레도 못 살 수 있다. 출판사와 출간 계약을 하면 1년 정도 기다려야 서점에서 드디어 책을 볼 수 있는데, 막상 보면 편집자가 자신의 개념에 따라 문체를 바꾸거나 지면 공간에 맞추려고 고쳐 쓴 부분을 발견할 수 있다. 에이전트와 계약을 하고 보니 별 도움이 안 되는 에이전트일 수도 있다. 심지어 그 사실을 깨닫기까지 몇 년이 흘러가 버릴지도 모른다.

저축도 없이 다달이 들어오는 돈에 의지해 살아간다면 분명, 인세가 들어오기만을 매일같이 기다리는 그리 유쾌하다고 할 수 없는 나날을 보내게 될 것이다. 그 돈이 없으면 도저히 못 살 것 같은데, 그럴 때 기다리는 돈은 꼭 빨리 들어오지 않는다. 영영 들어오지 않을지도 모른다. 빨리 현금으로 바꿀 수 있는 질 낮은 소설이라도 써야겠다는 유혹이 거듭해서 들 테지만 그런 글쓰기에 영 솜씨가 없는 터라 쓰더라도 계약에 나서줄 편집자가 없을 것이다. 수입은 적은데 가족까지 부양해야 한다면 글쓰기를 포기하지 못하고 직장을 갖지 않는 데에 죄책감을 느낄 수 있다. 하지만 그렇다고 직장을 구하면 글쓰기를 그만둔 데 대해 죄책감을 느낄 게 뻔하다.

4.

좌절과 자포자기

소설을 써서 출판사에 수차례 보냈지만 성공하지 못했다면 좌절이나 자포자기가 무엇인지 이미 알 것이다. 형식적인 거절 통지를 받으면 자존심에 금도 가고 왜 거절당했는지 영문도 알 수가 없다. 거기에는 작품의 어떤 부분이 잘못된 건지 아무런 실마리가 들어 있지 않으니까. 심지어 첫 작품이 출간된 후라도 어떤 원고들은 거절을 당하는데 그 이유 또한 감조차 못 잡을 수 있다.

이보다 더 곤란한 것은 자신의 글이 무엇이 문제인지 '아는데도' 여전히 어떻게 해야 할지 갈피를 못 잡는 상황이다. 머릿속으로는 더 없이 완벽하게 알겠는데 글을 어떻게 고칠 수가 없을 때, 창밖으로 뛰어내리면 어떻게 될까 진지하게 고민하는 시간이 닥치곤 하는 것이다 (다행히 실제로 뛰어내리는 작가는 거의 없다).

작가로 살아가다 보면 단 한 줄도 더 이상 쓸 수 없다는 확신이 엄

습해오는 순간이 적어도 한 번 이상 있다. 자기는 한 번도 그랬던 적이 없다고 말하는 프로 작가 두세 명을 알긴 하지만 과연 정말 그랬을까 싶다.

나는 어떤 장편소설을 쓰다가 막혀서 10년 넘게 어떻게 할 수가 없었다. 결국에는 끝까지 다 쓰고 다른 장편소설 집필로 넘어갈 수 있었지만, 똑같은 일이 다시 일어날 수 있다는 것을 안다. 다시 쓸 수 있다는 보장은 어디에도 없다. 그전까지 얼마나 많은 작품을 완성해냈든 간에.

이런 일이 누구나 겪는 경험이라고, 새로운 기술을 배우기란 어렵기 마련이며 전혀 진척이 없는 것 같은 '학습 정체기(슬럼프)'도 흔한 일이라고 말해봤자 별 위안이 안 될 것이다. 그렇다면, 알을 낳기 위해 강을 거슬러 오르는 연어라고 생각해보는 건 어떨까? 이런 말도 별 도움이 안 되긴 마찬가지지 않을까?

내가 글 쓰는 게 쉬운 일이라고 말한 적은 한 번도 없다는 사실을 명심하길.

5.

투고, 복권 추첨이 아니다

자신의 글을 싣고 싶은 문학잡지에 1년 동안 원고가 4,000편 들어오는데 그중 책에 실리는 것은 40편에 불과하다는 것을 알아냈다고 치자. 어쩌면 누군가는 자신에게 주어진 기회가 100분의 1이라고 생각할 수도 있겠다. 그러나 틀렸다. 왜냐, 이건 복권 추첨이 아니기 때문이다. 자신이 투고한 원고가 4,000편 중 90퍼센트를 차지하는 다른 원고들과 마찬가지로 별로라면, 그 원고가 실릴 가능성은 100분의 1이 아니라 '0'이다.

내가 가르치던 학생 대럴 슈바이처Darrell Schweitzer가 몇 년 전에 콕 집어 말했던 이야기다. 그러나 원고가 생명력을 가졌고 동시에 그 잡지의 보이지 않는 경계 안에 안착하고 있다면, 원고가 잡지에 실릴 가능성은 아주 높아진다. 20분의 1, 나아가 4분의 1일지도 모른다.

출간을 위한 글쓰기

글쓰기 교사가 습작생의 작품을 볼 때나 편집자가 산더미처럼 쌓여 있는 원고를 읽을 때나 이들은 늘 글쓴이가 출간 가능한 글을 쓰는 사람인지 아닌지 대략적으로 구별할 수 있다. 이들이 찾는 작품의 특성은 아래와 같다.

1 작가와 독자 사이에 이루어지는 '거래'에 대해 알고 썼다.

작가와 독자 간 거래에 대해 아무런 생각이 없는 작가지망생이 너무도 많다. 이들은 누구를 위해서가 아니라 오로지 자기 자신을 위해서만 글을 쓴다.

시어도어 스터전Theodore Sturgeon은 늘 단 한 사람, 자신이 아는 사람 중 어떤 한 사람을 독자로 가정하고서 소설을 쓴다고 말했다. 그러면 그 사람에게 확실히 이해가 되도록 쓰고 있는지 쓰면서 점검할 수도 있다고 했다. 또 어떤 작가들은 '어깨 뒤에서 자신의 원고를 지켜보는 상상의 독자'를 활용한다고 했다. 내 경우에는 소설을 쓸 때 나와 취향이 전부 똑같지만 나보다 약간 더 똑똑하고 나보다 아는 게 많은 사람을 독자라고 가정한다(그래서 그의 비웃음을 살 만한 실수를 저지르지 않도록 아주 조심해서 쓴다).

프로 작가들이 쓴 소설은 열이면 열 모두가 다음 사항을 넌지시 비치고 있다. '나는 당신이 모르는 것을 알고 있다.' 한번 생각해보자. 독자들은 모르지만 나는 알고 있는 게 '없다면' 작품을 쓰는 이유가 뭘까?

누군가는 어떻게 써야 하는지 배우기 위해 쓰는 중이라고 대답할지도 모르겠다. 좋다, 하지만 그렇다 해도 '아무것도 아닌' 것을 쓸 수는 없는 법이다. 머릿속이 텅 비어 있으면 거기서 나오는 이야기도 텅 비어 있을 뿐이다.

2 형식에 대해 알고 썼다.

소설은 독자가 인지할 수 있는 모양새를 갖춰야 한다. 또한 완성한 소설은 세련되고 탄탄한, 구체적인 형태를 띠고 있어야 한다. 바닥에 쏟아진 오트밀, 고양이가 실컷 가지고 논 털실 같은 형식으로는 곤란하다.

3 언어를 자유자재로 구사하는 능력을 갖추고 있다.

남들에게 보여줄 만한 멋진 아이디어가 있다 하더라도 문장론(단어들을 합쳐 구절, 문장으로 만드는 방식)을 어느 정도 이해하지 못하거나 입에서 술술 나오는 어휘의 폭이 넓지 않으면 작가가 될 수 없다.

7.

인적 네트워크

앞서 나는 한 번도 정규 소설 쓰기 수업을 받은 적이 없다고 말했는데, 사실 완전히 그렇다고도 할 수 없다. 아는 게 쥐뿔도 없던 초보 작가 시절에 어느 출판사에 보조 편집자로 취직을 했었다. 당시에 펄프 매거진pulp magazine(미국에서 20세기 초중반에 유행한 저렴하고 선정적인 잡지의 통칭_옮긴이)을 40종 정도 내던 큰 출판사였다. 보조 편집자란 단순노동을 죄다 도맡아 하는 자리였다. 원고를 편집하고, 교정하고, 온갖 얄팍한 감상적인 글들을 읽었다. 그때 계약을 하는 원고와 그렇지 않은 원고를 늘 비교하다 보니 굳이 누구에게 배우지 않고도 그 둘의 차이를 이해할 수 있게 되었다. 나중에 나는 이때 값을 매길 수 없는 소중한 훈련을 했다는 사실을 실감했다. 대학의 작법 수업에서 배운 것보다 훨씬 더 많은 것을 그곳 출판사 사무실에서 체득했다.

당시 나는 뉴욕에서 자칭 미래인들이라고 하는 SF소설 팬 모임에

속해 있었는데, 그중 그 출판사에서 일하고 있던 프레더릭 폴Frederik Pohl이란 친구의 추천으로 보조 편집자 일을 하게 되었다. 훗날 보니 문학잡지사의 말단 편집자는 '언제나' 그런 식으로 채워지고 있었다. 절대 구인광고를 내지 않았는데, 그도 그럴 것이 일자리는 너무 조금이고, 직원 중 누군가는 꼭 그 자리에 추천할 만한 친구를 알고 있기 때문이다.

'인적 네트워크'라는 말도 수년 후에야 들어 알게 되었지만, 그때 내가 통한 게 바로 인적 네트워크였던 셈이다('뭘 아는지보다 누굴 아는지가 중요하다'라는 말도 있다!). 어울리는 사람 하나 없이 고립되어 지내는 작가는 네트워크에 소속되어 있는 작가에 비해 이러한 시장에 진입할 기회가 훨씬 적을 수밖에 없다.

따라서 만일 알고 지내는 동료가 한 명도 없다면 네트워크에 들어갈 수 있는 기회를 잡아야 한다. 작가들의 모임에 나가 다른 작가를 만나고, 가능하다면 워크숍에 참가하자. 프로 작가들이 강의를 하는 소설 쓰기 수업에 다니자. 이름난 작가에게 자신이 추천할 만한 인물이라는 믿음을 주는 데 성공한다면 편집자나 에이전트에게 닿을 기회도 로켓처럼 수직상승할 것이다.

8.

슬럼프

슬럼프는 작가의 생산력이 극단적으로 둔화된 상태를 일컫는다. 완전한 중단에 이를 수도 있다. 그 경우는 '작가의 벽writer's block'이라는 말로 부르기도 한다. 슬럼프가 찾아오는 이유는 단순히 과로나 질병에서 심리적 문제에 이르기까지 다양하다. 무의식이 지금 쓰는 글 말고 다른 글을 써야 한다고 알려오는 방법일 수도 있다. 아니면 그냥 게으름이 평소 수준을 넘어 최악의 결과로 치달은 결과일 수도 있다.

가볍고 무해한 슬럼프도 있다고 생각하지만 그런 슬럼프라고 해도 견디기 쉬운 것은 또 아니다. 나는 서너 번 슬럼프를 겪었는데 각각 1년 정도 지속되었고 늘 반대쪽, 즉 판이하게 다른 소설인 데다 어느 모로 봐도 더 나은 소설을 쓰는 형태로 빠져나왔다. 이런 극단적인 재편 시간이 누구에게나 필요한 것은 아니다. 그리고 별로 추천하고 싶은 방법도 아니다.

작가들은 슬럼프를 예방하고 이겨내기 위해 각양각색의 방법을 고안해왔다. 미리 막자는 입장에서 보면 날마다 똑같은 시간 동안 글을 쓰는 습관을 들이는 게 최고다. 일부러 다음 문장을 떠올린 뒤에 그날의 글쓰기를 마감하는 작가도 있다. 이렇게 해두면 다음 날 글을 시작하기가 훨씬 수월하다는 이론에 따른 것이다. 작업 중인 작품을 매일 처음부터 쓴 데까지 읽는 작가도 있고(장편소설이라 할지라도), 이렇게 읽고 나서 소설의 리듬 속으로 되들어가기 위해 마지막 한두 쪽을 다시 타이핑한 후 작업을 시작하는 작가도 있다.

일단 슬럼프가 시작되면 글쓰기 습관과 환경에 변화를 주는 게 슬럼프를 끝내는 데 도움이 된다. 작업하는 방을 옮기거나, 타이핑하는 대신 손으로 글을 쓰거나, 심지어 필명을 하나 골라 익명을 시도해보는 방법도 있다. 내가 아는 작가는 몇 년 동안이나 글을 못 쓰다가 필명을 취하고 나서 작가의 벽을 부술 수 있었다. 그러니까, 자신의 이름으로 작품이 발표되지 않을 거라고 스스로 되뇌자 글을 다시 쓸 수 있게 된 것이다(나는 이런 식으로 슬럼프를 겪은 적은 없지만 이해할 수 있다. 워드프로세서를 이용하기 전에는 하얀색 종이에 글을 쓰는 게 꼼짝달싹 할 수 없을 만큼 너무 어려웠다. 그래서 하얀색이 아닌 다른 색 종이를 썼다. 주로 파랑색. 그러면 그냥 초고를 타이핑한다는 느낌이 들어서 뭐든 마음껏 쓸 수 있었다).

《평화Peace》,《케르베로스의 다섯 번째 머리The Fifth Head of Cerberus》 불새, 2016를 쓴 진 울프Gene Wolfe는 자신만의 규칙을 갖고 있었다. 그는 글을 못 쓰는 순간이 오면 즐거운 일을 스스로 모두 삼갔다. 재미있는 글을 읽지도, 텔레비전을 보지도, 라디오를 듣지도, 밖에 놀러 나가지

도 않았다. 결국 무의식이 너무너무 지루하다고 항복해올 때까지. 그
의 말로는 이 규칙 덕분에 가장 길었던 슬럼프 기간이 4일에 불과했다
고 한다.

9.

작가와 함께 산다는 것

인기 작가이자 《아날로그Analog》(1930년에 창간된 미국의 SF소설 잡지_
옮긴이) 편집진으로도 참여했던 벤 보바Ben Bova는 작가를 모임이나 세
미나에서만 만나본 사람은 작가들이 진짜 어떤 사람들인지 모른다고
말했다. 작가들이 일하는 모습을 본 게 아니니까. 작가는 결혼을 하거
나 누구와 함께 살 때 그 사람에게 앞으로 어떤 상황을 겪게 될지 귀
띔할 필요가 있다.

　작가가 자판 앞에 앉아 있을 때만 글을 쓰는 게 아니라는 사실은
작가가 아닌 사람으로서는 이해하기 벅찬 문제다. 글쓰기는 머릿속
에서 일어나는 일이고 어떤 때는 잠자는 시간 빼고 하루 18시간 또
는 그 이상 계속되기도 하니까. 예술가의 이런 생태를 보여주는 예화
가 있다. 화가 오귀스트 르누아르Auguste Renoir가 어느 날 아침 정원에
앉아 있었다. 지나가던 이웃이 보고는 모자를 들어 인사하며 물었다.

"르누아르 씨, 쉬는 중인가 보죠?" "아니요, 일하는 중입니다." 르누아르가 대답했다. 며칠 후 그 이웃이 또 지나가다가 이번에는 르누아르가 캔버스 앞에 앉아 그림을 그리는 것을 보고 물었다. "오, 르누아르씨, 지금은 일하는 중인가 봐요?" "아니요, 쉬고 있어요." 르누아르의 대답이었다.

작가가 책상에 앉아 무표정으로 벽만 뚫어져라 응시하고 있으면 같이 사는 사람으로선 아무것도 안 하는 것 같아 보여서 간단한 대화를 나누거나, 가계부 사정이며 고장 난 세탁기에 대해 의논하면 좋겠다고 판단하기 쉽다.

심지어 불이 나거나 폭발이 발생한 게 아닌 한, 집에서 일어난 긴급 상황으로 글쓰기를 방해하면 안 된다는 사실을 잘 알지 못한다. 글쓸 준비를 갖추기란 복잡한 정신적 과정으로 아주 섬세하게 이루어진다. 나는 붓과 물감을 들고 힘겹게 사다리를 오르는 것과 비슷하다고 느낀다. 방해를 받으면 그 사다리에서 굴러떨어지는 것 같은 기분이 든다. 두세 번 방해를 받으면 너무 맥이 빠져서 다시 사다리를 오르기도 싫어진다.

한번은 밀포드작가콘퍼런스에서 모든 작가에게 작업을 시작하는 데 필요한 최소 요건이 무엇인지 설문을 한 적이 있다. 대답은 각양각색이어도 한 가지 사항에서만큼은 모두가 동의했다. 작업에 앞서 일정한 자유 시간이 필요하며, 그 중간에 방해를 받아 끊어지거나 집중이 흐트러져서는 안 된다는 것. 그 시간이 없다는 것을 알면 글 쓰는 과정은 시작조차 못 한다는 말이다.

직장인은 아침에 일하러 가고 저녁이면 집으로 돌아온다. 반면 작가는 늘 집에 있다. 이 점은 배우자가 받아들이기에 곤란할 수도 있다. 자신도 항상 집에 머무르는 경우라면 말이다. "남편이 종일 옆에 있는 걸 어떻게 참아요?" 한 이웃이 내 아내에게 이렇게 물어본 적도 있다. 특별히 내가 문제가 있다고 생각해서 한 말이 아니라 그저 자신의 남편이 일하러 나가지도 않고 그래서 자신을 혼자 있게 놔두질 않으면 얼마나 끔찍할까, 하고 생각해서 나온 말이었을 것이다.

작가의 배우자나 자녀가 겪는 문제 상황은 대부분의 사람이 글 쓰는 일을 일종의 취미로 여기지 직업이라고 생각하지 않는다는 데서도 생긴다(내 막내아들은 어릴 때 아내에게 다른 집 아빠들은 전부 트럭을 몰고 일하러 가는데 왜 아빠에겐 트럭이 없냐고 물어봤었다).

이런 일들이 벌어지는 것을 보면 나는 나의 아내도 작가라서 운이 좋다고 느낀다. 우리 둘 다 작가라 또 하나 다행스러운 점은 대화할 내용이 절대 바닥나지 않는다는 사실이다. 상당수 작가가 자유로운 삶을 누리는 대가로 고독을 감수하는데, 사실 대충 넘어가기에는 중대한 사안이 아닐 수 없다. 비싼 돈을 들여 수백 킬로미터 떨어진 곳에 찾아가야 비로소 자신이 지금 쓰고 싶은 게 뭔지 이야기를 들어줄 상대를 만날 수 있는 작가들도 있다. 우리 부부는 식탁 의자에 앉기만 하면 된다.

정말로 프로 작가가 되고 싶은 것인지 아닌지 아직 결정 내리지 못한 경우라면, 지금 시점에서 결혼 상대로 작가를 만나는 법에 대해 이야기하는 게 시기상조이기는 하다. 이런 목적에서 소설 쓰기 과정이나 워크숍에 참가하는 것을 추천할 수는 없지만 그곳에서 배우자를 만나는 경우가 빈번한 것은 사실이다. 나는 펜실베이니아 밀포드에서 밀포드작가콘퍼런스를 운영하던 중에 아내를 만났다. 미시간 주립대학에서 진행되는 클라리온SF판타지작가워크숍에서도 많은 습작생이 짝을 찾아 결혼을 했다. 출판 관련 일을 하면 작가들도 만나지만 편집자들도 만나게 되는데, 이들 편집자도 작가와 비슷한 부류의 사람이라고 할 수 있다.

너그럽고 관대하고, 게다가 부유하기까지 한 사람과 결혼하면 가장 이상적일 테지만 이에 대해서는 어떻게 하면 된다고 말해줄 수 있는 게 없어서 아쉬울 따름이다.

10.

앞서 '자판 앞에 앉으면'이라는 표현을 여기저기서 수차례 쓰긴 했지만 자판을 두드리며 일하는 것을 싫어하는 작가도 있다. 《샌드 페블스 The Sand Pebbles》의 작가 리처드 매케나는 샤프로 첫 번째 초안을 쓴 후 (늘 똑같은 샤프) 타자기로 수정하며 다시 썼다. 거의 대부분의 저작을 펜으로 써낸 작가도 있는데, 그는 색깔을 바꿔가며 쓰곤 했다. 쓰다가 싫증이 나면 다른 색깔로 바꿨다.

사람들은 수천 년을 타자기나 자판 없이 살아왔고, 그중에는 내가 평생에 걸쳐 열심히 써도 다 못 쓸 것 같은 엄청난 양의 저작을 남긴 작가들도 있다. 손으로 글을 쓸 때는 문제가 두 가지 있다. 첫째, 손가락에 쥐가 나서 움직이지도 못하고 이루 말할 수 없는 고통을 겪을 수 있다. 둘째, 글씨를 알아보기 어려울 수 있다. 케이트 빌헬름은 초기에 먼저 손으로 초고를 쓴 뒤 타이핑해서 옮겼는데, 얼마 지난 후 자신이 원고를 타이핑할 때면 글자만 옮기는 게 아니라 아예 글을 새로 쓰고 있다는 사실을 깨달았다. 자신이 쓴 초고를 알아볼 수 없었던 것이다. 처음부터 타자기로 글을 쓰기로 하고 나서도 6개월이 지나서야 익숙해질 수 있었다.

나는 이 책의 초판을 쓸 때만 해도 워드프로세서를 다소 안 좋게 보았는데 실제로 이용하고 나서 생각이 바뀌었다. 나는 20년 동안 수동 타자기로 작업을 해왔다. 불가사의할 만치 신뢰할 수 있는 기기였다. 20년 내내 수리를 할 필요가 없었고, 다른 사람에게 넘길 때도 여전히 멀쩡했다. 이후 전동 타자기를 여러 대 거쳤는데 제일 처음으로 사용한 것은 IBM 모델 A 중고품이었다. 그것도 정말 대단한 기기였다. 잘 작동하지 않는다 싶으면 스스로 바로 고칠 수 있었다.

마지막으로 쓰던 전동 타자기가 거의 결딴날 무렵에 아들이 컴퓨터를 사다 주면서 한번 사용해보라고 부추겼다. 그로부터 8개월 동안, 그 전 두 해에 걸쳐 쓴 양에 달하는 분량의 소설을 써낼 수 있었다.

컴퓨터 자판을 이용하면 글을 쓸 때의 소소하고 따분한 일들을 처리하는 데 도움이 된다. 내용을 고치고, 문장 순서를 바꾸고, 다시 쓰는 모든 일 말이다. 집필할 때의 피로감도 훨씬 덜고, 수정이 너무나 간단하기 때문에 글을 잘못 쓸지 모른다는 두려움도 없애준다.

더욱이 맞춤법도 고쳐주고 심지어 문법도 자동으로 고쳐주는 프로그램도 있다. 앞으로는 아예 자판이 사라진 컴퓨터, 음성인식이 가능한 컴퓨터가 나온다고 한다. 그러나 그런 시대가 되어도 타자기를, 심지어 샤프를 고수하는 작가들은 계속 있지 않을까?

마약과 글쓰기

젊을 때 유일하게 읽은 작법서가 있는데 제목이 《시행착오Trial and Error》로 잭 우드포드 Jack Woodford가 쓴 것이었다. 나에게 필요한 조언은 별로 들어 있지 않았지만, 그중 하나만은 마음에 와 닿아 지금껏 도움이 되고 있다. "글을 쓸 때는 술을 마시지 말라"는 조언이었다. 알코올은 중추신경 억제제로 사람을 똑똑하게 만드는 게 아니라 바보로 만들기 때문이며, 또한 술을 마시고 글을 쓰는 습관이 들면 결국 술을 마시지 않으면 글을 쓸 수 없는 지경에 이르게 되기 때문이라는 이유였다.

나는 약물에 대해 잘 알지 못하지만, 알코올이 그렇다면 약물 역시 대개 그렇지 않을까 싶다. 한 친구가 1960년대에 당시 유행했던 나팔꽃 씨를 먹어봤는데, 먹고 몇 시간이 지나자 바닥에 놓인 가죽으로 된 이상하게 생긴 물체 두 개를 쳐다보고 있는 자신을 발견했다고 했다. 그래서 그 물체의 중요성을 알아내려고 갖은 몸부림을 치다가 마침내 갑자기 빛나는 계시가 머릿속에 번뜩였는데, 그건 '발은 신발에 들어간다!'였다. 그의 말에 따르면 환각성 약물은 의식을 확장시키는 게 아니라 엄청나게 축소시켜서 세상에서 제일 시시한 생각을 휘황찬란한 생각으로 착각하게 만들 뿐이라고 한다.

그에 반해 글쓰기는 '그 자체로' 의식을 확장시킬 수 있다. 내가 경험한 바로는 의식을 확장시킬 수 있는 거의 유일한 방법이다.

12.

자취를 하고 이사를 자주 다닌다면 짐이 간소한 편이 나을 것이다. 하지만 자리를 잡고 나면 참고서적들을 구비해야 하는데, 일단은 자신이 살 수 있는 최고의 사전부터 사야 한다. 나는 《메리엄웹스터 어나브리지드The Merriam-Webster Unabridged》 제3판을 가지고 있다. 이 사전은 미국 영어의 표준으로서 궁극적 권위를 지니고 있는 사전이라 하겠다. 두 권으로 구성되어 있는 《옥스퍼드 영어사전The Oxford English Dictionary》도 가지고 있다. 한 독서클럽에 가입하면서 사은품으로 받은 것인데 활자 크기가 너무 작아서 돋보기로 봐야 볼 수 있을 정도다. 그래도 1년에 대여섯 번 정도는 꺼내본다. 《메리엄웹스터 어나브리지드》 사전에서 원하는 내용을 찾을 수 없을 때 들춰 보는 것이다. 그리고 외국어 사전도 책장 한 줄을 꽉 차지하고 있다. 라틴어, 독일어, 프랑스어, 그리고 스페인어 사전은 꽤 자주 찾아보지만, 한 번도 안 꺼내봤고 아마 앞으로도 꺼낼 일이 없을 것 같은 사전들도 있다. 핀란드어나 알바니아어 공부를 다시 시작하지 않는 한.

좋은 사전을 가지고 있으면서 철자를 찾아볼 때만 들여다본다면 돈만 날리는 셈이다. 어떤 이유로든 사전에서 단어를 찾아보게 되면 일단 그 단어의 정의를 (몽땅 다) 읽은 후 '파생어'도 확인해봐야 한다. 단어는 그냥 기호가 아니라 의미와 연상이 한 덩어리로 뭉쳐진 것이기 때문이다.

《하브레이스 칼리지 핸드북The Harbrace College Handbook》은 문장론, 어법 등에서 최고의 안내서라 할 수 있다. 나는 제7판을 가지고 있는데 이 판에는 이후 판본에서는 더 이상 실리지 않고 있는 연습문제가 포함되어 있다.

나는 유의어 사전은 소장하지 않는 데다 일종의 반감도 지니고 있는데 이는 사람마다 생각이 다를 것 같다. 인용구 사전은 여러 권 가지고 있고 재미도 있지만 글을 쓰는 데에는 별로 참고가 되지 않는다. 영어 성경인《킹제임스 성경The King James Bible》은 물려받아서 여러 권 가지고 있는데 한 권이면 충분했을 것 같다. 프랑스어 성경도 가지고 있는데 어디 두었는지 기억이 잘 안 난다. 영어 성경에서는 "온유한 자에게 복이 있나니"가 프랑스어 성경에서는 "온후한 자가 행복할지니"라고 되어 있다.《브리태니커 백과사전The Encyclopaedia Britannica》도 한 질 가지고 있는데 자주 보는 편이다. 이 사전은 이제 온라인을 통해서도 열람할 수 있다.

사전 다음은 좋은 지도책을 구비하는 일이다. 나는《브리태니커 백과사전》을 사면서 받은 지도책을 비롯해 큰 판형의 지도책을 몇 가지 소장하고 있다. 어쩌다 손에 들어온 지도도 모두 버리지 않고 보관한다. 특히 도로지도가 유용하다(예컨대 인물이 샌프란시스코에서 라라미까지 차를 운전해 간다면 그 길에 어느 도시들을 지나는지 알아야 한다).

평론가로 활동하며 과학서적을 상당히 많이 얻게 되었지만 그중에는 참고서적으로 활용하는 도서가 거의 없다. 아이작 아시모프의 《지성인을 위한 과학 안내서The Intelligent Man's Guide to Science》를 가끔 참고하긴 하지만 더 자주 활용하는 것은 고등학교 물리 교과서와 화학 교과서, 이렇게 두 권이다. 가족 중 한 아이에게서 얻었다.

최신 연감은 대단히 유용한 자료라고 할 수 있다. 내가 좀 더 기민했더라면 옛날에 갖고 있던 오래된 연감도 모두 보관해두었을 텐데 아쉽다. 예를 들어 소설의 배경을 1958년도로 잡는다면, 오늘날 새로이 밝혀진 사항이 아니라 '그 당시' 일반적으로 알려져 있던 사실들에 기초해 배경을 구축해야 한다. 의학 서적인 《머크 매뉴얼The Merck Manual》 최신판도 가지고 있는데 종종 볼 일이 있다. 게다가 예전 판도 가지고 있는데 두 판본을 대비해 보는 데서도 또 얻을 점이 있었다.

교열자의 관점에서 '문체'를 살펴보고자 할 때는 (구두점 사용, 단어 삭제, 따옴표나 서체 활용법 등) 시카고대학출판부에서 나온 《시카고 매뉴얼 오브 스타일The Chicago Manual of Style》을 보면 가장 권위 있는 해답을 얻을 수 있다.

어떤 참고자료가 필요하며 흥미를 느끼는지는 작가마다 다를 수밖에 없다. 그러니 무엇보다 자신의 직감을 따라야 한다. 나는 20년쯤

전에 중고서점에서 소설 전집을 발견할 때마다 전부 사버리고 싶은 마음이 일어 도저히 그 충동을 억누를 수 없었다. 별로 특별한 이유도 없었다. 그런데 한참 후 내가 소설을 쓰고 싶어 한다는 것을 깨달았을 때 그 전집들이 내 책장에 있었고, 덕분에 도움을 받았다. 갑자기 성인들의 삶이나 중동에서 만들어지는 양탄자, 해양생물학에 관한 책을 읽고 싶다는 열정이 인다면 무의식이 뭔가 전달하고자 하는 말이 있는 게 분명하다. 받아들이자.

사려니 내키지 않는 참고자료들도 있을 텐데, 공공도서관에 가면 그 책들을 다 빌려 볼 수 있다는 사실을 잊지 말자. 잡지나 단편소설 모두 사지 않아도 도서관에 가면 이용할 수 있다. 그 밖에도 이따금 어떤 전문적인 주제를 다룬 자료집을 참고해보고 싶을 때가 있을 텐데, 그럴 때는 사서에게 문의해보자. 도서관에서 필요한 기술을 통달한 데다 기지까지 갖춘 사람들이라 찾는 책이 도서관에 있다면 어디에 있는지 금방 알려줄 것이다.

찾는 도서가 공교롭게도 동네 도서관에 없는 경우에는 도서관 간의 상호대차 서비스를 이용하면 된다. 나온 지 얼마 안 된 도서는 이 서비스를 이용하더라도 빌리기 어려울 수 있지만, 나온 지 1년 이상 된 책이라면 대체로 받아볼 수 있을 것이다. 신간도서를 읽고 싶으면 구매희망도서로 신청한다. 대개 그 책을 구매해준다. 책이 도착하면 신청자에게 제일 먼저 알려주기 때문에 첫 번째로 그 책을 빌릴 수도 있다.

13.

뭘 읽어야 할까

전부 다. 한마디로 전부 다 읽어야 한다. 윌리엄 셰익스피어, 윌리엄 깁슨William Gibson, 표도르 도스토옙스키Fyodor Dostoevsky를 읽는다. 케첩병 라벨에 있는 글씨도 읽는다. 그런데 전부 읽되 읽고 싶을 때만 읽는다. 고역이라고 생각하면서 꾸역꾸역 읽으면 당연히 고역이 된다. 이따금 고전 작품을 읽되 지루하거나 이해가 안 되는 것 같으면 그냥 덮어도 좋다. 아직 그 작품을 읽을 준비가 안 되어서 그런 것일 수 있다(늘 가족에게 상한 사과부터 먹으라고 강요했다는 검약한 뉴잉글랜드인 이야기를 기억하자. 상한 사과를 다 먹었을 땐 원래 싱싱했던 사과 몇 개도 마찬가지로 상해 있다. 결국 가족 모두 싱싱한 사과를 하나도 맛보지 못했는데 사과는 바닥이 나고 없다).

다른 사람들은 칭송해 마지않더라도 나 자신에게는 아무런 의미가 없는 책도 있고, 누가 뭐라고 하든 내 마음에 쏙 들어오는 책도 있다. 책이란 원래가 그런 법이다. 비행접시에 관한 것이든 융 심리학에 관한 것이든 바다낚시에 관한 것이든 자신의 흥미를 잡아끄는 책을 읽자. 이 정보들 덕분에 머리가 팽팽 돌아갈 것이고 이내 그 모든 내용이 자신의 작품 표면에 모습을 드러낼 것이다.

14.

지금까지 남의 작품을 모방해서는 안 된다고 여러 번 주의를 줬다. 그 경고를 여기서 한 번 더 짚고 넘어가려 한다. 다른 사람의 글을 베끼더라도 당연히 그 작품에 있던 생명력과 설득력까지 다 가져올 수는 없다. 괜스레 상업소설 시장의 요구에 순응하겠다며 어딘가에서 본 내용을 겉으로 늘어놓아 봤자 진실하지 않고, 도저히 그 누구도 납득할 수 없는 작품이 나올 뿐이다. 나아가 작가로서 반드시 세상에 내놓아야 하는 단 하나, 자신만의 재능, 자신만의 개성, 자신만의 신념을 절대 작품에 담을 수 없다. 그러면 책을 내더라도 아무도 기억하지 않는 작가, 사람들이 정 읽을 게 없을 때만 그의 책을 집어 드는 작가가 될 뿐 달리 무엇을 기대할 수 없다.

소설가로서 진정으로 성공할 수 있는 방법은 하나뿐이다. 아무리 조그마한 구석 자리라도 자신밖에 채울 수 없는 빈 공간을 찾아내는 것. 일단 찾는 데 성공하고 작품이 정기적으로 연재되기 시작하면 기회는 저절로 따라오게 되어 있다. 연재 제의가 한두 차례 또 들어올 것이다. 여러 잡지에서 당신의 이름을 표지에 인쇄하기 시작할 테고, 편집자들은 물어올 것이다. "다음 작품은 언제쯤 주실 수 있지요?"

마침내 이 작품들을 한데 모아 선집으로 출판할 수도 있다. 강연 문의가 들어오고 소설 창작 워크숍 강사로 초청될 수도 있다. 초보 작가들이 지혜로운 조언을 얻고 싶어서 함께하는 자리를 청해올 것이다.

이런 일이 티끌만큼도 벌어지지 않는다고 해서 내게 항의 편지를 보내지는 마시길. 반드시 따라야 하는 법칙 같은 것은 없다. 하지만 정직하게 헌신적으로 써나간다면 진정 보상이 따르는 일이 바로 소설 쓰기라는 사실을 언젠가 깨달을 것이다. 그저 시간이 조금 걸릴 뿐이다.

단편소설 쓰기의 모든 것

궁극의 소설 쓰기 바이블

초판 1쇄 발행	2017년 1월 13일
지은이	데이먼 나이트
옮긴이	정아영
펴낸이	김한청
편집	원경은
마케팅	최지애
디자인	김지혜
펴낸곳	도서출판 다른
출판등록	2004년 9월 2일 제2013-000194호
주소	서울시 마포구 동교로27길 3-12 N빌딩 3층
전화	02-3143-6478
팩스	02-3143-6479
블로그	http://blog.naver.com/darun_pub
트위터	@darunpub
페이스북	https://www.facebook.com/darunpublishers
메일	khc15968@hanmail.net
ISBN	979-11-5633-144-5 03800